台灣の讀者の皆さんへのコメント

海を越えて旅したことのない私の書いた小說が、
海を越えて多くの讀者の皆様のもとに屆いていることを、
心から嬉しく思っています。
この作品も、どうぞお楽しみいただけますように！

致親愛的台灣讀者

從未出國旅行的我，
這次很高興自己寫的小說能跨海與許多讀者見面，
希望這部作品能帶給您無上的閱讀樂趣。

宮部みゆき

宮部美幸
作品集 42
Miyabe Miyuki
附身
ばんば憑き
Miyabe Miyuki
宮部美幸
高詹燦 譯

宮部美幸作品集／42
MIYABE MIYUKI

附身

Contents

總導讀 宮部美幸的推理文學世界「增補版」 傅博 005

和尚的壺 021

阿文的影子 053

賭博眼 085

討債鬼 147

附身 227

野槌之墓 269

解說 那些恐怖哪裡去了 陳栢青 325

總導讀——傅博

宮部美幸的推理文學世界「增補版」

日本當代國民作家宮部美幸

近年來在日本的雜誌上，偶爾會看到尊稱宮部美幸爲國民作家。怎樣才能榮獲這個名譽呢？好像沒有確切的答案，然而綜觀過去被尊稱爲國民作家的作家生涯便不難看出國民作家的共同特徵。

明治維新（一八六八年）一百多年以來，被尊稱爲國民作家的爲數不多，夏目漱石和吉川英治是最早期的國民作家。夏目漱石是純文學大師，其作品具大眾性，一九一六年逝世至今，已歷九十年，其作品在書店仍然可見，代表作有《我是貓》、《少爺》等等。吉川英治是大眾文學大師，其作品有濃厚的思想性，對二次大戰戰敗的日本國民發揮了鼓舞的作用，其著作等身，代表作有《宮本武藏》、《新·平家物語》等等。

屬於戰後世代的國民作家有松本清張和司馬遼太郎。松本清張是社會派推理文學大師，其寫作範圍十分廣泛，除了推理小說之外，對日本古代史研究、挖掘昭和史等，留下不可磨滅的貢獻。司馬遼太郎是歷史文學大師，早期創作時代小說，之後撰寫歷史小說和文化論。這兩位作家的共同特徵是，著作豐富、作品領域廣泛、質與量兼俱。他們的思想對一九六〇年代後的日本文化發揮了影響力。

上述四位之外，日本推理小說之父江戶川亂步、時代小說大師山本周五郎，以及文學史上創作量最多、男女老少人人喜愛的赤川次郎也榮獲國民作家的尊稱。

綜觀以上的國民作家，其必備條件似乎是著作豐富、多傑作；作品具藝術性、思想性、社會性、娛樂性、普遍性；讀者不分男女，長期受到廣泛的老、中、青、少、勞動者以及知識分子的閱讀。

宮部美幸出道至今未滿二十年，共出版了四十三部作品，包括四十萬字以上的巨篇八部、長篇二十四部、中篇集四部、短篇集十三部，非小說類有繪本兩冊、隨筆一冊、對談集一冊。以平均每年出版兩冊的數量來說，在日本並非多產作家，但是令人佩服的是，其寫作題材廣泛、多樣，品質又高，幾乎沒有失敗之作。所獲得的文學獎與同世代作家相較，名列第一，該得的獎都拿光了。質的成功與量成比例，是宮部美幸文學的最大武器，也是獲得國民作家之稱的最大因素。

宮部美幸，本名矢部美幸，一九六〇年十二月二十三日生於東京都江東區深川。東京都立墨田川高中畢業之後，到速記學校學習速記，並在法律事務所上班，負責速記，吸收了很多法律知識。一九八四年四月起在講談社主辦的娛樂小說教室學習創作。

一九八七年，〈吾家鄰人的犯罪〉獲第二十六屆《ALL讀物》推理小說新人獎，〈鎌鼬〉獲第十二屆歷史文學獎佳作。一位新人，同年以不同領域的作品獲得兩種徵文比賽獎項實爲罕見。

前者是透過一名少年的觀點，以幽默輕鬆的筆調記述和舅舅、妹妹三人綁架小狗的計畫所引發的意外事件，是一篇以意外收場取勝的青春推理佳作，文風具有赤川次郎的味道。後者是以德川幕府時代的江戶（今東京）爲時空背景的時代推理小說。故事記述一名少女追查試刀殺人的凶手之經過，全篇洋溢懸疑、冒險的氣氛。

要認識一位作家的本質，最好的方法就是閱讀其全部的作品。當其著作豐厚，無暇全部閱讀時，則是先閱讀其處女作，因爲作家的原點就在處女作。以宮部美幸爲例，其作品裡的偵探，不管是系列偵探或個案偵探，很少是職業偵探，大多是基於好奇心，欲知發生在自己周遭的事件眞相，而做起偵探的業餘偵探，這些主角在推理小說是少年，在時代小說則是少女。其文體幽默輕鬆，故事收場不陰冷而十分溫馨，這些特徵在其雙線處女作之中已明顯呈現。

繼處女作之後的作品路線，即須視該作家的思惟了；有的一生堅持一條主線，不改作風，只追求同一主題，日本的推理小說家大多屬於這種單線作家——解謎、冷硬、懸疑、冒險、犯罪等各有專職作家。

另一種作家就不單純了，嘗試各種領域的小說，屬於這種複線型的推理作家不多，宮部美幸即是罕見的複線型全方位推理作家。她發表不同領域的處女作——推理小說和時代小說——同時獲得肯定，登龍推理文壇之後，此雙線成爲宮部美幸的創作主軸。

一九八九年，宮部美幸以《魔術的耳語》獲得第二屆日本推理懸疑小說大獎，拓寬了創作路線，由此確立推理作家的地位，並成爲暢銷作家。

宮部美幸作品的三大系統

這次宮部美幸授權獨步文化出版社，發行台灣版《宮部美幸作品集》二十七部（二十三部中有四部分為上下兩冊），筆者以這二十三部為主，按其類型分別簡介如下。

要完整歸類全方位作家宮部美幸的作品實非易事，然其作品主題是推理則毋庸置疑。筆者綜合故事的時空背景以及現實與非現實的題材，將它分為三大系統。第一類為推理小說，第二類時代小說，第三類奇幻小說，而每系統可再依其內容細分為幾種系列。

一、推理小說系統的作品

宮部美幸的出道與新本格派崛起（一九八七年）是同一時期，早期作品除可能受此影響之外，文體、人物設定、作品架構等，可就是受到赤川次郎的影響了。所以她早期的推理小說大多屬於青春解謎的推理小說；許多短篇沒有陰險的殺人事件登場，大多是以日常生活中的家庭糾紛為主題，屬於日常之謎系列的推理小說不少。屬於本系列的有：

1.《吾家鄰人的犯罪》（短篇集，一九九〇年一月出版）收錄處女作以及之後發表的青春推理短篇四篇。早期推理短篇的代表作。

2.《完美的藍——阿正事件簿之一》（長篇，一九八九年二月出版／獨步文化版．宮部美幸作品集01——以下只記集號）「元警犬系列」第一集。透過一隻退休警犬「阿正」的觀點，描述牠與現在的主人——蓮見偵探事務所調查員加代子——的辦案過程。故事是阿正和加代子找到離家出走的少年，在將少年帶回家的途中，目睹高中棒球明星球員（少年的哥哥）被潑汽油燒死的過程。在搜查過程中浮現的製藥公司的陰謀是什麼？「完美的藍」是藥品名。具社會派氣氛。

3.《阿正當家——阿正事件簿之二》（連作短篇集，一九九七年十一月出版／16）「元警犬系列」第二集。收錄〈動人心弦〉等五個短篇，在第五篇〈阿正的辯白〉裡，宮部美幸以事件委託人登場。

4.《這一夜，誰能安睡？》（長篇，一九九二年二月出版／06）「島崎俊彥系列」第一集。透過中學一年級生緒方雅男的觀點，記述與同學島崎俊彥一同調查一名股市投機商贈與雅男的母親五億圓後，接獲恐嚇電話、父親離家出走等事件的眞相，事件意外展開、溫馨收場。

5.《少年島崎不思議事件簿》（長篇，一九九五年五月出版／13）「島崎俊彥系列」第二集。在秋天的某個晚上，雅男和俊男兩人參加白河公園的蟲鳴會，主要是因爲雅男想看所喜歡的工藤小姐一眼，但是到了公園門口，卻碰到殺人事件，被害人是工藤的表姊，於是兩人開始調查眞相，發現事件背後的賣春組織。具社會派氣氛。

6.《無止境的殺人》（長篇，一九九二年九月出版／08）將錢包擬人化，由十個錢包輪流講自己所見的主人行爲而構成一部解謎的推理小說。人的最大欲望是金錢，作者功力非凡，藉由放錢的錢包揭開十個不同的人格，而構成解謎之作，是一部由連作構成的異色作品。

7.《繼父》（連作短篇集，一九九三年三月出版／09）「繼父系列」第一集。一個行竊失風的小偷，摔落至一對十三歲雙胞胎兄弟家裡，這對兄弟的父母失和，留下孩子各自離家出走，於是兄弟倆要求小偷當他們的爸爸，否則就報警，將他送進監獄，小偷不得已，承諾兄弟倆當繼父。不久，在這奇妙的家庭裡，發生七件奇妙的事件，他們全力以赴解決這七件案件。典型的幽默推理小說集。

8.《寂寞獵人》（連作短篇集，一九九三年十月出版／11）「田邊書店系列」第一集。以第三人稱多觀點記述在田邊舊書店周遭所發生的與書有關的謎團六篇。各篇主題迥異，有命案、有日常之謎、有異常心理、有懸疑。解謎者是田邊舊書店店主岩永幸吉和孫子稔。文體幽默輕鬆，但是收場不一定明朗，有的很嚴肅。

9.《誰？》（長篇，二〇〇三年十一月出版／30）「杉村三郎系列」第一集。今多企業集團會長今多嘉親之司機梶田信夫被自行車撞死，信夫有兩個未出嫁的女兒，聰美與梨子。梨子向今多會長提議，要出版父親的傳記，以找出嫌犯。於是，今多要求在集團廣報室上班的女婿杉村三郎協助姊妹倆出書事務。聰美卻反對出書，杉村認爲兩姊妹不睦，藏有玄機，他深入調查，果然……

10.《無名毒》（長篇，二〇〇六年八月出版／31）「杉村三郎系列」第二集。今多企業集團廣報室臨時僱用的女職員原田泉與總編吵架，寄出一封黑函後，即告失蹤。原田的性格原來就稍有異常，今多會長要求杉村三郎調查眞相。杉村到處尋找原田的過程中，認識曾經調查過原田的私家偵探北見一郎，之後杉村在北見家裡遇到「隨機連環毒殺案」第四名犧牲者的孫女古屋美知香，於是捲入毒殺事件的漩渦中。杉村探案的特徵是，在今多會長叫他處理公務上的糾紛過程中，因其正義感使他去解決另外的事件。

以上十部可歸類爲解謎推理小說，而從文體和重要登場人物等來歸類則是屬於幽默推理、青春推理爲多。屬於這個系列的另有以下兩部。

11.《地下街之雨》（短篇集，一九九四年四月出版）。

12.《人質卡濃》（短篇集，一九九六年一月出版）。

以下九部的題材、內容比較嚴肅，犯罪規模大，呈現作者的社會意識。有懸疑推理、有社會派推理、有報導文體的犯罪小說。

13.《魔術的耳語》（長篇，一九八九年十二月出版／02）獲第二屆日本推理懸疑小說大獎的社會派推理傑作。三起看似互不相干的年輕女性的死亡案件，和正在進行的第四起案件如何演變成連續殺人案。十六歲的少年日下守，爲了證實被逮捕的叔叔無罪，挑戰事件背後的魔術師的陰謀。宮部美幸早期代表作。

14.《Level 7》（長篇，一九九〇年九月出版／03）一對年輕男女在醒來之後失去記憶，手臂上被印上「Level 7」；一名高中女生在日記留下「到了 Level 7 會不會回不來」之後離奇失蹤。尋找自我的男女，和尋找失蹤女高中生的眞行寺悅子醫師相遇，一起追查 Level 7 的陰謀。兩個事件錯綜複雜，發展爲殺人事件。宮部後期的奇幻推理小說的先驅之作、早期代表作。

15.《獵捕史奈克》（長篇，一九九二年六月出版／07）持散彈槍闖入大飯店婚宴的年輕女子關沼惠子、欲利用惠子所持的槍犯案的中年男子織口邦雄、欲阻止邦雄陰謀的青年佐倉修治、欲去探望臥病妻子的優柔寡斷的神谷尙之、承辦本案的黑澤洋次刑警，這群各有不同目的的人相互交錯，故事向金澤之地收束。是一部上乘的懸疑推理小說。

16.《火車》（長篇，一九九二年七月出版）榮獲第六屆山本周五郎獎。停職中的刑警本間俊介受親戚栗坂和也之託，尋找失蹤的未婚妻關根彰子，在尋人的過程中，發現信用卡破產猶如地獄般的現實社會，是一部揭發社會黑暗的社會派推理傑作，宮部第二期的代表作。

17.《理由》（長篇，一九九八年六月出版）二〇〇一年榮獲第一百二十屆直木獎和第十七屆日本冒險小說協會大獎。東京荒川區的超高大樓的四十樓發生全家四人被殺害的事件。然而這被殺的四人並非此宅的住戶，而這四人也不是同一家族，沒有任何血緣關係。他們爲何僞裝成家人一起生活？他們到底是什麼人？又想做什麼？重重的謎團讓事件複雜化，事件的眞相是什麼？一部報導文學形式的社會派推理傑作。宮部第二期的代表作。

18.《模仿犯》（百萬字長篇，二〇〇一年四月出版）同時榮獲第五十五屆每日出版文化獎特別獎，二〇〇二年同時榮獲第五屆司馬遼太郎獎和二〇〇一年度藝術選奬文部科學大臣獎文學部門獎。在公園的垃圾堆裡，同時發現女性的右手腕與一名失蹤女性的皮包，不久凶手打電話到電視公司和失主家中，果然在凶手所指示的地點發現已經化爲白骨的女性屍體，是利用電視新聞的劇場型犯罪。不久，表面上連續殺人案一起終結，之後卻意外展開新局面。是一部揭發現代社會問題的犯罪小說，宮部文學截至目前爲止的最高傑作，推理文學史上的不朽名著。

19.《R‧P‧G》（長篇，二〇〇一年八月出版／22）在食品公司上班的所田良介於杉並區的建築工地被刺死，在他的屍體上找到三天前在澀谷區被絞殺的大學女生今井直子身上所發現的同樣纖維，於是兩個轄區的警察組成共同搜查總部，而曾經在《模仿犯》登場的武上悅郎則與在《十字火焰》登場的石津知佳子連袂登場。是一部現今在網路上流行的虛擬家族遊戲爲主題的社會派推理小說。

宮部美幸的社會派推理作品尙有：

20.《東京下町殺人暮色》（原題《東京殺人暮色》，長篇，一九九〇年四月出版）。

21.《不需要回答》（短篇集，一九九一年十月出版／37）。

二、時代小說系統的作品

時代小說是與現代小說和推理小說鼎足而立的三大大眾文學。凡是以明治維新之前爲時代背景的小說，總稱爲時代小說或歷史．時代小說。

時代小說視其題材、登場人物、主題等再細分爲市井、人情、股旅（以浪子的流浪爲主題）、劍豪、歷史（以歷史上的實際人物爲主題）、忍法（以特殊工夫的武鬥爲主題）、捕物等小說。

捕物小說又稱捕物帳、捕物帖、捕者帳等，近年推理小說的範疇不斷擴大，將捕物小說稱爲時代推理小說，歸爲推理小說的子領域之一。捕物小說的創作形式是日本獨有，其起源比日本推理小說早六年。一九一七年，岡本綺堂（劇作家、劇評家、小說家）發表《半七捕物帳》的首篇作〈阿文的魂魄〉，是公認的捕物小說原點。

據作者回憶，執筆《半七捕物帳》的動機是要塑造日本的福爾摩斯——半七，同時欲將故事背景的江戶的人情和風物以小說形式留給後世。之後，很多作家模仿《半七捕物帳》的形式，創作了很多捕物小說。

由此可知，捕物小說與推理小說的不同之處是以江戶的人情、風物爲經，謎團、推理爲緯而構成的小說。因此，捕物小說分爲以人情、風物爲主，與謎團、推理取勝的兩個系統。前者的代表作是野村胡堂的《錢形平次捕物帳》，後者即以《半七捕物帳》爲代表。

宮部美幸的時代小說有十一部，大多屬於以人情、風物取勝的捕物小說。

22.《本所深川詭怪傳說》（連作短篇集，一九九一年四月出版／05）「茂七系列」第一集。榮獲第十三屆吉川英治文學新人獎。江戶的平民住宅區本所深川，有七件不可思議的事象，作者以此七事象爲題材，結合犯罪，構成七篇捕物小說。破案的是回向院捕吏茂七，但是他不是主角，每篇另有主角，大多是未滿二十歲的少女。以人情、風物取勝的時代推理佳作。

23.《幻色江戶曆》（連作短篇集，一九九四年八月出版／12）以江戶十二個月的風物詩爲題，結合犯罪、怪異構成十二篇故事。以人情、風物取勝的時代推理小說。

24.《最初物語》（連作短篇集，一九九五年七月出版，二〇〇一年六月出版珍藏版，增補一篇作品／21）「茂七系列」第二集。以茂七爲主角，記述七篇茂七與部下系吉和權三辦案的經過，作者在每篇另有記述與故事沒有直接關係的季節食物掌故，介紹江戶風物詩。人情、風物、謎團、推理並重的時代推理小說。

25.《顫動岩——通靈阿初捕物帳1》（長篇，一九九三年九月出版／10）「阿初系列」第一集。破案的主角是一名具有通靈能力的十六歲少女阿初，她看得見普通人看不見的東西，而且一般人聽不到的聲音也聽得到。某日，深川發生死人附身事件，幾乎與此同時，武士住宅裡的岩石開始顫動。這兩件靈異事件是否有關聯？背後有什麼陰謀？一部以怪異取勝的時代推理小說。

26.《天狗風——通靈阿初捕物帳2》（長篇，一九九七年十一月出版／15）「阿初系列」第二集。天亮颳起大風時，少女一個一個地消失，十七歲的阿初在追查少女連續失蹤案的過程中遇到邪惡的天狗。天狗的眞相是什麼？其陰謀是什麼？也是以怪異取勝的時代推理小說。

27.《糊塗蟲》（長篇，二〇〇〇年四月出版／19・20）「糊塗蟲系列」第一集。深川北町的鐵瓶大雜院發生殺人事件後，住民相繼失蹤，是連續殺人案？抑或另有陰謀？負責辦案的是怕麻煩的小官井筒平四郎，協助他破案的是聰明的美少年弓之助。本故事架構很特別，作者先在冒頭分別記述五則故事，然後以一篇長篇與之結合，構成完整的長篇小說。以人情、推理並重的時代推理傑作。

28.《終日》（長篇，二〇〇五年一月出版／26‧27）「糊塗蟲系列」第二集。故事架構與第一集一樣，在冒頭先記述四則故事，然後與長篇結合。負責辦案的是糊塗蟲井筒平四郎，協助破案的除了弓之助之外，回向院茂七的部下政五郎也登場，作者企圖把本系列複雜化，或許將來作者會將幾個系列納為一大系列。也是人情、推理並重的時代推理小說。

以上三系列都是屬於時代推理小說。案發地點都在深川，但是每系列各具特色，有以風情詩取勝，也有以人際關係取勝，也有怪異現象取勝，作者實為用心良苦。宮部美幸另有四部不同風格的時代小說。

29.《扮鬼臉》（長篇，二〇〇二年三月出版／23）深川的料理店「舟屋」主人的獨生女阿鈴發燒病倒，某日一個小女孩來到其病榻旁，對她扮鬼臉，之後在阿鈴的病榻旁連續發生可怕又可笑的不可思議的事，於是阿鈴與他人看不見的靈異交流。一部令人感動的時代奇幻小說佳作。

30.《怪》（奇幻短篇集，二〇〇〇年七月出版）。

31.《鎌鼬》（人情短篇集，一九九二年一月出版）。

32.《忍耐箱》（人情短篇集，一九九六年十一月出版／41）。

33.《孤宿之人》（長篇，二〇〇五年出版／28‧29）。

三、奇幻小說系統的作品

史蒂芬·金的恐怖小說和奇幻小說《哈利波特》成爲世界暢銷書後，原處於日本大眾文學邊緣的奇幻小說獲得成長發展的機會，漸漸確立其獨立地位，而宮部美幸的奇幻小說就在這欣欣向榮的機運中誕生。她的奇幻作品特徵是超越領域與推理小說結合。

34.《龍眠》（長篇，一九九一年二月出版／04）榮獲第四十五屆日本推理作家協會獎的長篇獎。週刊記者高坂昭吾在颱風夜駕車回東京的途中遇到十五歲的少年稻村愼司，少年告訴記者：「我具有超能力。」他能夠透視他人心理，愼司爲了證明自己的超能力，談起幾個鐘頭前發生的事件眞相，從此兩人被捲入陰謀。是一部以超能力爲題材的奇幻推理傑作，宮部早期代表作。

35.《十字火焰》（長篇，一九九八年十一月出版／17·18）青木淳子具有「念力放火」的超能力。有一天她撞見了四名年輕人欲殺害人，淳子手腕交叉從掌中噴出火焰殺害了其中的三個人，另一個逃走了。勘查現場的石津知佳子刑警，發現焚燒屍體的情況與去年的燒殺案十分類似。也是一部以超能力爲題材的奇幻推理大作。

36.《蒲生邸事件》（長篇，一九九六年十月出版／14）榮獲第十八屆日本ＳＦ大獎。尾崎高史爲了應考升學補習班上京，其投宿的飯店發生火災，因而被一名具有「時間旅行」的超能力者平田次郎搭救到一九三六年二月二十六日的二·二六事件（近衛軍叛亂事件）現場，兩名來自未來的訪客能否阻止起義而改變歷史？也是一部以超能力爲題材的奇幻推理大作。

37.《勇者物語—Brave Story》（八十萬字長篇，二〇〇三年三月出版／24·25）念小學五年級的三谷亘的父母不和，正在鬧離婚，有一天他幻聽到少女的聲音，決心改變不幸的雙親命運，打開幽靈大廈的門，進入「幻界」到「命運之塔」。全書是記述三谷亘的冒險歷程。一部異界冒險小說大作。

除了以上四部大作之外，屬於奇幻小說的作品尚有以下四部：

38.《鴿笛草》（中篇集，一九九五年九月出版）。

39.《僞夢1》（中篇集，二〇〇一年十一月出版）。

40.《僞夢2》（中篇集，二〇〇三年三月出版）。

41.《ICO——霧之城》（長篇，二〇〇四年六月出版）。

以上三十九部是小說。另有四部非小說類從略。

如此將宮部美幸自一九八六年出道以來，一直到二〇〇五年底所出版的作品，歸類爲三系統後，再按時序排列，便很容易看出作者二十年來的創作軌跡，也可預見今後的創作方向。請讀者欣賞現代，期待未來。

二〇〇七・十二・十二

本文作者簡介

傅博

文藝評論家。另有筆名島崎博、黃淮。一九三三年出生，台南市人。於早稻田大學研究所專攻金融經濟。在日二十五年以島崎博之名撰寫作家書誌、文化時評等。曾任推理雜誌《幻影城》總編輯。一九七九年底回台定居。主編「日本十大推理名著全集」、「日本推理名著大展」、「日本名探推理系列」以及「日本文學選集」（合計四十冊，希代出版）。二〇〇九年出版《謎詭・偵探・推理——日本推理作家與作品》（獨步文化），是台灣最具權威的日本推理小說評論文集。

1

chapter

和尚的壺

六月三十日，元森下町爆發霍亂。地點是一處雜貨店，連同傭人在內，一家七口全部染病，接著又陸續感染鄰人，短短十天，已擴散至南方的五間町及東邊的富田町。

住在小名木川南方的居民，個個憂心忡忡，害怕疫情會跨越高橋或新高橋，波及這一帶，偏偏此時吉川町要橋旁的長屋也傳出有人罹患霍亂。到底是霍亂飛越河川而來，還是南北說好一起引發疫情，對我們展開前後夾擊？人們益發惶恐不安。

位於吉川町南方的田町，有家同時坐擁店鋪與屋宅的木材批發商「田屋」，店主重藏與木材批發商工會及地主們商討後，和去年霍亂大流行時一樣，空出一處木材放置場，著手為病人搭建救難小屋。重藏不是光說不練，只會講大道理的人，一旦出面辦事，便不惜出錢出力，比方提供搭建救難小屋的木材放置場，就是他店裡的用地。而負責照料病患的，也都是從店內夥計及田屋底下房宅的代理房東和房客中挑選。由於同去年的做法，與田屋有關聯的人們，皆已做好心理準備。

去年——安政五年（一八五八）六月的那場大型霍亂，自東海道線開始流行，轉眼便傳進江戶市內。不過，江戶市內開始流行的地點是赤坂附近，隔著大川的本所深川一帶，原本都抱持隔岸觀火的心態。然而，當疫情蔓延至靈岸島，人們不禁坐立難安。七月中旬，這裡也出現病患，宛如舞台崩塌般，頓時恐慌四起。

田屋的店主重藏也有親戚住在赤坂，很早便關注著疫情走向。七月初，他整理木材放置場，興建救難小屋時，周遭對疫情尚未有眞切的感受，還引來嘲笑。

「何必多此一舉。疫情尚未殃及這一帶，你已在搭建救難小屋，要是讓山手那邊的居民得知，反而會引發騷動。況且，跑到救難小屋求助的人，或許會帶來疾病。」

甚至有人噘嘴抱怨。

不論面對任何人，重藏都神色自若。而當霍亂跨越大川侵襲時，他周全的準備，爲地方上帶來莫大的幫助。

雖說是救難小屋，卻非寄放病患的場所。由於罹患霍亂的人，往往撐不到一、兩晚便會喪命，誰都不願留下照護。重藏找來救難小屋的，全是邊看顧家裡的病患，邊擔心自己染病，偏偏沒辦法向鄰居求助，不知所措的人們。尤其是一家之主或負責賺錢謀生的家人喪命，頓失依靠的女人或孩子。接近他們，如同接近霍亂，過去的交情再好，大夥也避之唯恐不及，不敢伸出援手。縱使有心相助，考慮到家中只有父親與孩子，隔壁卻是一家五口皆染病，根本無從幫起。重藏就是要拯救這些孤苦無依的弱勢者。

阿次也是其中之一。

去年的霍亂疫情中，她失去父母和兄弟。她家原本在北六間堀町的表長屋（註）經營一間生意興隆的小飯館。那不過是一年前的事，如今想來，宛若夢幻一場。

約莫是去年七月底吧，孑然一身的阿次，隨代理房東來到田屋重藏的救難小屋。雖然才十三歲，但阿次一直跟在父母身邊幫忙店裡的生意，手腳勤快。代理房東硬想拉她走，她還堅持不能拋下家人的遺體，頑強抵抗。

代理房東耐心十足地說服阿次。在這場霍亂中喪命的人，不能像以往那般慎重入葬，主君也已下達嚴令，不是年紀幼小的妳所能違抗。遺體交給我處理，妳去投靠救難小屋吧。

「妳住的長屋想必也死了不少人，今後還會陸續有人喪命。妳瞧瞧目前的情況。」

代理房東望向大路兩旁的住家。明明是大白天，卻不見熙來攘往的行人。此時，傳來眾誦經聲。女人圍坐在一起，捻著佛珠，發出卡啦卡啦的聲響。每戶屋簷都懸掛號稱可驅除瘟神的八角金盤葉，幾戶還立著門松，想藉吉祥物趕跑穢氣。

如此一提，今天還在附近的小神社看到神轎。原本祭典是在秋天，這個時節扛著神轎遊行，大概是想請神明趕走霍亂。扛轎的男子不時發出怪叫，與其說威武，更接近瘋狂。女人與孩童跟在後方敲鑼打鼓，相當刺耳，但沒帶來半點功效。

不過，掩蓋眼前難得一見的景象，屋舍間和門口旁堆疊如山的白木桶棺是怎麼回事？棺裡全裝著屍體。

「不論是寺院或焚化場，都擠滿屍體。這種情況下，妳一個人怎麼安葬父母兄弟？人既然死了，就節哀順便吧。好不容易躲過霍亂，妳該暗自慶幸，並前往救難小屋，去幫助那些和妳一樣逃過一劫，卻失去家人的人們。當中甚至有年紀比妳小的孩童和嬰兒。」

代理房東一口氣說完，彷彿覺得煙熏難受般，眉頭微蹙，伸手在鼻前揮動。

註：建造在大路旁的長屋。

「原以爲今天應該不會那麼難聞，沒想到風微微往北吹，好臭啊。這並不全來自附近的寺院，而是從小塚原飄來的臭味。」

桶棺遍布一地的情景，在阿次心底浮現。可望見焚化場的門板縫隙不斷冒出濃煙，許多撩起衣襬，以手巾罩住頭髮的男子，在桶棺和骨甕之間穿梭忙碌，四周屍臭瀰漫。要是連在焚化場工作的人們也染上霍亂，該由誰處理這些屍體？

我的家人葬在哪裡，遺骨又是如何處置，他們事後會告訴我嗎？阿次的擔心，如同焚化場的煙般又濃又暗，源源不絕地湧出，占滿她所有心思。

「用不著苦著臉。」

代理房東輕拍阿次的肩。

「長屋裡大部分的人都病死，妳卻活得好好的，表示妳運氣較強。不要糟蹋難得的好運氣，明白嗎？」

代理房東所言不假，田屋重藏全力建造的救難小屋，收容許多失去雙親的孩童，及無依無靠的老人。更不乏意志消沉，食不下嚥的人。

阿次有了棲身之處，每天忙著照顧這些人。雖然也有來到救難小屋後才發病的人，但患者馬上便會送走，不會再回到這裡。

八月，隨著暑氣漸消，霍亂的威力逐漸減弱。阿次順利逃過疫病的劫難。儘管失去一切，卻保住小命。

聚在救難小屋裡的人們，決定未來的去向和投靠處後，三三兩兩地離開。而無家可歸的孩子們，則入寺爲僧，或在各代理房東的說情下當人養子、到別處幫傭。

至於阿次，田屋方面詢問她有沒有意願當女侍，店主似乎十分賞識她的聰敏與勤奮。田屋一家雖平安無事，但多名傭人感染霍亂喪命，當然也有害怕染病逃走的，所以目前正缺人手。

「這實在是求之不得的機會。」擔任監護人的代理房東勸道，阿次便接受了對方的提議。

於是，一個寒暑過去。

先前待在救難小屋時，她全副心思都投入忙碌的生活，很多事不知情，等到田屋當女侍後，才明白老爺是了不起的大人物。當然，擁有萬貫家產，肯定謀財有道，不過，老爺擁有的不僅僅如此。

田屋的老爺年約四十五，妻子早亡。坊間傳聞，正因夫人體弱多病，才造就老爺的菩薩心腸。老爺對病患及照護者總是慈悲爲懷。

他們夫婦育有一子，名喚小一郎，今年十九。這位家中未來的繼承人，因爲父親吩咐「你到別家店工作吧」，十三歲便出外當夥計。僱用他的店家，很清楚小一郎並非普通夥計，而是請他們代爲照料，所以禮遇有加。不過，小一郎並未恃寵而驕，如今已成爲可靠的商人。當然，他父親毫不在意周遭木材商人的難看臉色，在救難小屋撒下重金和人手，全力助人的事，小一郎都知之甚詳。霍亂肆虐時，他還打算向工作的店家告假，回來幫父親的忙，直到疫情平息，令人感佩。

人們甚至私底下說，小一郎繼承田屋老闆的血脈，天生氣度就是與眾不同。

氣度與眾不同。哪裡不同？指的又是什麼？

有一次，代理房東來探望阿次，耳提面命，阿次趁機向他請教。

「那指的是人德，或是仁。」代理房東回答。兩者應該都是好事，只是阿次聽得不太明白。不過，阿次很清楚老爺目光犀利，料事如神。所以今年早春時，老爺才會召集店裡的人宣布：

「像霍亂這樣的災禍，並非發生過就不再出現。一度在此扎根的疾病，是不會消失的。今年夏天一定還會捲土重來，絕不能掉以輕心。待梅雨季結束，別喝生水，生冷食物也碰不得。之前你們多少會自掏腰包買吃食，我當那是你們的嗜好，總是睜隻眼閉隻眼，但接下來就不同了。路邊攤販的天婦羅和壽司，一概不准碰。」

嚴厲吩咐的老爺，感覺抬頭挺胸，威儀十足。

之前的霍亂大流行，造成整個江戶市死氣沉沉，爲了給眾人帶來活力，今年的山王祭和神田明神的祭典，辦得比往常盛大。田屋也限定時間和人數，讓夥計分批參與祭典。老爺反覆叮囑：「聽好，不可以買吃的。最近天氣愈來愈熱，更是萬萬不可。你們一定要遵守我的吩咐。」

眾夥計沒人敢違背。

站在夥計們的立場，阿次很明白他們的感受。去年，他們大多奉老爺的指示，在救難小屋工作。儘管沒直接照料病患，但無疑是極爲可怕的任務，才會有人逃走。不過，由於完全遵照老爺的指示，平日勤洗手，避免喝生水、改喝冷開水，以及上廁所保持乾淨，救難小屋的人員都沒患病。田屋裡感染霍亂的，反倒是不曾在救難小屋工作的人。

此外，老爺耳提面命，即使從街談巷議或客人那裡聽聞「這樣做就能避免染上霍亂」、「這東西能壓制霍亂」之類的建議，也不能當眞。去年七、八月，不知是誰，更不知是哪來的依據，說是「放在病人枕邊的紅豆飯，如果能分一點來吃，就不會感染霍亂」，不消幾日便傳遍四方。老爺不僅一笑置之，還大聲反對。

「不論霍亂是怎樣的病，必定有其病源。而病人身旁，恐怕就聚集眾多病源。要是與他們分食，只會引來病源，千萬信不得。」

一點也沒錯。

只要遵照老爺的吩咐，準不會出錯，大夥理所當然會這麼想。遺憾的是，一踏出店外，事情就沒那麼好辦了。

實際上，今夏進入梅雨季前，老爺一度想重建救難小屋，防患未然。不料，有人認爲，霍亂不會再流行，提早蓋那種東西，太不吉利。礙於反對聲浪過大，老爺只能放棄。

叫囂反對的總是同一批人，他們老愛唱反調。去年老爺想興建救難小屋，他們也直嚷「用不著你多管閒事」。等救難小屋派上用場，完成任務後，他們又嫌棄「快點拆一拆，看了就晦氣」。儘管老爺解釋，或許隔年夏天又會派上用場，他們仍堅持疫病已結束，留下小屋，穢氣將匯聚不散，非拆不可。

但霍亂並未銷聲匿跡，今夏再度襲來。聽聞有人發病，老爺便火速興建救難小屋，那班人卻在背後講老爺壞話。

「田屋老闆說過今年疫病仍會流行，該不會是要逼我們承認他的神算，所以祈禱霍亂趕快擴散吧？」

這是在田屋宅邸內的廂房舉辦聚會，阿次端茶點過去時，親耳所聞，不會有錯。那些人看老爺離席，便七嘴八舌地攻訐。阿次原想拿起熱茶，往沒半點口德的老頭們頭上淋下，最後還是忍住沒動手。

老爺句句實言，採取的措施毫無瑕疵。阿次緊抿雙唇，纏緊束衣帶，暗忖著：今年的霍亂大流行，也要努力撐過去。

救難小屋蓋好，馬上有數人入住。這只是開端，還不像去年那樣人滿爲患，不過病患個個體弱氣虛，得悉心照護。此外，若有人發病，便得立刻遷至別處，所以阿次頻繁前往救難小屋，甚至留宿看顧。

「妳似乎一點都不怕霍亂。」

經常出入田屋的魚販調侃道。阿次笑著回答：

「大叔，您不也是嗎？」

「不賣魚就沒辦法做生意啊。」

「我何嘗不是，畢竟我是田屋的女侍。」

「不管怎樣，田屋老闆眞是奇人，我很敬佩。」

自從霍亂開始流行，江戶的居民都對生鮮敬而遠之，魚販的生意都快做不下去。但不論是去年或今年，田屋都沒拒絕魚販上門。當然還是不吃生冷食物，不過烤魚倒是常吃，也喝用魚頭和魚骨熬煮的高湯。老爺說，營養的鮮魚能在盛夏時爲身體帶來活力。只要不是生的就行，得徹底烤熟，趁熱吃。

經過數日，這天阿次奉命跑腿，前往今川町。沿著大路的運河，在龜久橋與海邊橋的中間區塊，寺院林立。每座寺院都傳出誦經與敲鉦聲，飄來連焚香也無法掩蓋的濃濃屍臭。戴鬼面具遊行的隊伍錯身而過，幾個大概是孩子病死的女子，圍著小桶棺放聲哭泣。眾多起伏的簡陋木板屋頂縫隙間，升起一縷輕煙。那並非火災，而是狼煙，據說能驅除霍亂。途中接連傳來「砰、砰」槍擊聲，約莫是某戶武家宅邸對空鳴槍，想驅逐疫病。唉，和去年夏天一樣的光景，阿次胸口一陣憂鬱。

她急忙辦妥要事，返回救難小屋時，在門口看見穿鹽屋絣的老爺背影，似乎剛抵達。老爺不是只把救難小屋的工作派給夥計，一天還會露好幾次面，所以遇見並不稀奇。她想著老爺會不會有什麼事，趕緊追上前。

來避難的人們，如果身體沒有大礙，能夠自由活動，待心情平復，白天都會外出工作。孩童恢復健康後，也會到外頭玩耍，或者去上私塾。因此白天時，小屋裡空空蕩蕩。至於情緒低落，及衰弱到無法起身的人們，則聚在向陽的南邊廳房躺著發呆，益發顯得寂靜。

老爺待在最前面那間六張榻榻米大的房裡，脫下的鞋子靠在土間（註一）旁。他左手拿著某個細長之物，面向散發新鮮木頭香氣的壁板，似乎正以右手撫摸牆壁。

定睛一看，老爺手中的細長之物，是個長約一尺（註二）的木盒。就阿次所知，這種盒子大多是用來擺放掛軸或版畫。

註一：日式房子入門處沒鋪木板的黃土地面。

註二：約三〇．三公分。

老爺想在牆上掛些什麼嗎？

和去年一樣，今年救難小屋的牆上也貼有月曆。等夏天一過，霍亂疫情就會平息。爲了鼓舞人心，每過一天，便以黑墨劃掉一天。

老爺似乎陷入沉思，模樣透著一股陰鬱。阿次站在廳房外，不敢出聲叫喚。在其他店家，女侍很少能見到老爺，但田屋不同。她見過老爺許多次，卻從未目睹老爺如此沮喪、若有所思的背影。

不久，老爺緩緩坐下，將細長的木盒擺在膝上，依舊面朝牆壁，完全沒注意到外頭的阿次。木板地上，清楚映照出老爺雪白的襪底。

老爺彷彿在拿一掐就碎的糕餅，小心翼翼地掀開盒蓋，取出盒中物。如同阿次的猜想，那是一幅掛軸。

老爺手持掛軸兩端，慢慢展開。

掛軸看似年代久遠，不僅泛黃，還有蟲蛀的小洞。展開之處皆爲空白紙面，始終不見圖畫。不知不覺間，阿次墊起腳尖，伸長脖子窺望。

最後，出現一幅四面約三尺寬的水墨畫，阿次看得目瞪口呆。

這是什麼畫？

正中央有個小水瓶，或許該說是味噌壺。紅褐色的質地，施以黑釉藥，十分普通。僅僅如此，只稱得上是樸實無華，但壺中並非空無一物。

那是和尚。一名和尚露出肩膀以上的部位，其餘身軀塞在壺內。

怎麼瞧都十分怪異，畫面極不協調。和尚的腦袋其大無比，還有雙下巴，肩膀肥肉不少，下身卻全裝進壺裡。那壺的大小，感覺連阿次都搬得動。

換個角度來看，就像和尚被吸入壺內，又像和尚受壺外吸引，想到外面的世界。

不管是哪一種，和尚都顯得威儀十足。明明頂著光禿禿的腦袋，卻有粗黑的濃眉，鼻翼外張，緊抿成一條橫線的大嘴，幾乎要搆著兩邊的耳朵。

所謂的異相，指的就是這樣的臉吧。

從肩膀看來，他僅著一件灰色破衣，沒穿袈裟。不過，怎麼瞧都像和尚。不見得光頭就是和尚，例如街上的大夫……哎呀，對了，這會是畫某位大夫的畫軸嗎？阿次猛然想到，也許是把某位大夫的訓示，以圖畫的方式呈現。

由於老爺專注地望著掛軸，沒察覺阿次從背後靠近。

「哦，阿次，妳回來啦。」

突然傳來一聲叫喚，阿次大吃一驚，幾乎是以跪坐的姿勢跳起。

是大掌櫃喜平。剛才就是他吩咐阿次去跑腿。

老爺轉過身，掛軸仍攤在手中。

「老爺，您果然在這裡。」

喜平毫不訝異。他脫好鞋，走進房內，跪地伏身。

「聽說，林町一丁目那對當木門番（註）的夫婦染上霍亂，代理房東已火速趕往。夫婦倆恐怕

註：木門，江戶時代在市內的要處及各市街邊界設置的大門。木門番即是木門的守衛。

已回天乏術，但他們有個小嬰孩，問我們是否肯代爲照顧。」

老爺臉上血色盡失，彷彿頓時乾枯。他嘴巴微張，卻發不出聲，只雙目圓睜，緊盯著阿次和喜平。

「老爺，您怎麼啦？」

喜平詫異地移膝向前，老爺才回過神。他手一滑，掛軸滾落地面，一路往前延展。

「這……」喜平發出驚呼，「好有趣的水墨畫……」

他的神情像是在詢問老爺，打算掛在這裡嗎？那麼，不必勞煩老爺動手，交給他就行。

老爺眼珠動都不動一下，直瞅著喜平，緩緩開口，反問：

「你覺得有趣嗎？」

「嗯。」喜平單手摩挲下巴，尷尬地笑道。「在下是個粗人，不懂書畫的好壞和價値。可是，我從未見過這樣的構圖，挺有意思的。」

「原來如此。」老爺頷首，緩緩伸向畫軸兩端，在膝上攤開。

「喜平，在你眼中，這幅畫像什麼？」

「像什麼？您是指……」

「看起來像在畫什麼？」

喜平有點不知所措，於是望著阿次。接收到喜平的目光，阿次轉向掛軸。

上面畫著一個塞在壺內的和尚。

「這……是猜謎嗎？」

「才不是。」老爺莞爾一笑。

大掌櫃煞有其事地瞇起雙眼，左看右瞧，徹底審視掛軸一番。

「嗯，這畫的是壺，應該是味噌壺吧，就算用來裝梅子乾也很合適。顏色和形狀都很普通，算是個小壺。不過，只畫這麼一個，似乎別有含意。」

阿次差點驚呼出聲，急忙摀住嘴巴，但仍難掩訝色，老爺全瞧在眼裡。

「阿次呢？」

老爺將掛軸傾向阿次。

「妳看這幅畫像什麼？」

阿次頓時冷汗直流，老爺的眼神相當駭人。

阿次無法坦然回答——嗯，我看到的不只是壺，裡頭還裝著一個和尚。她直覺不能這樣說，在僅僅看到壺的大掌櫃面前，絕不能這樣說。

老爺似乎很清楚壺上的圖案，卻故意詢問阿次。

「上面畫的是……一個壺。」

阿次好不容易從乾渴的喉嚨擠出這句話。

「是嘛。」

老爺簡短回覆，舉止突然恢復靈活，俐落地捲好掛軸。

「這面牆太單調，我想掛幅卷軸，但光畫一個壺，似乎少了些趣味，再找更吉利的作品吧。喜平，馬上去接林町木門番的那個嬰孩。阿次，因爲來了個嬰孩，妳得趕緊準備尿布，吩咐廚房煮米湯。照顧嬰孩千代最有經驗，跟她說一聲，她便會張羅好一切。」

千代是店內的資深女侍。阿次應聲「是」，伏身拜倒。老爺注視著她的後頸，繼續道：

「還有，待會兒來我房間一趟。妳年紀輕，應該能挑到較別致的掛軸。」

「那我來開倉庫吧。」喜平殷勤地提議。

「不必那麼大費周章，長押（註一）多的是掛軸。你如果是粗人，我就是懶人。那些掛軸可能都已遭蛀蟲啃食，這下正好，全攤開瞧瞧吧。」

老爺把掛軸夾在腋下，迅速起身，麻布襪發出一陣沙沙聲，走過阿次身旁，踏出救難小屋。阿次始終低著頭，極力壓抑喧騰的心跳聲。

「阿次，就挑有花的吧。」

大掌櫃拍拍她的肩，悠哉地談起如何選擇掛軸。

「秋天的花好，但千萬不能挑彼岸花（註二），否則會讓人意志消沉。或者，蓮花也不錯。咦，蓮花似乎是西方淨土的花，沒想到挺複雜的。」

乾脆選栗子或柿子的圖案吧——啊，秋天怎麼還不來。叨絮一番後，他從懷裡掏出手巾擦汗，匆匆返回店裡。阿次癱坐原地，直盯著剛才老爺展開掛軸的地方，遲遲無法移開目光。

吃完晚餐，準備排隊上澡堂時，老爺喚阿次前去。夏日的夕陽已隱沒西山。

今天沒下午後雷陣雨，田屋寬敞的宅邸內，同樣暑氣滯留不散。爆發霍亂後，午後雷陣雨帶來的一絲涼意，可謂上天的恩賜。一陣大雨下過，眾人頓時神清氣爽。少了雷陣雨，今晚眾人拚命點蚊香，彷彿要藉此彌補缺憾。

老爺待在寢室隔壁那間六張榻榻米大的房裡。這房間招待的對象，不是會擺架子的客人，而是親戚或老友之類能袒裎相見的訪客。大掌櫃不時會被找來，但阿次是頭一次踏進此處。

「關上紙門，過來這裡。」

老爺背對著壁櫥和違棚（註三），左手倚著肘几而坐。和白天一樣，他穿著鹽屋絣，外披絽織短外罩。

阿次有些怯縮。與穿短外罩的人見面，有種不同的隆重感。不論穿睡衣或浴衣，在夥計心目中，他都是老爺。此時刻意盛裝出席，看得出他堅定的意志，阿次不禁渾身戰慄。

那幅古怪的掛軸，對老爺真那麼重要嗎？

那幅掛軸收在白天的細長木盒裡，擺在老爺膝上，並未看到其他掛軸。之前說要讓阿次挑掛軸，果然純粹是個藉口。

起先，老爺詢問收容的嬰孩情況。阿次仔細回答，其實緊張得快喘不過氣，話聲卡在喉嚨。

面向內庭的緣廊，屋簷下垂掛著兩片竹簾。拉門完全敞開，所以此處也點了蚊香。無風的夜晚，蚊香的煙令屋裡染上淡淡紫霧。

註一：房屋內牆上柱間的橫木。

註二：日文別名曼珠沙華，中文正式名稱為紅花石蒜。

註三：位於壁龕旁的層架。

「阿次。」

看準談話的空檔，老爺下定決心般坐正，直視阿次。

「打開那幅掛軸。告訴我，妳看到怎樣的畫面。」

阿次應聲「是」，伸向掛軸的手發顫，木盒多次掉落。取出掛軸前，她笨拙地浪費許多時間。

老爺一句話也沒說，專注地睇著阿次。

阿次攤開一瞧，是白天那幅卷軸。一名穿破衣的和尚，肩膀以下的身體全塞在一個小壺裡。不知是要出來，還是要進去。

阿次啞聲道出看到的景象。

老爺閉上眼，緩緩長嘆。

「原來如此，妳果然看得見。」

阿次無法言語，只是低著頭。雖然不清楚怎麼回事，但她突然感到害怕，眼泛淚光。

「非常對不起。」

她雙手撐在榻榻米上，帶著哭聲道。

「爲什麼道歉？妳沒犯錯啊。」

老爺注視阿次的眼神，如同在凝望救難小屋裡的孩童。

「可是，大掌櫃……」

「喜平看不到，也不是他的錯。在大部分的人眼中，畫中僅有一個平凡無奇的壺。很少人看得到原貌，非常稀少。」

淚水滑落，阿次急忙按住眼角。「該不會我是個不祥之人，所以只有我看得到壺裡裝了一個和尚吧？」

老爺莞爾一笑。「當然不是。看得到不表示妳會有災難，因爲我也看得見。」

老爺拿起阿次攤開的掛軸，指腹順著和尚的形體描繪。

「很不可思議的一幅畫吧？這長相古怪的和尚，是怎麼鑽進壺內的？猜不出他多大年紀，也瞧不出屬於何種宗派。」

心情略微平復後，阿次詢問：

「老爺，您之前跟大掌櫃提過，這幅畫不是猜謎遊戲。那麼，也不是模仿某樣東西嗎？」

「不是，這可能是一幅寫實畫。」

老爺搖搖頭，食指移向寬廣的壺身。

「阿次，看得出什麼嗎？」

只看得到釉藥的顏色與圖案。

「看不出來……」

「是嘛。這不是馬上就能看出的，我也花了好幾年。」

「那裡有特殊之處嗎？」

「嗯。上面貼著一張寫有俳句的紙箋。不過，紙箋中間破了，只殘留下半句。」

神明詛咒疫病風——這便是下半句。

任憑阿次怎麼瞇眼細究，還是看不出那張紙箋。

老爺像要拉平古舊掛軸的皺折般，小心翼翼地攤在榻榻米上，繼續道：

「既然妳看得見這幅畫，我必須告訴妳一個老故事。不會花太多時間，不過，接下來屋內恐怕會充滿蚊香的煙，先搬到緣廊吧。」

阿次依言將蚊香撤到竹簾下，再回到原位。

掛軸上的和尚面朝緣廊，阿次搬動蚊香時，不經意地瞥了一眼。

和尚好像會動。那長滿肉的右肩，彷彿即將從壺內伸出右手，上下晃動。

會是座燈的緣故嗎？可是，燈火並未搖晃。

「妳剛才看到什麼了嗎？」老爺旋即問道。

「啊？是的。」阿次單手抵在胸前，心臟噗通噗通直跳。

「那和尚似乎在動……」

「哦，這樣啊。」

老爺像是早就知曉，點點頭。

「要是妳會怕，我就收起來吧。放心，沒必要再攤開。」

因爲我找到妳了——老爺低語，眼中閃著灰暗的光芒。

那是三十年前的往事。

「妳也知道，田屋到我算是第三代。之所以有今天的財富，全是父親，也就是第二代當家的功勞，而初代當家的祖父，同樣是好強的商人。祖父從木筏工起家——即你們稱爲俠客的「川並」

（註），一路賣力工作，最後買下木材商的股權。說起來，祖父的功業與此事無關，不過，當時田屋在這一帶已擁有店面，妳就先記在心裡吧。

約莫是三十年前，臘月將至的時節。大掃除結束，眾人皆引頸期盼新年的到來。其他商家紛紛準備放鬆享福，但我們木材商在冬天絲毫無法鬆懈。哪裡發生火災，馬上就是一筆大買賣。尤其是那年風強，火災頻傳，自然有不少生意上門。雖然還是個不滿十五歲的小夥子，我已學著參與祖父和父親的生意。

記得那是個細雪紛飛的冷冽清晨，我們發現一名骨瘦如柴的僧人倒臥在店門口，連遮雪的斗笠也沒戴，缺了衣袖的單薄破衣外，只披著布滿塵埃的袈裟。他渾身冰凍，小腿和小腿肚出現紅黑色凍瘡。由於沒穿鞋，看得出他左拇趾潰爛，恐怕也是凍傷。

祖父和父親宅心仁厚，不管對方模樣再骯髒窮酸，也絕不會見死不救。他們立刻將僧人抬進家中，加以醫治，好不容易撿回一命。他身體孱弱，連話都說不好，但父親他們耐心詢問，得知他是遠州法泉寺的僧人，奉住持之命送三卷佛經至房州的分寺。

不管他這趟旅程背負著多重要的任務，在這種季節就這身打扮，且健康狀況不佳，實在不適合遠行。祖父和父親都勸他留下休養，直到身體好轉，即使不能等到春天，至少待到寒氣轉暖。

不料，旅行僧搖頭婉拒。他以不太靈光的舌頭，出奇平淡地回道：「感謝施主的好意，只是貧僧陽壽已盡。承蒙施主悉心照護，若連遺骸也勞煩善後，實在過意不去。貧僧恐怕熬不過今晚。」

註：從貯木場將砍下的圓木綑成木筏，順著河流運下的工人。

祖父和父親極力安慰，替他打氣，心裡卻暗自驚訝。他們找來街上的大夫診治後，大夫也斷定此人回天乏術，不久便會喪命。

接著，僧人表示想報答恩情。

祖父和父親並未當眞，認爲僧人應該拿不出像樣的東西當謝禮。他們告訴僧人，有這份心意便足夠，僧人卻十分堅持。

而且，僧人說了一段奇妙的話。

——貧僧獻上的謝禮，對你們來說，不見得是幸運之物，但肯定能帶來益處。若不嫌棄，請務必收下。就在貧僧的包袱裡。

打開僧人揹著的破爛包袱，找到以白絲綢包覆，再以紫包巾裹起的三卷經書，應該就是他奉命送往分寺的物品吧。此外，還有一個細長的木盒，便是僧人的謝禮。

——請打開來，讓府上所有人一同觀看。

「由於是瀕死之人的請託，何況又是僧人，實在無法置若罔聞。於是，祖父打開木盒，發現裝著那幅掛軸。」

老爺停頓片刻，目光落向剛捲好收進木盒的掛軸。

「不是別的，就是這幅掛軸。」

阿次緩緩點頭，暗暗呑口唾沫。

「攤開掛軸，祖父看到一個簡陋的壺，平凡無奇。父親、母親、兄弟姊妹、店內夥計，及前來診治的街上大夫，看到的都是著壺的無趣圖畫。

可是，我卻看到其他景象。

我看到肩膀以下的身軀，全塞在壺裡的僧人。」

老爺單手抵著額頭，緊皺雙眉。

「而且，圖中那塞在壺中的僧人，與眼前即將死去的旅行僧長得一模一樣。」

阿次還來不及開口，老爺抬頭補上一句。

「至今我仍看得見他──健康的他，臉頰豐腴，氣色紅潤。我想，畫中應該是旅途勞頓衰弱消瘦前的容貌。因爲五官沒太大改變，一瞧便知。」

阿次雙手緊緊交握，十指暗暗使勁。不這樣緊抓著自己，她會害怕到不敢再聽。

「告訴僧人此事後，他把我和祖父、父親喚至枕邊。」

──日後將成爲第三代當家的小少爺，能看到壺內的僧人，著實可喜。這麼一來，貧僧便能安心瞑目。

之前也提過，祖父是個生意人，所以他馬上詢問，對商人來說，壺裡的那名僧人算是吉祥物，還是財神？旅行僧聞言，瘦削的雙頰綻出一笑。

──不，不是財神。不過，具有金錢買不到的價值。

父親似乎很不安，再度正色向旅行僧確認。旅行僧回答：

──那是一名聖僧，能守護小少爺不受世上任何疫病侵害，也會賜予小少爺智慧，以保護無助的人們遠離疫病。

我們面面相覷。

姑且不談只會做生意的祖父，父親信仰十分虔誠。他不禁納悶，從未聽聞「裝在壺裡的聖僧」之類的佛典故事，純粹當是病人的胡言亂語。

——只是，聖僧的力量，附帶一件麻煩事。其實，心地正直便能夠應付，但將這個麻煩推給你們，眞的很抱歉。不過，既然小少爺看得到，也是無可奈何的，還請見諒。

語畢，僧人嘴角掛著淺笑，當晚便駕鶴西歸。」

老爺停頓片刻，一臉沉痛地注視著榻榻米的紋路。

「那麼……」阿次像要打探故事的後續，試著開口。「是田屋代爲安葬旅行僧的吧？」

老爺猛然回神，眨眨眼，不知爲何，打了個冷顫。

「嗯，沒錯。」

「有沒有向法泉寺通報呢？」

「阿次，關於這件事……」老爺略顯惱容，「我們花了些銀子請人調查，然而查遍遠州，根本沒這麼一座寺院。其他地方確實有座法泉寺，可是住持根本不記得曾派修行僧送經文去分寺。不僅如此……」

老爺輕輕往膝上一拍。

「爲了尋找其他線索，重新檢查僧人的行李時，我們小心翼翼地打開存放三卷經文的包袱。但那根本不是經文，只是普通的白紙。」

亡故的僧人並未持有通行證，無從得知他的身分，甚至不確定他是不是眞的旅行僧。某天他突然來到田屋大門前，留下神祕掛軸後，隨即嚥氣。待眾人注意到時，才發現連他的名字都不知道。

「不過，僧人所言不假。」

越過阿次的肩膀，老爺望著燈光照不到的夏夜幽暗處，沉聲道。

「新年一過，江戶流行起一種難纏的咳嗽病。染病後三到五天，病人會咳嗽不止，甚至咯血，最後衰弱身亡。一旦出現患者，周遭的人便會陸續感染，不曉得多少人病死。儘管不像去年的霍亂那般肆虐，疫情也很嚴重。

可是，我卻逃過一劫。

而且我曉得怎麼躲過咳嗽病，保護自己。沒人教我，但我就是知道。這些智慧理所當然地浮現腦海，我首先告訴家人，並盡可能告訴所有人。相信我的人，都順利逃離病魔。對我的提醒嗤之以鼻的人，全染病喪命。

阿次，僧人的話果眞應驗了。」

每當傳染病爆發，相同的情況便會重複上演。

「値得慶幸的是，那些疾病都不像去年和今年的霍亂這麼嚴重……」

老爺彷彿遙想起過往，眼神凝望遠方，阿次深深一鞠躬。

「老爺驅退霍亂的本領，我們都十分敬佩，也感到很不可思議。今天聽到這番緣由，才解開我心中的疑惑，謝謝老爺。」

老爺瞇起雙眼，悲戚地望著阿次。

「接下來換妳了，妳要負起和我一樣的責任。因爲妳看得到壺裡的僧人，不論願不願意，都得接下這個重擔。」

「可是，我身分卑微，什麼事也辦不成。」

老爺打斷阿次的話，冒出驚人之語。「我已來日無多。」

面對驚詫的阿次，老爺輕輕一笑。

「用不著那麼驚訝。不是明、後天就會死，大概還能活個兩、三年吧，我心底明白。半個月前，我突然有這種預感，且一天比一天強烈，應該是那名聖僧告訴我的。他催促我快點決定繼承人，並找到能看出掛軸裡聖僧模樣的人。

所以，我才帶這幅掛軸去救難小屋，希望在被霍亂奪走親人卻撿回一命的幸運兒，及切身感受到疫病的恐怖與帶來的悲哀的人們中，有誰能看出畫中的聖僧。」

老爺緊抿雙唇半晌，垂眼望著地面，語氣凝重地補上一句。

「因爲見過聖僧、取得力量，等於要接受某件麻煩事。」

阿次頓時忘記天氣的悶熱，感覺一股寒意竄過背脊。老爺說「接下來換妳了」，但「麻煩事」是指什麼？

老爺突然極度疲憊似地，坐姿一垮，單手緊按兩側太陽穴，半邊身子猛一晃。阿次大吃一驚，急忙起身想上前攙扶，但老爺撐著地面，恢復原本的神色。

「不，我沒事。阿次，今晚先聊到這兒吧。」

「可是……」

阿次一顆心懸在半空，這未免太吊人胃口。

「我該怎麼做？太可怕了。那究竟是怎樣的『麻煩事』？」

老爺像在道歉般，頻頻頷首，輕拍阿次的手臂。

「與其解釋半天，不如親眼目睹較快。我要小一郎請假返家一趟，到時再叫妳來，妳先做好心理準備。還有，今晚起妳得一個人睡，就用棉被間吧，務必遵循我的指示。告訴同寢室的女侍，由於妳在救難小屋工作，擔心染上霍亂，所以得分房。我也會吩咐下去，妳不必擔憂。」

事情一樁接著一樁，阿次有些頭昏眼花。要找少爺回來？她得單獨睡？

這是怎樣的情況？和老爺的故事有關嗎？

「幸好妳不是會偷睡午覺，或打瞌睡的懶鬼。」

老爺說了句啞謎般的話，便把阿次趕出房外。

當晚，阿次在堆滿棉被的房內，找到一處空隙，鑽進去躺下。裡頭又暗又窄，十分難受。由於這個緣故，阿次做了個怪夢。

阿次隱隱感到四周爬滿某種物體，還聽到奇怪的聲響。

那是什麼？明明躺著睡覺，卻依稀瞥見像蛇一樣濕滑光亮的異物，也像是粗大的海草。忽然，散發海水氣味的濡濕之物掠過鼻尖。

一股腥臭和暖意，圍繞在阿次身邊。猶如女人們在周遭不停撥動著一大串佛珠，毫無間斷。

不知何處傳來誦經聲。

一早醒來，阿次的睡衣已被汗水濕透。

十天後。

小一郎少爺返回田屋，宣布今後要在老爺身旁幫忙，學習田屋的工作。

阿次第一次見到少爺，覺得他長得非常像老爺，連下巴形狀和嗓音都一模一樣。

小一郎站在一排夥計前，不知爲何，總是瞅著阿次。

坐在小一郎旁邊的老爺，也凝望著少爺。

日暮時分，阿次被喚到老爺的房間。此時，霍亂的疫情到達高峰，救難小屋人滿爲患，阿次疲於奔命，每一動作都令全身骨頭大喊吃不消。不過，自從聽到老爺的故事後，阿次的一顆心始終懸在半空，很希望老爺能讓她靜下心，因而忐忑不安地前往。

這十天來，阿次身上起了明確的變化。先前都按老爺的囑咐預防霍亂，如今她不僅明白那是「正確無誤」的方法，甚至能看出老爺疏忽的安排。

壺中的和尚確實擁有神聖的力量，阿次深信不疑。於是，她益發在意，伴隨這種力量的「麻煩事」爲何？

老爺也找了少爺過來。

「阿次，讓妳久等，抱歉。」

接著，老爺像要確認約定般，望向一旁的少爺。少爺露出同意的表情，點點頭。

「今天晚上，小一郎會去叫妳過來，你們一起到我的寢室。我想讓妳瞧瞧，我入睡後的模樣。」

聽見意想不到的吩咐，阿次一時不知如何回應。

「要我看……您入睡後的模樣嗎？」
「沒錯。這就是『麻煩事』，看過妳便會明瞭。」
深夜，少爺來到成為阿次個人房的棉被間前，輕敲紙門。阿次一開門，見到拿著燭火的少爺，不論容貌或身形都像極老爺，不禁嚇一跳。
「阿次，跟我來。」
田屋的宅邸經過多次增建，占地擴張許多，從棉被間到老爺的寢室，得繞過蜿蜒曲折的走廊才能抵達。原本不發一語帶路的少爺，在經過老爺寢室前的小廳房時，停下腳步調整呼吸，重新拿好燭火，面向阿次。
「阿次，真的很抱歉，爹原本希望由我繼承。不單是家業，也要繼承那神聖的力量。遺憾的是，我看不見壺裡的和尚。不論我怎麼盯著掛軸，仍只瞧見壺。」
小一郎並非嘴巴說說，而是不甘心地緊蹙眉頭。
「妳是我的替身。雖不全是這個緣故，但我想娶妳為妻。當然，我爹也有此意。今後的事妳不必煩惱，田屋會負責照顧妳，儘管放心吧。」
接著，他靦腆地微笑道：
「妳工作勤奮，稍加打扮便會明豔動人。我不像爹那麼一板一眼，可是我向妳保證，以後絕不會在外拈花惹草。」
那麼——少爺伸手搭在紙門上。
「妳往裡頭偷看一下吧。要是爹醒來，就看不到了。」

阿次聽得一頭霧水，還是在少爺的催促下，窺望老爺的寢室。

湊近燭火，只見老爺的絲質鋪墊閃動著白光。如今回想，那應該是方便阿次瞧清楚而刻意安排，老爺沒蓋棉被。

躺在絲墊上的，並非老爺。

那根本不是人的形體。

彷彿是巨大的章魚觸手不停鑽動，糾纏在一起，形成一座山。或者，該說是因暴風雨被打上岸的糾結海草，黏稠濕滑，無從拆解。

從那可怕生物的身上，傳來人的打呼聲。

那是老爺的打呼聲。

「只有熟睡之際，爹才會變成這樣。」少爺在阿次背後低語。他屏住呼吸般，痛苦地飛快解釋。

「那不是我爹，而是聖僧。每當爹入睡，便會現身。」

望著四處鑽動的成群觸手，及濕滑的亮光，阿次恍然大悟，想起那個夢。在我床褥四周蠕動的不明之物……

原來這才是它的眞面目。這就是塞在壺裡的和尚，肩膀以下的身軀。

它也附在我身上了。

阿次一聲不哼地昏厥。

安政年間的霍亂大流行，並未在疫情最猖獗的安政五年打住，往後的安政六年、七年也傳出疫情，持續了三年。

每年田屋都會興建救難小屋，援助爲疫病擔驚受怕的民眾。

萬延元年（一八六〇）初冬，田屋第三代當家重藏腦中風，昏厥三天後，靜靜離開人世。

兒子小一郎成爲第四代當家，並繼承父親的名字「重藏」。翌年，結束服喪後，他旋即娶女侍阿次爲妻。

阿次可說是飛上枝頭當鳳凰，第四代當家也算從自家人裡娶親。由於是第三代當家在世時便決定好的婚事，沒人多做置喙。

夫妻倆琴瑟和鳴，但不知爲何，總是分房就寢，夥計個個納悶。看來，似乎是夫人的睡癖不佳，以前當女侍時，她也單獨住過棉被間。

比起習慣當田屋的夫人，習慣聖僧的能力更令阿次吃足苦頭。

阿次曾埋怨上代當家不小心讓她瞧見掛軸，也曾怪自己爲何要偷看。

不過，聖僧的力量確實能驅退疫病，保護人們遠離疫病帶來的悲慘命運。

只能繼續傳承下去。既然已繼承，便得好好發揮效用。

外國船隻陸續前來，世道益發動盪。即便不是如此，日子一樣教人不安。要是再爆發霍亂之類的疫情，恐怕會是一片悲慘的末日情景。光靠阿次一個人，當然無法阻擋時代的洪流，但能力所及，她定會全心投入。

況且，阿次也將爲人母。

胎兒正平安長大，動不動就在肚裡亂踢，阿次不禁莞爾。忽然，她心血來潮，決定取出那幅掛軸。

此時的阿次已大腹便便，步履蹣跚，要墊腳取物有點危險，於是她請丈夫代爲從長押取下掛軸。兩人一起展開觀看。

阿次小聲發出驚呼。

壺還是老樣子。只露出肩膀的和尚，身子仍塞在壺裡。

不過，和尚的相貌變了，不再是粗大濃眉的異相，而是換成上一代當家。

「阿次，怎麼啦？」

面對丈夫的詢問，阿次才想到他看不見畫中人。

「沒什麼。」

阿次回道，小心翼翼捲著掛軸，朝畫中的公公微微一笑。

是我想太多嗎？應該吧。塞在壺裡的田屋第三代當家，也像在對她微笑。隨著阿次一路將掛軸往上捲，他緩緩被吸進壺中。

2
chapter

阿文的影子

這是前天九月十三日晚上的事。

訴說此事的老翁，眼睛眨個不停。

「沒什麼，一定是我眼花了。」

說長不長的故事，描述時還特別聲明三次。看著那副模樣，政五郎反而深深感受到老翁的不安。

這個已退休養老的老翁名喚左次郎，家住深川北六間堀町的剛衛門長屋。他長年在日本橋的絲線批發店擔任掌櫃，侍奉第三代當家，自從前幾年輕微中風，左腳不良於行後，便趁機退下崗位。一生心血全奉獻給工作的他，既沒娶妻，也無子嗣，和家人早就離散，根本沒有兄弟姊妹的消息，拖著病軀，孤獨一人。

面對如此忠心的前任掌櫃，老東家當然不能虧待他。他們替左次郎張羅住處，每個月供他少許生活費，讓他得以度過晚年。而他也不想完全仰賴接濟，儘管行動不便，雙手仍舊靈活，所以承接一些紙工藝、糊傘之類瑣細的副業餬口。

政五郎約莫是在半年前認識左次郎。雖是獨居老人與捕快的邂逅，但並非有什麼危險的過節。其實是政五郎行經附近，發現孩童聚集在剛衛門長屋的木門前嬉鬧，好奇地窺望，發現老邁的前任掌櫃坐在孩子們圍成的圓圈中。

當時，左次郎在向孩子們表演親手製作的紙人劇。連對戲曲所知無多的政五郎，也一眼就看出那是《假名手本忠臣藏》中的場景。紙人裝扮之精細，幾乎可與市松座（註一）比擬，政五郎大為佩服，不禁心生興趣，想知道這老頭是何方神聖。於是，待孩童散去，政五郎前往拜訪，意外得知左次郎的身世。

左次郎侍奉的絲線批發店，每一代當家都愛好戲曲，長久下來，妻子和兒女自然耳濡目染，不時會向夥計談起戲曲，或重現經典台詞與場面，並詳盡解說。倘若夥計應答得宜，主人一開心，還有賞可拿，在這樣的風氣下——

「一團和樂是不錯，不過，討厭戲曲的人在店裡就難待了。」左次郎笑道。

因此，久而久之，左次郎記得不少戲曲。當家就喜歡他的好記性，自從他升任掌櫃，甚至要他陪同看戲。不論哪個領域，愛好者總是好為人師，左次郎的主人對他這個初嘗眞正戲曲滋味的小夥子，給予多方指導，樂此不疲，即使換了新當家也一樣。畢竟，隨著時代更迭，演員面孔不同，劇目亦年年新增。

所以，左次郎退休時，儼然成為戲曲通。

他利用副業剩餘的木片和紙片，做成紙人。起初只是拿來自娛，但附近的孩子們覺得新奇，他便又多做了些，並順口解說角色背景。漸漸地，在孩子們的央求下，他加上劇情和動作。如此一來，自然會興起一股欲望，想做出更好的成品，更精細講究。見孩童一學就會，他倍感欣喜。

「這回完全是在模仿我家老爺。」老翁一臉靦腆。

初遇政五郎時，他第一次以完整的戲曲呈現，投注相當大的心血製作紙人。

孩子們稱左次郎爲「講古爺爺」，和他十分親近。由於孩子們受到照顧，長屋的住戶都很尊重左次郎。理應落寞孤單的獨居老人，竟能過著如此熱鬧的生活，實在是令人羨慕的美談，政五郎常對妻子這麼說。之後，他有空便會順道前往剛衛門長屋，望著老翁與孩童歡樂相處的模樣，也從中感染到些許溫情。

而就在昨天上午，左次郎派長屋的孩童上門傳話。剛從私塾放學的孩童告訴他「講古爺爺想見捕快一面，您有空再順道前來即可」，或許是先入爲主的印象，總覺得孩童說話時，像劇中人物在講台詞，抑揚頓挫非常清楚。

政五郎抵達剛衛門長屋時，左次郎倚著長屋木匠特製的靠椅，在做全新的紙人。那是個穿華麗打褂（註二）的大小姐，接下來要演《娘道成寺》（註三）嗎？政五郎出聲詢問，左次郎急忙想起身坐正，但政五郎制止他，隨意往門口台階坐下。

「像我這樣的人，還麻煩您跑一趟，眞是失禮了。」行動不便的左次郎低頭道歉。

「用不著顧忌。我不過是名捕快，只要有差事，再遠也得去。」

對左次郎的幸福生活深感放心的政五郎，和老翁見面前，並未深思老翁的用意。然而，平日臉

註一：江戶的知名歌舞伎劇場。

註二：日本女性和服的一種。

註三：歌舞伎的劇目之一。

上皺紋雖多，但雙眸晶亮、精神矍鑠的左次郎，此刻卻蒙上一層暗影。政五郎察覺有異，站起身，輕輕關上拉門，詢問：

「怎麼啦？」

老翁開口前，緊咬著薄唇，緩緩把做一半的紙人擺到身旁。

「年紀一大把，還說這種光怪陸離的事，或許會惹您訕笑……」

接著，他娓娓道來。

十三日夜晚，在皎潔的月光下，長屋的孩子們玩著踩影子遊戲。

「有的孩子不曉得我腳不方便，無法行走。」

左次郎枯瘦的手，輕撫著不良於行的右腳。

「他們邀說『講古爺爺，一起來玩踩影子嘛』，我聽了也很高興，心想，要是行動自如，就能混在孩子們中踩影子，四處遊玩。」

左次郎請孩子們幫忙，在長屋木門旁擺個空木桶，決定坐著看孩子們玩耍。所謂的「踩影子」，如同左次郎的描述，是互相追逐，踩彼此影子的遊戲，被踩到的當鬼，要回踩對方。孩子們唱著踩影子的童謠，玩得非常投入。

年長的孩子跑得快，又懂得動腦筋，不太會被踩到影子。年幼的孩子較吃虧，很快就被踩到影子當鬼。有的孩子一再當鬼，忍不住哭了起來，左次郎便教他們要適度放水，十分樂在其中。

驀地，左次郎發現長屋的孩子王神色不太大對勁。

男孩名叫吉三，今年十一歲，父親就是爲左次郎製作靠椅的木匠。吉三曾抬頭挺胸地說要成爲和爹手藝一樣棒的木匠，活力充沛。雖然有點粗心大意，但他很照顧年幼的孩童。約莫是父母吩咐過，即使沒紙人劇表演或沒找朋友玩，他也幾乎天天到左次郎住處露面，「講古爺爺，有沒有什麼事」。

「我就快要去當木匠學徒，以後不能跟講古爺爺玩了。講古爺爺，你會寂寞嗎？」孩子氣又臭美的口吻，顯示他還很天眞爛漫。

這樣的吉三，在玩踩影子時，動不動就停下腳步，注視地面。他低著頭，東張西望，又猛然抬眼，緊盯奔跑的同伴，緩緩向前，旋即再次駐足。

起初，左次郎以爲他故意讓年幼的孩童踩他影子。但同伴在別的地方嬉鬧時，吉三仍在遠處凝望地面。時而瞄向腳下，時而覷著同伴的影子，逐漸拉開間距。

左次郎離吉三有點遠，微微扯開嗓門叫喚。

「阿吉，怎麼啦？」

吉三驚得彈起，左次郎對他招招手。吉三很注意腳下的影子，頻頻回望嬉鬧的同伴，走到左次郎身旁，隨即蹲下。

「哪裡不舒服？你看起來怪怪的。」

面對左次郎的關切，吉三像忍著噴嚏般，整張臉皺成一團。

「講古爺爺，我不是膽小鬼吧？」

「爲何突然這麼問？」

戲曲裡不乏因果故事及鬼故事。左次郎相當注意這個環節，總會避開相關劇目，或巧妙更改細部劇情。不過，從吉三那裡得知，有些孩子聽完故事被嚇哭，左次郎便常和吉三討論。

「女孩子都是膽小鬼。」這是吉三的口頭禪。「根本嚇不倒我。」

「你不是膽小鬼。不過，你剛剛好像在害怕些什麼。」

左次郎這麼一說，吉三縮起脖子。

「講古爺爺，你不會笑我吧？」

「才不會。」

長屋的孩子聚在一起，在隔三間房遠的前方互踩影子。與其說是在玩踩影子遊戲，不如說是擠在一塊拉拉扯扯，吵吵鬧鬧。

「好奇怪。」吉三悄聲道。

「哪裡？」

「我的眼睛。」吉三揉著雙眸。「講古爺爺，我看見一道多出來的人影。影子的數量比實際人數多，可能嗎？」

左次郎凝睇著吉三，只見他一直緊盯同伴，似乎是邊說話，邊努力數數。數著同伴，及影子的數目。

左次郎也試著細數。不過，面對胡亂東奔西跑的孩子，與他們落在地上的影子，老眼昏花的他實在數不準確。

於是，他問吉三：「你在這裡數，還是多一道影子嗎？」

吉三搖頭。「我搞不清楚，但剛剛確實……」

多了一道影子。

「有道影子在跑。明明沒人，影子卻在跑。追在大夥後面。」

左次郎彷彿遭冷水沖淋，寒毛直豎。

「怎樣的影子？男孩，還是女孩？」

「不確定。可是影子很小，就像阿秋那樣。」

阿秋是個五歲的女孩。

兩人不約而同望向喧鬧的孩子們。或許是跑得太喘，孩子們停下腳步歇息。附近幾個太太來到戶外，聊天談笑。

一、二、三……左次郎焦急地數著。剛衛門長屋的孩子共有十人，扣掉在這裡的吉三，應該剩九個人。不會錯，恰恰九個人。

那影子呢？從孩子們腳下延伸出的影子。玩得正起勁時，隨著明月升至半空，變得愈來愈短的影子——

有十道影子。

左次郎猛眨眼，重數一遍。不，這次是九道。有一道消失了。

「講古爺爺。」吉三用力拉著左次郎的衣袖。

離孩子們三尺遠，空無一人的路旁，有個小小的圓影。

是孩童蹲在地上的模樣，左次郎暗想。那不就是頭和肩膀的形狀嗎？

「吉三！」

左次郎大喊一聲，伸手想抓住吉三的胳膊，可惜慢了一拍。吉三迅如飛箭，撲向水溝板蓋上的黑影，雙腳使勁一踩。

黑影一溜煙跑走。從吉三腳下，如流油般逃向一旁，融入表長屋二樓屋頂的暗影中。

吉三氣喘吁吁，背影僵在原地。

「阿吉，快回來。」

左次郎連喚兩次。吉三倒著往回走，目光始終無法從黑影消失處移開。

「那是月亮的惡作劇。」

左次郎輕撫來到身旁的吉三背部，試著說服他。

「或者是看你們玩得太開心，剛衛門稻荷神（註）忍不住加入。啊，一定是這樣。」

剛衛門稻荷神，是與這座長屋起源有關的稻荷神，神社就位在這條路直走的轉角。

「稻荷神才不會玩踩影子遊戲，講古爺爺。」吉三顫聲道。

「這可難講。祂千變萬化，肯定是化成女孩的影子陪你們玩。」

左次郎如此堅稱，手掌感覺得出吉三背後已被冷汗濕透。

政五郎點著頭聆聽。

「哎呀，眞是難爲情。」滿臉皺紋的左次郎笑道，「我和吉三一樣，心裡有點發毛……」

「昨晚也個明月夜，孩子們可有玩踩影子遊戲？」

左次郎搖搖頭。「雖然他們很想玩，但我說這遊戲是十三日晚上限定，打消了他們的念頭。」確實有此一傳聞，不過，因爲是孩童的遊戲，只要是明月高懸的秋夜，想玩隨時都行。左次郎大概是有些畏怯吧。

「吉三還會害怕嗎？」

「他是個孩子，睡一晚就沒事。不過，和別的孩子不同，昨晚他就沒吵著要玩，也沒到戶外來。」

政五郎頷首，盤起胳膊。

「這倒是頗教人在意。」政五郎莞爾一笑，「此外，左次郎先生，雖是我個人猜測，不過，總覺得您有所保留。」

左次郎一驚，抬起頭，稀疏凌亂的眉毛上挑，加深了額頭的皺紋。

「您眞是……」

「猜錯了嗎？」

「不、不，」左次郎不住摩挲著臉，「一切都瞞不過捕快的雙眼啊。」

其實，他不是十三日那晚，才第一次察覺人與影子的數目不符。

「早在之前，就發生過兩次同樣的情況。當下只有我發現。」

註：日本神話中穀物、食物之神的總稱。人們視狐狸為稻荷神的使者。

兩次都發生在大白天，是孩子們上完私塾和結束幫傭，左次郎表演紙人劇給他們看的時候。

「是影子多出來嗎？」

「對，原以爲是我看錯，不過接連兩次發生……」

左次郎膚色偏白，此刻更是面無血色。

「所以，前晚吉三提及此事時，我才無法一笑置之。」

他放下在臉上摩挲的手，不知該往哪擺，懸在半空，微微一笑。

「我是個沒見識的夥計，空長年紀，只曉得店務，其他一概不知，就這麼垂垂老矣。」

雖然是自謙的話，卻非發牢騷的口吻。

「這種時候，我深深覺得自己的無知終於帶來報應。儘管吉三很堅強，沒顯露在臉上，但我明白他在害怕。我絞盡腦汁，想找個理由解釋那匪夷所思的現象，告訴他地上多一道影子，在街頭巷尾不是新鮮事，別的地方也有類似的情形，最好能舉個例子。」

偏偏一個也想不出來，左次郎沮喪道。

「光是剛衛門稻荷神還不夠？」政五郎微笑反問，「如今對長屋的孩子講稻荷神的故事，可能太了無新意。再者，會跟孩子混在一起玩的，通常是地藏菩薩，不是稻荷神。」

左次郎「哦」一聲，「地藏菩薩有這樣的傳說嗎？我就是對這方面一無所知。」

所以，左次郎才會想到政五郎。

「原要請代理房東幫忙出主意，但我算是新來乍到，聽在他耳裡，搞不好會以爲我在挑剔剛衛門長屋。」

確實很像夥計會有的顧忌，稍嫌多慮了。

「你擅長的戲曲中，有沒有能派上用場的劇情？」

「不……我找不出，這件事實在太過古怪。」

沒有孩童的形體，只有影子跑來參與踩影子遊戲。

「好吧。」政五郎鬆開雙臂，使勁往膝頭一拍。「反正沒差事上門，我的手下悶得慌。就來調查世間是否有類似的故事或由來吧，似乎挺有意思的。」

左次郎很過意不去，政五郎告訴他不必放在心上，隨即站起身。

聚集在江戶町的，幾乎全是外地人，罕有熟悉當地民情的耆老之類的人物。而身爲捕快，政五郎對一些無趣、醜陋的故事時有耳聞，但對其他事就一無所悉了。左次郎認爲捕快必定見多識廣，由這層面來看，顯得思慮淺薄，確實很像一般夥計會有的想法。

不過，政五郎倒是有幾個諮詢對象，要編故事也行。或許他們能提供合理的解釋或理由，讓吉三安心。

政五郎花了幾天，陸續與諮詢對象碰面，計畫卻完全落空。他原本仰仗的諮詢對象，都露出納悶的表情。

「咦，我第一次聽說。」

「有這種事嗎？」

「哎呀，眞是前所未聞。孩童的影子跑來和眾人玩嗎？」

他們異口同聲地推斷，那孩童的影子一定是鬼魂或妖怪。此種解釋只會加深吉三（還有左次郎）的恐懼，所以政五郎才會四處尋求其他解釋，可惜這些人沒有一個靠得住。

「如果是鬼魂就傷腦筋了。」

「那麼，剛衛門長屋或是附近，有沒有長年生病、無法邁出家門的孩童？也許是孩童想找玩伴，而靈魂出竅。」

「離魂病？那不就是生靈？和鬼魂根本沒兩樣。」

不過，政五郎仍大致打聽一番，但找不到類似處境的孩子。

傷透腦筋時，一名深川的第三代木匠工頭，告訴政五郎一件意外的事。

「剛衛門長屋還算新吧？建好至今才兩年多。」

沒錯，這在火災頻傳的江戶，並不罕見。

「那一帶之前是空地，空了大約十年……不，二十年之久。頭子，你還記得吧？」

本所深川雖是政五郎的管區，但他不可能對每幢建築都瞭若指掌。況且，人的記性不可靠，若誰問起那幢房子所在地先前的用途，回答「記不清楚」，也是人之常情。

見政五郎側頭尋思，工頭繼續道：

「表面上是防火空地，但那是地主們協議後的決定，其實是塊人人避之唯恐不及的禁忌地。在代理房東面前不好明講，也請別洩漏是從我這兒聽來的。」

原本是想消弭陰森可怕的事件而四處打聽，卻一味朝最不希望的結果偏去，實在諷刺。可是，既然對方提到禁忌地，就不能置若罔聞。

「到底是怎樣的禁忌?」

屋裡會發出怪聲，工頭回答。

「我也是從上一代工頭，就是我爹口中得知。不管在那塊土地上蓋什麼，明明平靜無風，卻會發出聲響，令人毛骨悚然，無法安心居住。」

連地主都束手無策。

「我一直惦記著此事，剛衛門長屋蓋好時，還大吃一驚。」

這種錯綜複雜的傳聞，不會隨時間流逝而消失。政五郎暗想，不曉得地主有沒有換人，再次四處查訪，果然不出所料。

之前的地主在本鄉經營藥材批發店「膽澤屋」，政五郎心下瞭然。約莫是當地潮濕的緣故，本所深川一帶的藥材店不多。膽澤屋原寫成「伊澤」(註一)，後因使用熊膽的獨門祕方致富，才改變屋號，是歷史悠久的老店，政五郎當然知曉。

現今的地主，是一位旗本(註二)。在江戶町，以金錢買賣土地的情形很少見，大多是基於彼此的方便，而進行土地交換。這種情況下，一方是商人，另一方是武家的例子，亦所在多有。

剛衛門長屋的情形也一樣，並非膽澤屋賣土地給那位旗本。簡單地講，這是膽澤屋嫁女兒過去的妝奩，算是獻給旗本。

註一:「膽澤」和「伊澤」的發音相同。

註二:江戶幕府時期，奉祿未滿一萬石、可直接拜見將軍的家臣。

不能忽視左次郎的顧慮，所以政五郎並未貪圖方便，直接找上剛衛門長屋的代理房東。而且，他感覺人們往往會因不安隱瞞眞相，總是拐彎抹角地刺探，看準破綻追問，四處收集消息。告訴政五郎這些事的人，全都只曉得部分眞相，仍多所顧忌，顯然剛衛門長屋這塊「禁忌地」的來歷極爲錯綜複雜。一查之下，那裡是十五年前成爲空地。

以這種土地當女兒的嫁妝，膽澤屋實在大膽。從剛衛門長屋代理房東的背景看來，似乎是膽澤屋的親戚。由此可見，膽澤屋並未與這塊造成他們負擔的禁忌地斷絕關係。

身爲現今地主的旗本，大概是經濟拮据，否則不會娶商人之女爲妻。膽澤屋也許是應女兒的夫家——貧窮旗本的要求，不得已興建剛衛門長屋，幫他們將一切準備妥當，好收取地租及店租。

那麼，十五年前。這塊土地發生過何事？不論怎麼蓋，屋子就是會發出響聲，教人傷透腦筋，不得不一再重建。必須往前追溯，才能釐清緣由。而且，那一定關係著膽澤屋的內情。即使爲了眼下發生的事，都很難深入調查有規模的店或知名老店，溯及十五年前自然更加棘手。

政五郎不想繼續探究，再賣力也查不出足以安慰吉三的消息，不如和左次郎一起動腦筋，編一個益於吉三的傳聞。

然而……

像這種老舊的祕密，有時愈想掩蓋，蓋子愈想主動打開。可能是長期緊守祕密，蓋子也感到厭倦吧。

平時的職務和調查的內容，除非是不能讓第三者知情的案子，政五郎都會告訴妻子。關於剛衛門長屋一事，他也向妻子發過牢騷。傷腦筋，知道得愈多，心情愈沮喪，那孩童的影子也許眞是鬼魂。搞不好膽澤屋曾有不幸身亡的孩童，就是現今那影子。

此事不經意地傳入家中一個手下的耳中。

這個手下不是普通角色。

話雖如此，他既非孔武有力的大漢，也不是聰慧過人的智多星，而是十多歲的少年，名喚三太郎。政五郎夫婦收養無依無靠的他，養育至今。雖然有張可愛的臉蛋，卻頂著寬闊的大額頭，自然博得「大額頭」的綽號。私下相處時，政五郎不會刻意叫他三太郎，都直接喊「大額頭」。

大額頭的記性極佳。

政五郎有位尊奉為「大頭子」的人物。此人就是昔日回向院的頭子，親切和藹又令人敬畏的捕快茂七。政五郎深受茂七的薰陶，並繼承他的地盤。他算是政五郎的師父，同時也是恩人。

高齡八十八歲的茂七，在政五郎夫婦的照顧下，過著悠閒的退休生活。儘管腰腿大不如前，腦袋依舊靈光。平常不會插手管政五郎的差事，但對手下的管教相當嚴格。

茂七大頭子很賞識大額頭。不知是誰的提議，某次茂七大頭子講起緝凶的故事，大額頭便努力記在腦中——於是展開了有趣又辛苦的嘗試。

「把以前發生的事記在腦中，或許日後派得上用場。」

大額頭口齒不清地說道。

「這就是所謂的溫故知新。」

從此以後，大額頭的腦袋瓜裡塞滿茂七大頭子的故事。

他能將聽過的故事重述一遍。不過，如同裝著發條的機械玩具，一旦開口，就得講完。倘若中途遭到打斷，便要重頭來過。只要掌握這個原則，稱得上是方便實用的設計。

膽澤屋禁忌地的事，就由政五郎告訴妻子，再由妻子告訴大額頭，牽動了大額頭的記憶。他聽茂七大頭子提過這個故事。

於是，晚飯後，大額頭跑到政五郎房間。從吉三受到驚嚇的十三日晚上，已過十五個夜晚，明月逐漸由盈轉虧，當晚是新月。換句話說，這些日子以來，政五郎都在四處打聽消息。

「眞是白忙一場，早知道就先問你。」政五郎不禁苦笑。

大額頭坐在政五郎面前，雙手放在膝上，臉皺成一團，露出罕見的滑稽表情。但千萬不能笑，爲了重現故事，他正在上緊發條。

「此事發生在二十二年前。」

準備完畢，大額頭娓娓道來。

政五郎也正經地雙手置於膝上，身旁坐著妻子。

「北六間堀町的某處，有座膽澤屋的別邸。」

富裕的商人擁有別邸，不足爲奇。這並非給小妾住的宅院，而是供家人和夥計休養的處所。二十二年前，本所深川比現今偏僻，對在本鄉開店的膽澤屋來說，這樣純樸的民風正合適。

「膽澤屋第三代當家的前妻就住那裡。」

沒以「第四代當家的母親」，或「第三代當家的夫人」稱呼，刻意用「前妻」這種委婉的說法，想必另有隱情。不過，眼下不能性急地追問，大額頭會循序述及。

「前妻名喚阿結。」大額頭蓬亂的雙眉皺在一起，繼續道。「這位夫人嫁進膽澤屋五年，始終沒生下一兒半女。」

意思是，膽澤屋第三代當家與夫人，無子承歡膝下。

此時，大額頭皺成一團的臉突然恢復原狀，圓睜著童稚的眼眸，發問：

「聽說沒有孩子的夫婦，在收養子女後，很快會有自己的孩子，是眞的嗎？」

捕快夫婦互望一眼。妻子頷首，回答：

「確實有這樣的說法，養子會帶來子嗣。」

哦……大額頭洩氣般應聲，接著，眼鼻又皺在一起。

「所以，膽澤屋收養年僅三歲的孤女阿文。」

「女孩？他們不是沒有子嗣，才要收養孩子？」

面對政五郎的提問，妻子扯一下他的衣袖，出聲解釋：「他們只是為了得到親生孩子，就算是女孩也不要緊。領養不成材的男孩，日後反而麻煩。」

大額頭的表情依然糾結。政五郎靜靜注視著他，擔心打斷他想說的話。

「儘管收養阿文，膽澤屋依然沒有子嗣。」

大額頭往下說，政五郎不禁鬆口氣。

「一年過去，兩年過去，轉眼阿文已五歲，妻子的肚皮仍沒半點動靜。不久，膽澤屋第三代當家在外頭有了女人，對方還懷上一個男孩。」

膽澤屋是老店，親戚眾多，人多自然就嘴雜。他們聚在一塊討論當家私生子的事，後來力勸將那私生子接回膽澤屋。

「不過，對方個性剛烈，不願捨下孩子。」大額頭稚嫩的嗓音繼續道，「膽澤屋只好把阿結掃地出門，迎娶那名女子。」

好粗魯的做法。膽澤屋第三代當家那麼迷戀對方嗎？還是，就算沒外頭的女人，也想早早休掉始終生不出孩子的阿結？

「雖是離異，終究忌憚世人的眼光，不能無緣無故將阿結逐出家門。於是，膽澤屋興建一座別邸。」

原來如此，政五郎頷首。

「不只阿結一個人，阿文也和她同住。」

有了子嗣，失去用處的養女及生不出子嗣的前妻，一起被趕到別邸。

「眞教人同情。」政五郎的妻子眉頭微蹙。「竟然做出這麼過分的事。」

昨天還是家中的夫人和大小姐，今天卻被當成不相干的外人、膽澤屋的累贅。並非保證她們生活無虞，就能解決一切問題。

商家的夫人得打點大小家務，掌控錢財的進出，腰際總是掛著店裡金庫與帳冊盒的鑰匙，片刻不離身，常以犀利的眼神睥睨大夥，令人敬畏。從如此高高在上的位子被一把拉下，淪爲吃閒飯的無用之人，驅逐至別邸……

縱使阿結性情再溫順，也會心有不甘。如果她個性剛強，怒火與恨意想必難以遏抑，政五郎隱隱興起一股不祥的預感。

「不久，阿結的舉止愈來愈不對勁。」大額頭的神情頗爲怪異，「大白天就喝酒，眼中閃著寒光，稍不順眼便大聲嚷嚷。之前百般疼愛阿文，如今卻常因瑣事嚴厲打罵。」

果然，尤其身邊剛好有個弱小、無法違抗她的幼童，且是沒派上用場的養女。站在阿結的立場，或許見到阿文就有氣，這是大人爲自己找的藉口。可是，阿結無從宣洩的憤恨，全發洩在阿文身上，將所有的不幸都歸咎於阿文。

「當家的，抱歉。我不想聽這個故事。」

妻子低語，拍拍下襬，匆匆起身。政五郎並未挽留。拉門開啓，復又關上。目送她離去後，大額頭表情一鬆，說道：

「頭子。」

「怎麼？」

「我也不喜歡這個故事。」

大額頭不自主地吐露心聲。

「我明白。要你記這種悲慘的故事，實在過意不去。」

「不，這是我的工作。」

大額頭尚未長喉結的光滑喉嚨一動，吞下唾沫。

「不過，這故事眞正令人討厭的部分，才要開始。」

仔細一瞧，大額頭微泛淚光。政五郎暗自尋思，今後讓他少記點事吧。

「不管遭受多麼殘酷的虐待，阿文都無法逃離。畢竟她只是個五歲孩童。」

既沒那樣的智慧，也沒地方可去。

「別邸裡雖有女侍和下女，但沒人敢勸阻阿結。」

當初，膽澤屋的人就對阿文心懷歉疚。阿結舉止失常，虐待起阿文後，這份歉疚變成恐懼。要是出面解救阿文，阿結的憤怒和恨意將會轉向他們。

阿文被迫承受一切。不，或許這就是膽澤屋送她到別邸的原因。

「阿文不能踏出別邸半步。」大額頭的臉又皺成一團，但也許是發條轉得較慢，口吻放緩許多。「她總是一個人玩。」

一個人唱歌，一個人玩手球，一個人扮家家酒。

「嗷、嗷、嗷。」

大額頭變換語調，政五郎抬起眼。只見大額頭舉起右手，比成狐狸的形狀，嘴巴一張一闔，發出「嗷、嗷」叫聲。

「阿文就是這樣扮影子，我跟頭子和太太學過。」

「是影子遊戲。」政五郎頷首。

「聽說阿文最喜歡這個遊戲。」

「那麼，她是何時離世的？二十二年前嗎？」

「不，阿文是在二十三年前的冬天虛弱而死。她渾身燙傷，恐怕是阿結拿火筷折磨她，所以不能讓外人知曉。」

政五郎心想，幸好妻子已離開。

失去阿文這個宣洩管道，阿結愈來愈失控。她像女鬼般大鬧，膽澤屋只得在別邸造一座牢房監禁她。

「後來發生一件怪事。」大額頭皺著臉，微偏腦袋。「害死阿文後，阿結得到某種神通力。」

「神通力？」

「是的，她能看穿做虧心事的人。例如，店內夥計偷錢，她馬上就能揪出犯人。即使不是壞事，只要有所隱瞞，她都會一眼看透，大聲說出。」

爲了封住她這項能力，非常需要牢房。

阿文死後一年，阿結也踏上黃泉之路。她把臉埋進虐待阿文用的火盆，活活燒死自己。因阿結的死狀太不尋常，還是傳出風聲。於是，茂七展開調查，得知一連串事情的經緯。

「膽澤屋拆毀別邸，那裡成爲空地。之後不論蓋什麼建築，屋子都會發出怪聲，宛如女人的悲鳴。」

終於釐清這個複雜故事的來龍去脈。但政五郎心中浮現另一念頭，沒發現大額頭已講完。

把臉埋進火盆，活活燒死的女人。

不知爲何，這女人生前能看穿別人做的虧心事及隱瞞的祕密。

火盆。

「頭子。」大額頭喚道。

政五郎眨眨眼，望向他。只見他注視著政五郎的胳膊，原來政五郎起了雞皮疙瘩。

「大額頭，告訴我。」政五郎搓著手臂，「那座別邸所在地發生的怪事，只有屋子會發出怪聲嗎？茂七大頭子有沒有聽聞其他的情況？」

「您指的是？」

「不是會出現那種東西嗎？」明明沒人會偷聽，政五郎卻刻意壓低聲量。不為別的，只因說出這句話太過難為情。

「出現那種東西？」

「鬼魂之類的怪東西……」

其實，政五郎能描述得更詳細。那是穿短小的衣服，像骨骸般瘦弱，披頭散髮的女鬼，隨火盆揚起的煙霧現身，在屋內四處遊蕩。屋子發出悲鳴般的怪聲，就是這女鬼的叫聲。

政五郎目擊那女鬼走過這房間的緣廊，火盆突然揚起煙霧，想忘也忘不了。

當時，骨瘦如柴的女鬼並未望向政五郎，真是萬幸。倘若視線交會，那一定是燒焦潰爛、慘不忍睹的臉孔。阿結化為女鬼的可怕臉孔。

「確實有這樣的傳聞，不過……」

看著政五郎慌張的模樣，大額頭頗為吃驚。

「茂七大頭子並未親眼目睹，所以不確定真偽。」

「這件事我很清楚。」政五郎應道，「日後有機會再告訴你吧。」

隔天，政五郎前往位於押上村的照法寺。

他與寺裡的住持熟識。早在多年前，住持便與政五郎有著難以割捨的孽緣。不過，這是段帶著人情味的孽緣，一點都不骯髒。

從事捕快的工作，不時會有一些不知該如何處置的物品——通常是與凶殺案有關，無法隨意丟棄之物，政五郎都會帶來此處。這位身形奇偉，宛如相撲力士的住持，也不會多問，只管接下物品加以供養，並收取高額費用。

幾年前的冬日，政五郎帶著一個火盆來找住持。

案發地點是桐生町五丁目的木屐店「平良屋」，女侍阿駒突然發狂，拿刀砍向恰巧來過夜的店主弟弟。幸好被害者僅受輕傷，但女侍不久就斷了氣。

阿駒個性單純，與店主的弟弟也毫無瓜葛，不知為何會有這樣的行徑。不過，阿駒臨死前，曾吐出煙霧般的白色氣息。而在那之前不久，她曾望著傭人房裡的火盆出神，簡直像瞪著火盆，朝燒得火紅的木炭灑水，刻意揚起火灰煙霧。

心生懷疑的政五郎，帶著阿駒在舊道具店買的火盆回家。當晚，他和妻子試著潑水弄出煙霧，觀察會發生何種狀況。

於是，那披頭散髮的女鬼出現了。

女鬼的眞實身分為何？煙霧中潛藏什麼？火盆有怎樣的來歷？政五郎一概不知。他整晚捧著火盆，天一亮便趕往照法寺。住持聽完說明，冷哼一聲，收下火盆，眉毛挑也不挑一下。

之後，聽說在供養儀式結束前，每晚火盆中都會飄出白色人臉，四處遊蕩，恫嚇寺裡的僧人。還有一個赤腳的枯瘦女鬼，佇立在火盆旁。

照法寺很小，四周皆為水田。山門緊閉，外觀並無特殊之處。見過住持，誰都不禁會想，這座寺院的施主眞是辛苦。看過住持的長相，聽過他的話聲，就會覺得寺內的鐘聲一點都不響亮。

住持獨自待在正殿做早課，政五郎靜靜等在一旁。雖然政五郎曾多次在這裡聽住持誦經，但全是沒在其他寺院聽過的陌生經文，猜不出屬於何種宗派。話說回來，照法寺的主佛安置在外頭看不見的場所，正殿的雙開大門也終日緊閉。

政五郎頗爲魁梧，住持硬是比他高大。肌肉虯結的雙肩和粗短的頸項上，頂著仍留有青皮的光禿腦袋。

政五郎說明來意。住持記得平良屋一事，及寄放在此的火盆。

「那火盆早就淨化完畢。」他粗獷的話聲十分肯定。「那女人的怨念，及會附身迷亂人心的煙霧也已消失。」

「我明白。」政五郎苦笑，「我只是在意外的機緣下得知火盆的由來，想和住持談談。」

「您眞周到。」

政五郎一時不知該如何接話。「住持，還記得吧？那名叫阿駒的女侍，在吸入火盆煙霧而心智迷亂時，曾說中我的過往。」

——你殺過人。

阿駒死魚般的雙眼凝睇政五郎。

政五郎在當捕快前，過的是刀裡來、血裡去的日子。政五郎確實殺過人，但極少人曉得此事。阿駒卻一眼看穿。

「那是種神通力。膽澤屋的阿結也是在殺害阿文後，得以看透別人的罪惡和謊言。住持，眞是如此嗎？」

住持仰望正殿的天花板。那坐鎮臉孔中央、看起來很不眞實的大鼻子，噴出沉沉的呼息。泛黑的裝飾品和蒔繪(註)，垂懸在住持頭頂上。這麼一提，政五郎還不知道這些東西的來歷。

住持以誦經般清亮的語調回答：「具有這種眼力的人，看得出誰殺過人。」

「當時你也這麼說。」

「捕快，犯下殺人這等滔天大罪者，」住持俯視著政五郎，「會帶著自身的罪業化爲非人，前往非人棲息的彼方。在那裡，將開啓非人之眼。」

「這就是神通力的眞面目嗎？」

住持像在吼嘯般大笑幾聲。「此言差矣，不過是邪眼罷了。」

政五郎渾身一震，住持接著補上一句。「你也開了非人之眼，才會當捕快吧。」

或許眞是如此。儘管表面看來若無其事，其實罪惡感始終無法消除。

「你有何打算？這座寺院沒辦法收留影子。」

政五郎也很難從剛衛門長屋帶來阿文的影子。不同於火盆的情況，阿文的影子沒有依附之物。

「那該怎麼辦？阿文的鬼魂恐怕一直在陽間徬徨。」

「阿文並未徬徨。」

住持說得斬釘截鐵，政五郎一臉疑惑。

「怎麼可能，那孩子至今仍待在膽澤屋的別邸。地上沒建築物時，她潛形匿跡，後來蓋了剛衛

註：以漆繪圖或文字，再灑上金粉或銀粉，固定在漆器上的技法。

門長屋，受孩童嬉戲聲吸引再度現身。我得想辦法幫她。」

「我說過，阿文並未徬徨。她是無辜喪命的幼童，我佛早加以引渡，又豈會茫然徘徊。」

「可是……」

住持站起，袈裟下襬搖搖晃晃。「影子只要送往影子該去的地方即可。」

住持步出正殿，掛在脖子上的一大串佛珠，隨著步伐沙沙作響。留下政五郎愣在原地。

左次郎專注地聆聽政五郎講述來龍去脈。他眉頭緊鎖，與大額頭重現故事時的模樣有幾分相似。不過，他不像大額頭那樣可愛，臉上滿是悲戚、難過與同情。

「眞可憐。」

左次郎低語，拭去眼角的淚水，頓時顯得比實際年齡蒼老許多。

「到底該怎麼辦，我苦思不得其解。」政五郎坦言，「住持又冒出莫名其妙的話。明明出現阿文的鬼魂，他卻說阿文沒在陽間徬徨。」

照法寺住持的口吻，至今仍讓政五郎心裡頗不是滋味。

左次郎倚著靠椅，十指交錯，做出橋、屋子、狐狸、漁夫等各種手影。

「嗷、嗷、嗷。」

左次郎爲右手比出的狐狸配上叫聲，端詳良久。忽然，他淚濕的雙眼一亮。

「頭子，如同住持所言，阿文並未徬徨。」左次郎開朗道。

「怎麼連你也說這種話？」

左次郎傾身向前。「徬徨的不是阿文的鬼魂，而是阿文的影子。那是阿文前往佛祖身邊後，遺留在陽間的影子。」

霎時，政五郎懷疑左次郎瘋了。但左次郎抓著政五郎的雙臂不住搖晃，激動地解釋：

「阿文不是被關在別邸，總是一個人玩？她不是很喜歡影子遊戲？她的玩伴，就是自己的影子。阿文有個影子玩伴，肯定不會錯。」

死去的阿文已前往西方極樂世界，從痛苦中解脫。

阿文獨自離世，影子卻遺留在人間。原來是這麼回事。

「沒錯。所以，只有她的影子出現。二十多年來，影子孤伶伶地隱藏蹤跡，直到受剛衛門長屋孩子的歡鬧聲吸引，想加入他們才現身。」

政五郎再度感到背後一陣寒意遊走。左次郎眼角泛著淚光，露出微笑。

「住持也這麼認爲，如此便合情合理。影子只要送往影子該去的地方即可，就是這個意思。」

「影子該去的地方？」

「頭子，別鬧啦。」左次郎一會兒哭一會兒笑，朝政五郎的手肘拍一下。「當然就是阿文身邊。」

傳聞，陽間的井底通往陰間。

遺憾的是，本所深川一帶是塡海而成的新生地，原本就沒有水井。這裡的居民口中的水井，指的是石頭打造，用來承接自來水的淺井。

左次郎毫不猶豫地說：「那就找河吧。像放水燈一樣，順著河流飄向大海，便能前往另一個世界。偉大的聖人們，不都是這樣前往西方淨土嗎？」

只要將阿文的影子引向河裡就行。

政五郎與左次郎等待著下一個十三日夜晚的到來。他們祈求老天別下雨，希望是能清楚映照出影子的明月夜。

他們的願望成真。月明如水的十三日秋夜，政五郎造訪剛衛門長屋。

左次郎胸前抱著一個輕盈的包袱，牽著吉三的手，在木門前等候。

「我沒向其他孩子透露，僅僅告訴阿吉。他也想一起送行，請包涵。」

看似倔強的男孩，緊繃著雙頰，眼白在月夜下益發透白。政五郎原本擔心吉三會感到恐懼，但出發時，只見他體貼地攙扶左次郎，左次郎也安心倚靠他。

「阿吉，和講古爺爺一塊唱歌吧。」

左次郎催促著吉三，唱起十三夜的踩影子歌。

——影子與道陸神（註），十三夜的牡丹餅。

三人緩緩走向距離最近的運河橋上。

政五郎望著地面的三道人影。大的是政五郎，瘦長的是左次郎，小的是吉三。

突然，左次郎與吉三的中間，冒出一道比吉三小的影子。

吉三嚇一跳，左次郎按住他的肩膀。

「嗯，是阿文的影子。」

他停下腳步，對最小的人影說話。政五郎凝望腳下，影子的輪廓確實像頂著娃娃頭的女孩。

「今晚不玩踩影子遊戲。不過，妳也要一起來，我帶妳去阿文的身邊。」左次郎溫柔地解釋。

吉三繼續唱著踩影子歌，聲音微微顫抖，外加走音。爲了彌補不足，他刻意提高音量。

影子時而右搖，時而左偏，忽又混進建築或雨水消防桶，不見蹤影，然後倏地冒出。政五郎望著捉摸不定的女孩黑影，發現缺了右耳。

爲什麼呢？光想就覺得悲慘，他放棄猜測。

不久，三人一影來到橋上。

「講古爺爺，和盂蘭盆節的儀式一樣吧？」

吉三仰頭詢問左次郎。左次郎應聲「嗯」，男孩便輕巧跨過欄杆，躍向橋下潮濕的地面。

左次郎打開包袱，取出一艘竹編小船，裡頭似乎放了些什麼，但政五郎看不清楚。

左次郎抓著欄杆蹲下，把竹船遞給吉三。政五郎扶著左次郎，防止他摔跤。

阿文的影子就在一旁。

吉三輕輕撥開茂密的蘆葦，將竹船擺到河面。

左次郎轉身，朝阿文的影子招手。「來，坐上那艘船。上船後，就能到阿文身邊。」

女孩搖搖頭，左次郎微笑著點頭。

註：又名道祖神，是在村落邊界、村莊內外交界處，或十字路、三岔路口設置石像祭祀的神明。

「別擔心，很快就能見到阿文。來，上船吧。」

接著，左次郎從包袱取出另一樣東西，攤開給她看。

是兩個小紙人。

「這個送妳。」

「一個是阿文的，一個是妳的。這樣妳們又能一起快樂地玩。」

左次郎將紙人交給吉三，吉三放上竹船。船身略微傾斜，有些不穩。吉三以指尖按住，輕輕推離水邊。

小小的竹船離開岸邊，往西而去。

不知何時，阿文的影子從政五郎身旁消失。

左次郎勉強站起，探出欄杆。政五郎急忙攙扶清瘦的老翁。

「路上小心。」

左次郎雙手靠在嘴邊，朝順河流下的小船，及船上的小乘客喚道。

「總有一天，講古爺爺也會過去。到時再做紙人和替換的衣服給妳們。在那之前，要乖乖等著我。」

有人吸著鼻涕。不是左次郎，是吉三。他抽抽噎噎，極力掩飾哭臉，再度唱起十三夜的踩影子歌。走音不成調地唱著。

政五郎站在橋上，默默雙手合十。

chapter 3

賭博眼

一

那是早飯時發生的事。

上野新黑門町的醬油批發商近江屋，主人一家連同住店的夥計，共十六人聚在廚房隔壁，打通兩間房的木地板房裡，摩肩擦肘地坐著吃早飯。此乃這戶人家的規矩。

一般情況下，如此規模的商家不會做這種事。不僅主人與夥計之間容易失去分際，服侍用餐和接受服侍的雙方都會特別忙碌。但八年前因傳染病痛失雙親，年方二十五便成爲近江屋店主的善一說：

「家裡上上下下所有人的臉，我每天都要看過一遍。」

他認爲早餐是一天的開始，全家聚在一塊吃飯是最好的選擇，於是排除萬難實行。當初不以爲然，覺得少爺心血來潮的決定只會添麻煩的夥計，皆已習慣熱鬧的早餐聚會。待一切準備妥當，眾人到齊後，四名女侍也會一同舉筷。沒人在一旁服侍，騰得出手的人，會彼此幫忙盛飯裝湯，傳遞裝菜的餐盤或缽盆分食。

養成習慣後，還能順便討論當天的工作流程。要是有人食欲不佳，馬上曉得誰身體不適；要是有兩人氣氛莫名尷尬，就猜得出可能發生過爭吵，沒想到這麼方便。而且，他們吃早飯彷彿在打仗，喧鬧聲甚至傳到左鄰右舍，近江屋於是在新黑門町聲名大噪。

「哦，早飯吃完了，近江屋就要開店。」

附近居民都有這樣的共識。

今年冬天，在薄霜初降的清晨，近江屋享用著戰鬥般的早餐。坐在上位的善一，左手拿著的飯碗滑落，嘔出口中的飯菜。

「哇！」

這聲大叫，拉開一切的序幕。

其餘十五人驚詫地停筷。剛煮好的米飯和熱騰騰的味噌湯冒著白茫茫的熱氣，一家老小也呼出白茫茫的氣息。

「當家的？」

老闆娘香苗率先回過神，拍拍丈夫的肩膀。香苗嫁入近江屋半年，便從少夫人升格爲老闆娘，當初躲在茅廁啜泣的柔弱樣貌，八年來已不復見。與善一育有三子的她，如今的威儀絲毫不輸丈夫。然而，掌中傳來善一的顫抖，眼看他臉上逐漸失去血色，連香苗也嚇得說不出話。

「啊，糟糕。」

右手的筷子跟著掉落後，善一哆嗦著緊按額頭。

「政吉大哥死了。」

香苗一臉納悶，雙眼眨個不停。只見坐在善一身旁，面對香苗的掌櫃五郎兵衛，臉色一沉。

「政吉大哥？是深川萬年町的政吉先生嗎？」

五郎兵衛是一板一眼的商人，精通算盤。雖然性格耿直，卻長得有點可怕（眼神凶惡，眉毛好似兩尾蜈蚣，蓮霧鼻占據臉中央，外加前額一道傷疤），實在不像正經人，反倒像無賴漢。無賴漢五郎兵衛，去頭去尾，便得到「無賴五郎」的綽號。

「嗯，他剛去世。」善一頷首，「五郎，那東西會來這裡。」

年過五旬的五郎兵衛聞言，臉色彷彿新換的紙門般蒼白，眾人皆是一驚。

「老爺，您確定嗎？」

「嗯，我感覺到了。」

善一朝心窩敲幾下，吞口唾沫。

「他是我的親人，所以我知道。」

「可是，接下來不見得是您。」

「不，是我。原本就決定是我，多虧政吉大哥代替我。」

「我曉得，但……」

「現在我仍是替補人選。」

聽著這段神祕對話，地位最低的童工，頰邊沾著飯粒，嘴張得老大。

無賴五郎單膝立起，問道：「那該怎麼辦？」

善一倏地想起般，牙關格格作響，喃喃低語：「那東西會到這裡。不曉得怎麼回事，但我就是有這種預感。」

忽然一陣搖晃，當聚在木地板房的十六人察覺是地震，做好防備時，盤子上的餐具、飯碗匡啷作響。波紋般的顫動，不只竄過地面，也傳向空中。接著，從廚房的煙囪和格子窗，吹進一道腥臭的風。

「總之，先關上門。」

善一望向格子窗外。此時太陽還沒露臉，天空依舊昏暗。

「五郎，哪座倉庫空著？」

「三號倉庫。」五郎兵衛回答之際，更強勁的腥風襲來，吹亂女人們的頭髮，大夥不禁伸手覆住眼鼻。

「那就三號倉庫，快去打開！」

善一單手護住臉，一腳踢飛餐盤，站起身。

「所有人都來幫忙。不，男丁就好，女人和孩子不要出來，千萬不能看窗外！」

店主和掌櫃走在前頭，夥計們慌忙跟上，奔向店鋪後方的倉庫。留在原地的女人都看傻了眼，臉上浮現不安之色，自然地緊挨著彼此。

宛若地震的搖動及詭異的怪風毫不間斷，連架上的物品、碗櫃裡的餐具……不，碗櫃也搖搖晃晃，嘎吱作響。

終於，那東西到來。

砰！一陣更劇烈的搖晃後，倉庫傳來男丁的哀嚎。「關上、關上。」五郎兵衛大叫，「快關上，把門關緊。不能看，絕不能看！」
搖晃停止。最後一陣風吹過，變魔術般熄滅木地板房瓦燈的火，突然平靜下來。
一片昏暗中，廚房與木地板房之間揚起細微的塵埃。
「難道是……」
香苗低喃著摟過旁邊的女孩，另一手將後方的大竹籃拉近。竹籃裡，一個嬰兒睡得正香甜。
「難道是那個東西？」
雖然不明就理，但早上確實發生了這麼一件怪事。
「喂，美代，早上的那個到底是啥玩意？」
轉眼已是當天下午。
近江屋老闆的女兒美代，今年七歲。她是善一與香苗的長女，也就是發生那詭異的怪事時，香苗抱在懷中的女孩。睡在竹籃裡的嬰兒是她的弟弟小一郎，仍包著尿布，牙牙亂語。姊弟倆中間原本還有個女孩，但未滿三歲便因痲疹夭折。
向美代提問的，是與她同年的男孩太七。他是近江屋附近一名小販的兒子，從名字看得出家中有七個兄弟姊妹，而他排行老么。兩人上私塾時坐在一起，正在回家路上。
「早上你看到什麼了嗎？」
太七一家住的長屋，就在近江屋後方。他們想必清楚聽見近江屋的騷動，太七可能納悶地走出屋外，抬頭目擊到異狀。三號倉庫位於店內最深處，離長屋頗近。

「好大一場騷動。無賴五郎掌櫃不停叫嚷，我還以爲是失火。」

太七的父親和哥哥也跑到外頭查看。

「不料，看到一個奇怪的東西，飛快地衝進妳家倉庫。」

美代停下腳步，招手要太七到路旁，怕路人聽見。雖然年僅七歲，女孩畢竟較早熟。父母並未耳提面命，她已從早上的情況察覺，那起怪事不能隨便大聲談論。

太七抓著綁習字本的書繩甩動，走近美代。

「怎麼？」

「那個飛來的怪東西，長什麼樣子？」

太七像小大人般皺眉，「無賴五郎幹嘛那麼慌張？怪東西飛進倉庫後，他就大喊『關門、關門』。」

「你不能叫我家的掌櫃『無賴五郎』。」

「無賴五郎就是無賴五郎啊。」

「這暫時不管，你究竟看到怎樣的東西？從哪裡飛來？」

見美代如此關心，太七似乎想故意吊她胃口。

「妳不先說，我就不說。」

美代雙唇緊閉，瞪著太七黝黑的臉龐。由於他常幫忙父親叫賣，整年下來簡直晒成黑木炭。

「你不說，我也不說。」

就算想說，美代也不清楚來龍去脈。

將那不明之物關進三號倉庫後，父親、掌櫃、夥計們個個臉色慘白，卻若無其事地告知：

「結束了，不用擔心。」

父親和掌櫃的態度尤其明顯。儘管演技很不入流，但看他們一本正經的模樣，美代也沒辦法追問。

美代想出一個七歲孩童想得到的方法，認爲應該先從夥計們那裡下手。不過，早上看到某個東西，並費力關進倉庫，因而臉色慘白的夥計們，之後也恢復血色，重拾成人的理智。加上父親和掌櫃似乎曾嚴厲吩咐，他們都笑著回答「這和小姐沒關係，事情已解決，放心吧」，敷衍帶過。

另一方面，不僅母親不好應付，對母親唯命是從的女侍也一樣。太七的母親長年出入近江屋，熟知上一代店主夫婦（即美代的祖父母），美代聽她提過一段往事。

——美代的娘原本是不懂人情世故的大小姐，剛嫁到近江屋時，眞的很擔心她是否待得下去。

不提婆婆，她連在女侍總管面前也矮半截。她的描述與現在的母親截然不同，美代相當詫異。

「你好壞心。」

美代頻頻後退，與太七保持距離，狠狠瞪著他。

「再這麼壞心，我就不幫你複習功課了。」

太七狂妄地笑道：

「妳繼續後退，小心走進鳥居。屁股撞到神明，可是會遭天譴的。」

美代轉身一看，兩人恰恰來到離近江屋五十公尺的小八幡宮前。

眼前的神社雖然狹小，但不是稻荷神社，是八幡宮。證據就是漆面剝落的老舊鳥居，左右坐鎮的不是狐狸像，而是一對狛犬（註）。這是年代久遠的石造狛犬，灰色身軀沾滿白斑點，因烏鴉或鴿子的糞便汙漬往往不易脫落。

這座冷清的神社似乎自古便坐落於此。附近居民路經時，總會行禮，並不時前來參拜。近江屋的掌櫃提過，這是土地神的神社，絕不能失禮。

然而，如同太七所言，倒著走進鳥居，屁股眞的可能撞到香油箱，就是這般狹小的神社。美代急忙轉過身，朝鳥居深處那屋瓦鬆脫的正殿鞠躬。正殿外觀也像簡陋的小屋，雙開門終年緊閉。雖說是緊閉，卻略微傾斜，露出一道縫隙。

大部分神社的正殿屋簷下，都會懸掛寫有神社名稱的匾額，這裡也不例外。但那不過是以毛筆在簡陋的木板上寫下幾個字，與長屋的木牌相差無幾，且幾乎磨得快消失，僅能勉強認出「幡宮」。

行完禮，美代雙手插腰。「這樣就不要緊了吧。」

太七冷哼一聲。「明明是你們家的事，妳卻什麼都不知道。」

「就是不知道才問你。當時我爹不准女人和孩子離開屋子，也不准往外看。」

美代忽然想到一點。

「大概是看見就會受到詛咒，所以你會遭天譴。」

由於是孩子之間的對話，情勢旋即逆轉。太七大吃一驚。

「咦，詛咒？爲何我會遭天譴？」

「我·不·知·道。」

美代咧嘴大笑。到底是什麼意思！太七立刻衝過來，想拿習字本打美代。

「住手，快住手。」

無路可退的美代，背部抵向狛犬的石座，雙手護著臉。

驀地，傳來一道話聲：

——溺喪鬧盡嗎？（妳傷腦筋嗎？）

咦？

怎麼會冒出話聲？

美代渾身一僵。太七嚇一跳，嘴巴嚷著「怎樣、怎樣」，卻不住後退。

「怎樣，幹嘛那副表情，我又沒打妳。」

「噓！安靜。」

美代打太七一下。

「明明就妳打我。」

「我要你安靜點。」

美代用力靠向台座，豎耳細聽。

於是，她再度聽見：

註：像獅又像犬的日本野獸，為想像出的生物。

——要似喪鬧盡，嘔租溺一臂資力。（要是傷腦筋，我助妳一臂之力。）

習字本從美代手中滑落。

「怎樣？」

此刻，太七不是慌張，而是害怕。他縮著身子呢喃。

瞥見他的神情，美代忍不住笑出聲。

「是竹哥。」

太七雙目圓睜，「竹哥？」

「竹哥在惡作劇。」

美代猛然回身，四處張望。光這樣不夠，她還繞著狛犬尋找。

「是竹哥吧？你想嚇我們？」

她噘起嘴，微微墊腳，環視周圍。太七看得目瞪口呆。

「根本沒人。」

「可是，我聽到了。那是竹哥特有的腔調。」

「我什麼也沒聽見。」

「誰教你亂嚷嚷，被自己的話聲吵得聽不見。」

太七不由得信了幾分。儘管心底納悶，不確定是眞假，也跟著叫喚「竹哥、竹哥，快出來吧」。

狹小的八幡神社寂靜無聲，除了美代與太七，空無一人。路過的小販警告他們「喂，不能在神社大呼小叫」。

「美代，妳是不是睡昏頭？」

太七不高興地說「我要回去了」，便邁步離開。美代急忙追上前，堅持地追問「喂，你早上到底看到什麼」。

「唔……」

眞要開口，太七卻欲言又止。

「看到叫『唔……』的東西嗎？」

「才怪。不過，我也不曉得怎麼形容。」

像是……太七努力想著，不禁變成鬥雞眼。

「像是大座墊。」

「座墊？」

「嗯，黑色大座墊。」

那種東西憑空飛來，衝進近江屋的倉庫嗎？

「從哪裡飛來？」

太七伸手一指，「從太陽升起的地方。」

是東邊。今天早上爹提到深川，由新黑門町望去，不就在東邊？爹口中的政吉大哥，究竟是誰？美代思索著，太七顯得有些忸怩。

「怎樣？」

「妳在笑吧？」

「沒有。」

不，妳在笑——太七一口咬定。

「我才沒笑，到底是怎樣？」

太七又露出鬥雞眼，補上一句。「那張黑色大座墊長滿眼珠。」

隔了一會兒，美代哈哈大笑。

呿，妳這不是在笑嗎？可惡！太七轉身跑遠。

獨處後，美代止住笑，返回近江屋。黑色座墊加上眼珠。坐墊長滿眼珠。

繞到後門之前，她窺望店門口，發現大夥照常忙著做生意，進進出出的顧客看不出異狀。坐在帳房圍欄內的無賴五郎掌櫃，也神色自若。

不過，屋內的情況不同，喧鬧無比。因爲來了許多人，地上擺滿鞋子，女侍頻繁往返廚房和走廊。

不久，母親香苗走近，叮囑美代「今天別到外頭玩，替我照顧小一郎」。

「今天客人很多嗎？」

「全是親戚，在和妳爹談要緊事，不能去打擾。」

確實，父親善一的房裡，傳出嘈雜的話聲。

「那我能找人幫忙嗎？」

「不行。」

母親雖然嚴厲，但平時對美代的央求，極少不由分說地駁回。美代不自主地反問「爲什麼」。

「早上發生那種怪事，親戚才都跑來嗎？爹他們把飛來的東西關在三號倉庫吧？」

香苗往美代腦袋敲一下，打斷她的話。以結果而言，這算是幸運的，美代差點說出太七看過那東西。

「不清楚的事別亂講。妳不必知道太多，聽爹娘的吩咐就好。」

七歲的女孩和男孩的差異，在於女孩遇到這種情況，懂得以退爲攻。

「是，我明白。」

見她態度溫順，香苗的表情也轉爲柔和。

「乖乖聽話，待會兒娘給妳好吃的點心。如果無聊，可以找小新玩。」

小新是家中地位最低的童工，照顧小一郎是他的工作之一。

「我叮嚀過小新，暫時不能靠近倉庫，也不能踏進庭院。想上茅廁，要快去快回，絕不能亂瞄倉庫。」

早熟的七歲女孩，此刻不會再問「爲什麼」，害自己被敲腦袋。美代順從地返回寢房。

美代拿玩具逗小一郎，陪他躲貓貓。此時，小新端來點心，是梅林堂的羊羹和練切（註）。不曉得是別人送的禮，還是招待客人用的，這是令人忍不住拍手叫好的豪華點心。

小新替哭鬧的小一郎換好尿布，和平常一樣，將他綁在背上。美代滿肚子疑問，但小新也對她

註：和菓子名。

父母的命令奉行不二，等於是其他夥計的「縮影」，所以她決定採取懷柔策略。
「小新，我們來玩雙六（註）吧。」
這是過年才玩的遊戲，但小新很喜歡。不出所料，小新一口答應。
「小新，要是你贏，我的羊羹也給你。」
小新連贏數盤，一高興嘴巴也就鬆了。
儘管如此，小新瞭解的不多。聚在屋內的訪客，確實是近江屋的親戚。他們似乎在討論嚴肅的話題，不時傳出怒吼及咆哮，恐怕不容易取得共識。
「這麼多親戚聚在家裡，我還是第一次碰上。」
小新今年十歲，來近江屋工作不滿兩年。他的說法略顯誇張，但不難理解。
「我也不曉得親戚居然這麼多。」
「小姐，江戶有數不清的近江屋，一半是您的親戚。」
這番話同樣過於誇大，但江戶市確實有不少近江商人。從他們取「近江屋」爲店名來看，大多有地緣或血緣關係。
「小新，你也被交代不准接近倉庫嗎？」
美代神祕兮兮地悄聲問，小新跟著壓低嗓音。
「是的，倉庫有人看守。」
「有人看守？」
「光靠我們不夠，所以是請親戚派人協助。」

美代頻頻眨眼。不惜派人看守倉庫，可見事情絕不單純。

「不僅要招呼客人，還得替守衛張羅三餐，阿金姊她們忙得不可開交。」

阿金是近江屋的女侍總管，比香苗嚴格許多。

美代憋得難受，實在很想告訴小新，早上太七也看到那東西。但忠心耿耿的小新肯定會洩漏口風，尤其在阿金面前，他根本藏不住任何祕密。就像遭蛇盯上的青蛙，不由自主地供出一切。

——我得保密。

不久，美代玩膩雙六，而小新也不能顧著玩，於是他揹著小一郎回去工作。美代窺望屋裡的情況，決定去外頭。

這種時候可採取奇襲戰術，直攻敵方軍師。美代決定詢問五郎兵衛。

外表不像正經人的掌櫃，神情彷彿懷裡藏了把刀，今天也在店鋪販售醬油。美代一副百無聊賴的模樣，緊黏在他身旁。

「咦，您覺得無聊嗎？」

美代挨著他，幾乎快把臉埋進他懷裡，喃喃低語：

「長滿眼珠的黑座墊。」

掌櫃倒抽口氣。由於他過度驚慌，仰身的勁道差點撞飛燭台。

「小、小、小姐。」

註：雙六是日本一種傳統的桌上遊戲。參與者擲骰子在圖盤上前進，類似現代的大富翁遊戲。

掌櫃避開顧客及夥計詫異的目光，拉近美代。
「您看見了嗎？」
「沒有，是從看到的人那裡聽來的。」
「誰？」
五郎兵衛反問，隨即恍然大悟。「是太七吧，他們一家起得早。」
「猜對了。」
糟糕！無賴五郎掌櫃厚實的手掌拍向前額，發出一聲清響。
「待會兒我去跟寅藏談談。」
寅藏是個小販，也就是太七的父親。
「小姐，別再和外人談起此事。請警告太七，不要多嘴。那東西……太七看到的東西很不好。」
「怎麼個不好法？」
掌櫃難得這麼慌張，現下美代不單想知道，甚至有點擔心。
「會遭到詛咒嗎？太七不會染病吧？」
或許察覺美代的認眞，五郎兵衛緩緩搖頭。
「不是。」
他眨眨帶著倦意的雙眼皮，似乎正在思索。美代暗暗驚呼，掌櫃長得好像那隻狛犬。
「您得保密。」

「我會的。」

「不小心靠近，或看到那東西，就會變得手腳不乾淨。」

只有一次還不必擔心。不過，太七最好別再提那件事。

「小姐也是。您的生活不會有任何改變，亦不會受到詛咒。只要遵從老爺和夫人的叮囑，當個乖孩子就行。請交給我們處理，一切很快會平息。不，是我們會平息一切。」

五郎兵衛摸摸美代的頭，露出無賴般的笑臉。

入夜後，又多了兩件令人吃驚的事。

一是倉庫四周燃起熊熊篝火。不只白天有守衛，晚上也需徹夜看守。光靠近江屋的人手不夠。

二是倉庫裡吵鬧不休，但不是守衛在喧譁。

夜深人靜時，三號倉庫傳出怪聲，無從掩飾，更無法消弭。

明明門窗緊閉，依然穿透厚牆。

嘰嘰喳喳，好似有人在低語。

窸窸窣窣，彷彿有東西在鑽動。

仔細傾聽後，全身直冒雞皮疙瘩，即使蒙著棉被，美代仍難以入睡。小一郎似乎也一樣，整晚哭號。香苗輕輕唱著搖籃曲安撫，聽來格外淒清。

香苗的背後，嘰嘰喳喳、窸窸窣窣的聲響不曾間歇。

二

一夜過去，又來到從私塾返家的路上。

五郎兵衛下的藥似乎已發揮功效，太七像變了個人，安分不少。美代想繼續昨天的話題，但太七完全不吃這套。

「不行、不行，我不能談那件事。」

「你挨了寅藏先生的罵吧？」

「爹和我都被無賴五郎掌櫃訓一頓！」

太七板著臉孔抱怨「我又不是故意的」，倒是和平時一樣。

「掌櫃說，交給大人處理，一切就能平息。」

「對嘛，什麼都交給大人處理。我不想管了，那東西太可怕。」

「很可怕吧？告訴你，三號倉庫會發出詭異的聲響。」

「不是叫妳別再講！」

兩人彷彿在比賽，跑到八幡宮前，美代才猛然想起：啊，今天竹哥可能會在這裡。

「昨天那個腔調，是竹哥沒錯。」

她手搭著狛犬的台座，悄悄窺望正殿。約莫受孩童的影子驚嚇，幾隻麻雀振翅飛離。

「竹哥不在這兒，是妳聽錯吧？」

太七也十分在意，跟著確認台座後方。

「竹哥昨天清洗萬年湯的鍋爐，從早忙到晚。」

美代頗爲失望，「竹哥又做起那種工作。」

「沒辦法。他在山登屋派不上用場，寄人籬下總得掙伙食費。」

他倆口中的「竹哥」，是名叫竹次郎的小伙子，在新黑門町的郵驛店「山登屋」當夥計。原本他應該當驛使，如今卻是店裡吃閒飯的人。

十幾年前，山登屋店主仍戴著手甲與腳絆（註）奔走送貨時，在奧羽幹道旁的小驛站撿到一個不知是走失兒童還是棄兒的男孩，帶回江戶。這男孩就是竹次郎。附帶一提，他雖然說得出名字，但出生地、父母姓名，甚至是自己的年紀，一概不記得。所以，不清楚竹次郎究竟多大歲數，猜測是二十歲左右。

竹次郎有雙飛毛腿，飛快如猿猴。山登屋的店主賞識他這一點，才帶他回江戶。不料，詳加測試後，發現他有個意外的弱點，就是無法長跑。頂多跑兩、三百公尺，他便氣喘吁吁。經過鍛鍊後，短跑速度雖然提升，仍累得上氣不接下氣。

這樣根本無法擔任驛使，只能勉強在市內跑腿。

山登屋的店主不是冷酷無情的人，儘管錯看竹次郎的能力，但並未將他逐出家門，而是留他繼續在山登屋幫傭。竹次郎懂事後，明白不能吃閒飯，於是嘗試各種工作，想另謀生計。每樣工作他

註：旅行或作業時纏在小腿上的木棉布。

都算在行，反倒沒好處，如今只能四處打零工。

不過，竹次郎頗受附近孩童喜愛。他總是開心地陪孩子們玩，也常巧手做竹蜻蜓給孩子們，是個有趣的大哥哥。他身材清瘦，卻頗有力量，能輕鬆揹起兩、三個孩童，展現最拿手的猿猴式跑法，可惜不一會兒就氣喘吁吁。然後，孩子們就會親暱地說著「眞拿竹哥沒輒」。

雖不清楚竹次郎的來歷，但大夥很確定他出生於某個荒僻的山村，因爲他有濃濃的鄉音。連走遍各地，知曉多種方言的山登屋店主，也認爲他的口音十分罕見，只遇過一、兩個相同口音的人。

在江戶居住十年，能流暢使用江戶腔的竹次郎，當然不會忘記故鄉的方言。孩子們央求時，他便會秀幾句，美代也聽過幾次。

昨天美代在神社聽見的話聲，確實是竹哥的鄉音。速度不快，但含糊不清，聽不明白在說些什麼。那難懂的口音，和竹哥一模一樣。

況且，在路上等候從私塾返家的孩子們，突然冒出來搭話，很像竹哥的作風。

「竹哥！」

美代滿心這麼以爲，便毫無顧忌地叫喚。

「你在吧？快出來。上次你做給我的劍玉（註），我練得很厲害了。」

就跟妳說，不是竹哥啦——太七在她背後扮鬼臉。

「妳大呼小叫，小心神明生氣。」

「對啊，竹哥。躲在這種地方，神明會不高興。」

此時，那話聲又傳來：

——校姐，溺賴遮裡捉射麼？（小姐，妳來這裡做什麼？）

美代立即住口，挺直腰背。

有點奇怪。

話聲並非傳進她耳中，而是順著胳膊，直接傳進她心中。

美代緩緩轉頭，盯著碰觸狛犬台座的右手。

——要賜喪鬧盡，嘔租溺一臂資力。溺針偉賭博眼的賜哭惱吧。（要是傷腦筋，我助妳一臂之力。妳正為賭博眼的事苦惱吧。）

美代遲緩地移開目光，抬頭望向狛犬沾滿白色鳥糞的睏倦臉孔。

——嗯，賜嘔。（嗯，是我。）

狛犬似乎眨了眨眼。

——嘔補能理開遮裡，溺把那個煮哥逮賴。（我不能離開這裡，妳把那個竹哥帶來。）

話聲又順著手臂傳來，與其說是話語，更接近一種意念。當中，美代只聽懂兩個字。

竹哥。

——把他逮賴，把他逮賴。（把他帶來，把他帶來。）

狛犬彷彿在點頭。

雖然不明白祂的意思，但聽得出語氣。

註：日本的傳統童玩。

「美代，妳在幹嘛？」太七不耐煩地問。

美代張著嘴，提議般地開口。不是對太七，而是對狛犬。

「要我帶竹哥過來嗎？」

狛犬再度眨眼，這次美代看得很清楚。

──嗯。

「喂，妳幹嘛！」

美代一把抓住慌張的太七，拖也似地拉著他衝向山登屋。當下，她的腳程與竹哥一樣飛快。

「怎麼，妳在做白日夢嗎？」

是竹哥。

今天他很邋遢，昨天和明天應該也一樣邋遢。一頭凌亂的長髮，幾乎要遮蔽他的髮髻，滿臉髒兮兮。明明有雙巧手，卻綁不好衣帶，總是鬆鬆垮垮，所以連衣襟也拉不攏。就算將下襬塞進衣帶，上衫也很快下滑。他老是忙著伸手到背後，重新塞下襬。

這就是竹哥。附帶一提，他常為了打零工奔波，膚色比太七和寅藏黝黑。

「幸好你在山登屋。」

太七不禁嘆氣。他被美代拖著跑，膝蓋都擦破皮了。

「我今天在家清理爐灶。」

「難怪渾身白灰。」

竹哥從頭到腳滿是火灰。

美代顧不得那麼多，抓起竹哥的手，就拉著他去見狛犬。

「貼著祂。喏，手掌貼著祂！」

接著，美代仰望狛犬。

「狛犬先生，我帶竹哥來了，跟他說句話吧。如果是竹哥，就聽得懂吧？」

竹哥與太七面面相覷。美代發現太七指頭比著太陽穴繞圈圈，決定待會兒再狠狠踢他一腳，眼下仍緊按竹哥的手。

「向狛犬先生問候一聲，用你的鄉音說『我是竹哥』。」

竹哥空著的另一隻手搔抓著腦袋，笑道：

「嘔賜竹哥。」

「狛犬先生，拜託！」

美代閉上眼，伸手貼著狛犬的台座。

——毫舊妹雨間登土岐的任了。

美代瞪大眼。仔細一瞧，竹哥也一樣。

「聽到了嗎？」

嗯，竹哥沉聲應道。

「這是怎麼回事？」

他仰望狛犬，輕拍狛犬的頭臉。竹哥個子高，摸得到狛犬。

「哦，是在登土岐開採的嗎？原來是登土岐石，好懷念哪，嚇了我一跳。」

他似乎能與狛犬溝通，不過，美代聽得一頭霧水。

「狛犬先生到底在說什麼？」

竹哥滿面春風，一把抱起美代，扛在肩上。

「喏，妳近前打聲招呼。這隻狛犬和我是同鄉，來自登土岐。以前那裡有座切石場，開採一種名爲『登土岐石』的岩石。」

不過，你身上怎麼滿是鳥糞？竹哥問。

「登土岐石原本是灰中帶青，相當好看。仔細擦拭後，便會像鑽石一樣閃閃發光。」

坐在竹哥肩上的美代，雙腳蹬個不停。

「這不重要，狛犬先生怎麼說？」

太七急忙湊近，想觸摸狛犬，發現手太髒，便往衣服上擦拭。

「唔，剛剛那句是『好久沒遇見登土岐的人了』。」

竹哥果然聽得懂！

「狛犬先生之前說過『喪鬧盡』。」

「那是『傷腦筋』的意思。」

「石造的狛犬哪可能說話。」太七不禁反駁。

「祂是神明的使者，會說話也不足爲奇。」竹哥笑道。「喏，如果需要我幫忙，就儘管開口吧。」

竹哥右掌按著狛犬垂落的耳際。坐在他肩上的美代，覺得摸頭有點逾矩，於是改摸尾巴。

一旁的太七，手掌和右耳緊貼台座，屏息斂氣。

——嘔聽梭校姐架的近江屋為某賜喪鬧盡。那賜賭博眼，不賜一半任能堆付的妖怪，嘔租溺一臂資力。

美代只聽懂「近江屋」，就是她家。

竹哥瞠目結舌，低喃「這樣啊」。

「你這位神明使者眞不錯。」

接著，他突然換成狛犬聽得懂的方言，重複道：「溺這位聖敏賜者鎮不錯。」

今天坐在竹哥肩上，狛犬的臉就在美代面前。她清楚看見狛犬微微揚起嘴角。

「狛犬先生怎麼講？」

竹哥歇口氣，轉述道：

「祂聽說小姐家的近江屋爲某事傷腦筋。那是『賭博眼』，不是一般人能對付的妖怪，祂願意助妳一臂之力。」

美代雙眼圓睜，太七則是嘴巴張得老大，活像隻鯽魚。

竹哥把兩人擱在一旁，和狛犬熱絡地聊起來。

「怎麼辦？」他扯著凌亂的頭髮，「近江屋恐怕不會輕易相信。」

沒想到，近江屋老闆相信了。

關鍵在於「賭博眼」這個奇怪的詞語。

「這應該是神明的安排……」

善一既感到慶幸，又覺得不可思議，但仍敬佩地點點頭。近江屋的內房裡，五郎兵衛坐在善一左邊，竹哥兩側則是美代與太七，三人並肩而坐。

剛才喧鬧不休的眾多賓客，此刻已走得一個不剩。善一從美代與竹哥口中聽聞此事，馬上解散親戚的聚會。

「要是外人牽扯進來，會惹出爭議。」

狛犬指示竹哥對付「賭博眼」的方法不難，連美代都聽一遍就明白。

接下來，得盡快蒐集五十隻紙糊犬。只要是揹著竹簍的紙糊犬即可，大小不拘。

可是，不能是全新的，也不能用錢買，必須向人索討家裡當擺飾的舊紙糊犬。如果竹簍破損，一定要更換或修補。

湊齊五十隻紙糊犬後，到神社來，我教你們下一步驟——

紙糊犬是模仿狛犬外形做成，有的是白狗，有的是黑狗，再加上漂亮的裝飾。當中有些體型較大，但由於是紙糊而成，十分輕盈。既像玩具，也像裝飾物，相當討喜。所以，常在夜市販售，價格便宜。

善一告訴美代和太七，揹著竹簍的紙糊犬是「孩童的避邪物」。

「對了，我家有一隻。」

就裝飾在小一郎寢房的架上，全長約五寸。背上的竹簍大小，似乎能放進一個手球。

「狛犬是神明的使者，而竹簍能對付妖怪。兩者合在一起，就成爲吉祥物，可保護容易受邪魔侵害的孩童。」

「爲什麼竹簍能對付妖怪？」

美代也感到納悶，太七卻搶先發問。

「妖怪大多僅有一顆眼睛，且害怕眼睛比自己多的東西。人雖有雙眼，但竹簍的眼更多，對吧？光是眼的數量，就比妖怪強得多。」

可是，竹簍的眼和人的眼不一樣吧？美代暗暗思索著。太七似乎馬上接受這樣的說法，一臉欽佩。

「不過，那張古怪的座墊不只一顆眼，全身都是。」

說到一半，太七急忙噤聲。無賴五郎掌櫃露出凶惡的表情。

「狛、狛犬先生就算變成紙糊犬，還是能一隻、兩隻的數吧？」

太七轉移話題，躲在竹哥背後。

「竹次郎先生。」

善一重新端坐，雙手恭敬地擺在膝前，面向竹哥。竹哥依舊頂著蓬頭亂髮，渾身覆滿火灰，衣帶鬆脫。

「接下來我要告訴你，近江屋一族多年的祕密。若非發生這種情況，我絕不會向外人透露，請謹記在心。」

美代和太七，你們也一樣。善一朝兩人點頭，美代規矩應聲「是」，太七則是隨口答應。

「既然要麻煩竹次郎先生代爲奔波，得先跟山登屋說一聲。談完後，請帶我一同前往山登屋。」

竹哥縮著脖子回答「是」，顯得有點心慌無措。

「我是無所謂，但近江屋這麼相信我，眞的沒關係嗎？或許是我一時睡昏頭，也可能是我騙你們。神社的狛犬會說話，這麼荒誕的事，連繪本上也找不著。」

「一點都不荒誕。我親耳聽見，還看到狛犬微笑。」

美代從旁插話，善一微微一笑。「肯定不會錯，爹也想親眼瞧瞧。不過，在那之前，必須先遵從狛犬先生的指示。」

爹的表情好嚴肅，美代頗爲害怕。

「最重要的是，神社的狛犬先生——也就是神社的神明，曉得『賭博眼』。正因神明深知它的可怕，才會想幫助我們，實在是謝天謝地。這樣已足夠，我相信，當然相信。」

他那充滿力道的口吻，令竹哥的頭垂得更低。

「不好意思，竹次郎先生。」掌櫃中途插話，「先請教一個問題。」

「什麼問題？」

「你是何時想起出生地的？」

竹哥明顯露出「不妙」的神情，縮起肩膀。

「何時……」

「其實你一直記得，只是沒告訴山登屋老闆吧？」

「是的。」

儘管全身蜷縮，他倒是答得乾脆。

「對不起，我會好好向老大賠罪。」

山登屋的人，都稱店主爲「老大」。

「就這麼辦吧，剛好是個機會。」

毫不客氣地說完，無賴五郎掌櫃向善一低頭行禮。「打斷您的話，請見諒。」

「無妨。五郎，你很清楚事情經緯，我其實不怎麼想提。」

善一的喉結上下滑動，接著強調：我只說一次，希望你們聽過就忘掉。

「名叫『賭博眼』的妖怪，如太七所見，模樣就像大座墊。全身黝黑，顏色猶如汙濁的血，長滿五十顆眼珠。那是人的眼珠。」

善一彷彿要擺脫自己的話，講得飛快。

「那是以五十個人當活祭品，拿吸取他們屍骸血肉的墓土捏塑而成。細節沒聽父親和祖父提過，我不清楚。大概是這種知識不適合傳給後代子孫吧。」

「捏塑而成……？那明明是妖怪啊。」竹哥皺起眉。

「雖是妖怪，卻是人親手創造。當然，過程需要法術和咒語，步驟想必非常繁複。我不知道作法，還好我不知道。」

坦白說，我也是第一次清楚目睹。

「我十四歲那年見過一次，當時它被封存在信匣般大的盒子裡。」善一比了個方形。「政吉大哥掀蓋讓我瞄一眼，眾多眼珠一齊瞪向我，我嚇得差點腿軟。」

政吉大哥，這個名字再度出現。

「用五十個活人……」太七喃喃自語，彎著指頭像在數數。「打造而成的妖怪，有五十顆眼珠？不是一百顆嗎？如果有五十個人，眼珠應該是一百顆吧？」

這麼大的數目，光靠手指數是不可能的。毋寧說，數手指根本沒意義。

「恐怕是弄瞎一隻眼。」竹哥不自主地脫口，急忙噤聲。他沾滿火灰的臉龐無比蒼白，但並非火灰的緣故。

「好像是這樣。」臉上毫無血色的善一頷首。「先毀掉一隻眼，身軀留待要打造妖怪本體時才使用……唉，細節就不逐一說明。總之，那是以慘無人道的作法，所打造出的妖怪。」

爲什麼要創造出如此殘酷可怕的妖怪？又是要用在哪一方面？

「和賭博眼訂下誓約，成爲主人……」

據說就能每賭必贏。

「不管下再大的賭注都能贏。即便對方要老千，也能輕易看穿，反敗爲勝。」

所以稱爲「賭博眼」嗎？

「不過，藉這種方式贏來的錢，得全部花光。要闊綽地揮霍，不然主人會被賭博眼釋放的邪氣害死。賭博眼喜歡人們爲賭博狂熱時散發的氣息、想一贏再贏的欲望，及希望對方賭輸懊惱的惡意。人們的種種邪念，是賭博眼的糧食。賭博眼是渴求人類邪念的妖怪。」

想要揮霍，最好的辦法就是繼續投入金額更大、更危險的賭局。

「賭博總是伴隨著美酒和女人，錢財也花在這方面上。賭博眼愈高興，愈能逢賭必贏。」

一直過著這樣的生活，它的主人不免招致怨恨。

「賭運比人強，表示運勢比人旺，只要主人遵守與賭博眼的誓約，就不會死在他人手上，甚至能躲過各種災難。」

然後，繼續賭下去。

「不過，人的壽命有限，終日沉溺酒色，不免傷身折壽。把身體搞得殘破不堪，根本無法長命百歲。」

待主人的陽壽盡了，賭博眼便會尋求下一個締結誓約的對象。

「它會有下一個主人嗎？」美代咕噥道。「話說回來，當初爲什麼要做出這麼可怕的妖怪？」

很不可思議吧，善一有氣無力地笑道。

「美代和太七還小，不懂這個道理，最好也別懂。」

人們追求賭博眼的出發點，未必是源自邪惡之心。

「窮得身無分文，連吃的都買不起，生病也沒錢買藥。如果是這樣，我或許會和賭博眼締結誓約。要是每賭必贏，會比其他方式更快致富。」

如果不是全爲了私心，而是把錢花在和自己一樣飢餓貧困的人們身上，贏來的錢不就不愁無處花用？

「很難一直抱持這種聖潔的念頭吧。」

半晌，無賴五郎掌櫃沉吟道。

「的確。金錢隨著用法的不同，會有活錢與死錢之分，所以才有人創造出賭博眼，或想成爲賭博眼的主人。」

毋寧說，心存這樣的願望接觸賭博眼的，遠比嗜賭如命的人多。

「要是窮得差點餓死，」竹哥低喃，「我可能也會當它的主人。若處理得宜，光靠自己一個人，就能養活整個村子。」

善一和五郎兵衛互望一眼，不約而同地看向竹哥。

「你……」

「你知道這件事？」

「充當賭博眼活祭品的，正是飢餓的人。」

竹哥逃避似地低下頭。「我怎麼可能知道，只是腦中閃過這個念頭而已。」

善一緊盯著竹哥，悄聲道：「來到近江屋的賭博眼，也是往昔因長期歉收，人們連山裡的樹根都啃光，演變成吃死屍肉的大饑荒，最後不得不製造出的。」

竹哥渾身一僵，美代輕碰他的手臂。竹哥瞅美代一眼，尷尬地微笑。

「怎麼，妳害怕嗎？」

「比起害怕，」美代輕聲開口，「不如說是你們講得太深奧，我聽不懂。」

「吃死屍肉」是什麼意思？

「聽不懂沒關係。」竹哥捏捏美代的臉頰。

此刻，太七躲在竹哥背後。

「現下飛到近江屋的賭博眼……」善一接著道，「幸好不是我們的親人製造。可能是第一代當家在某處獲得或收購，也可能是遭到蒙騙，被迫接納。總之，是從別處來的。」

善一是近江屋的第五代當家。

「年代久遠，詳情我也不清楚。這算是家醜，除了最重要的規定，不會想代代流傳，也許刻意將一些環節模糊了。」

第一代當家是手腕高明的商人，也是欲望強烈的人。

「他成爲賭博眼的主人，並非因三餐不繼，也不是想成爲賭場高手。他祈求運勢強旺，生意興隆。儘管這不是賭博眼的用途，但做生意和賭博有相似之處。」

運勢愈強，愈能蓄積財富。

「可是，賭博和做生意是兩碼子事。」竹哥插話，「賭徒和商人壓根不一樣。」

約莫是竹哥的口吻有些粗魯，五郎兵衛面露慍色。善一則笑著頷首：

「也對。所以，我認爲第一代當家是遭之前的主人欺騙。對方想必是花言巧語，胡扯只要擁有賭博眼，做生意一定賺大錢。既能消災解厄，還能讓事業日漸繁盛，第一代當家才會收下賭博眼。」

「哦，這樣啊……」

正因欲望強烈，第一代當家又犯下離譜的錯。

「他與賭博眼締結誓約時，多加一項約定：不管換幾代當家，它都不能離開近江屋。」

換句話說，賭博眼的主人得是近江屋的親戚。這是近江屋必須代代傳承的與賭博眼的約定。

「第一代當家就是這麼想在商場上贏過對手。」善一不禁嘆氣。「他滿心以爲賭博眼是天賜的寶貝，著了別人的道。」

最後，第一代當家的次男成爲賭徒，終日沉溺於各式各樣的賭局中。在酒毒的戕害下，不到三十歲便含恨九泉。

「太傻了。」竹哥毫不顧忌地批評，「眞是膚淺。對方明明是妖怪，卻沒仔細確認約定的效用，就訂立誓約。」

無賴五郎掌櫃再度板起臉孔，瞪他一眼。

「大概是那妖怪迷惑第一代當家，讓他信以爲眞。」

善一又嘆口氣，疲憊地垮下雙肩。

「從此，近江屋一族代代都有賭博眼的主人。意即，我們的親人中，必定會出一名賭徒。一旦當上它的主人，不管願不願意，都得放棄正經的生活，改當賭徒，否則會有生命危險。如果逃避，便會危及其他親人。」

店鋪生意興盛，其實與賭博眼完全無關。因此，成爲賭博眼的主人，算是近江屋一族的犧牲者，爲第一代當家草率的約定背負苦果，可謂抽中下下籤。

「但是……」

美代突然插話，大人的目光紛紛移向她，她不由得臉紅。

「怎麼啦，美代？」

父親的話聲相當溫柔。受到鼓勵，美代勇敢提問。「要是被選中的人喜歡賭博，不就能與賭博眼和睦相處？這樣對雙方都好吧？」

善一毫不掩飾地面露欣喜。

「這孩子就是這樣。」他告訴竹哥，「不曉得是聰明，還是早熟。」

竹哥似乎有話想說，瞥見無賴五郎掌櫃的神情後，轉爲沉默。

「小姐，事情沒您想得那麼簡單。」

五郎兵衛剛硬的臉龐湊向美代，嚴肅地開口。

「一旦當上賭博眼的主人，就算再喜歡賭博，也會逐漸生厭。」

「爲什麼？」

「恐怕是靈魂遭妖怪掠奪，遭到侵蝕吧。」

內心排斥賭博，依然每賭必贏。不斷獲勝，內心卻嫌惡到極點。儘管祈求能過著平凡的生活，想安靜休養，還是無法如願，最後換來頹廢的心靈。

果然艱深難懂。美代「嗯」一聲，沉默不語。

善一十四歲那年，當時的賭博眼主人去世，只活到三十五歲。

「賭博眼的主人必須是近江屋的親人，如果能夠，最好是沒家室的年輕男子或男孩。所以，親戚和分家的人聚在一起抽籤。」

抽籤決定下一個主人。若不用這種強硬的方式，飢渴的賭博眼會自動選人附身。

「不幸地，我父親抽中了。」

善一是獨生子。

「父親難過地抱頭返家，在床上連躺三天，不斷在棉被裡哭著道歉。」

此時，出現一位救星。

「他算是我的堂哥，名叫政吉。」

政吉大哥終於登場。

「他是哪家近江屋的人，請容我保密，此事我還是不想讓外人知道。總之，他是我的親戚，當時應該是二十五、六歲。」

政吉是個浪蕩子，幾年前便與父母斷絕關係，離家後音訊全無。

「後來他返回家中，得知事情經過，很同情我的遭遇。」

——讓這樣的孩子承擔，太可憐了。

「反正我是浪子，也懂得賭博的樂趣。在賭場所向披靡的生活似乎挺有意思，乾脆由我代替他，當賭博眼的主人吧。」

所幸政吉有其他兄弟，不必擔心店鋪繼承的問題。他的父母頗爲訝異，起初有點不太情願，但政吉心意堅決，他們也不再反對。

「要與賭博眼締結誓約，只需打開封印的箱子，劃破手指滴血，告知『從今天起，我就是你的主人』。」

政吉締結誓約時，善一和父親在一旁當見證人。

「他被斷絕父子關係，算是不孝子。不過，在我心目中，他是個善良的人。」

善一語帶哽咽。

「父親朝他磕頭跪拜。他根本沒要我們感恩的意思，摸著我的頭說……」
——不用擔心。我是徹徹底底的浪蕩子，不會輸給那妖怪的。
「雖然只是孩子，我胸口仍熱血澎湃，不由得脫口……」
——您的大恩，我永生難忘。政吉大哥若有萬一，到時不用抽籤，我自願當賭博眼的主人。
「父親敲我腦袋一下，政吉大哥也笑了。」
那是口頭約定，並未滴血立誓，賭博眼卻牢牢記住。
「所以政吉大哥死後，才會飛來找我。」
它飛進三號倉庫，五十顆眼珠閃著寒光，嘰嘰喳喳、窸窸窣窣，不斷鑽動。
忽然，善一轉向五郎兵衛。
「五郎，有件事你應該不知道。恐怕連我爹也沒聽說。」
面相凶惡的掌櫃，微微側頭問：「哪件事？」
「昨天，我去過深川萬年町。」善一的口吻哀戚。「其實，我一直努力與政吉大哥取得聯繫。」
政吉四處飄泊，要保持聯絡並不容易。
「有時我會麻煩五郎幫忙，這些年來，我竭力掌握政吉大哥的情況，瞭解他在何方，過著怎樣的生活。雖然大哥從沒到過店裡。」
近幾年，政吉住在萬年町的裡長屋（註）。雖然逢賭必贏，身體狀況已大不如前，尤其是今年

註：位在巷弄裡的長屋。

夏天過後，幾乎都窩在家中。

「一旦無法賭博，就會遭受賭博眼的邪氣侵害。政吉大哥繼承賭博眼的時間比過去任何人都久，壽命終究還是來到盡頭。」

政吉暗下決心。

「他要在自己這一代，了結近江屋與賭博眼的誓約。」

昨天善一造訪萬年町時，得知驚人的消息。這個月初，政吉突然向代理房東告辭，離開長屋，買下一艘老舊的小船，飄蕩於附近的運河，在船上起居生活。

「大哥連人帶船一塊燒了。」

他在船上灑油點火，想連同賭博眼一併燒死。

「其實，從當上賭博眼主人的那一刻起，他便有這樣的打算。他曾暗中向我透露。」

——放心，不會輪到你。我會好好做個了結。

「他告訴我，這是被逐出家門的兒子，對父母的一點孝心，不，應該說是對親人的孝心。於是，我滿心以爲，他也跟我爹提過。」

在下從未聽聞此事——五郎兵衛鄭重道。

「若上一代當家知曉，理當會告訴在下。」

「是嗎……那麼，這是我與政吉大哥之間的約定了。」

善一流露充滿懷念的溫柔目光，旋即消失。

「不過，對方是妖怪。賭博眼畢竟技高一籌。」

賭博眼遠遠飛離熊熊燃燒的小船，來到新黑門町，尋找下一個訂立誓約的主人。渾身散發著邪氣告訴善一，下一個就是你。

如果不是你，會是誰？快履行誓約。下一個主人是誰？再磨蹭下去，我要自己附身嘍。那東西嘰嘰喳喳地催促。

狛犬先生說過，這不是一般人能對付的妖怪。

「政吉大哥的遺骸燒得像木炭一樣焦黑，他臨死前瘦得只剩皮包骨。」

儘管如此，政吉生前毫無怨言：

「我這個無顏面對世人的浪蕩子，和賭博眼一起過著揮霍、有趣的生活，也不全然是壞事。到頭來，我總算有些許用處。」

他還說，妖怪盡情吸收人氣後，應該滿足了吧。

「美代，講這麼恐怖的事，眞是抱歉，很快就會結束。」

善一的表情哭笑難分。美代堅強地點點頭，發現太七靠在竹哥背後，不知何時打起瞌睡，嘴邊有口水的痕跡。

誰教他是笨蛋，不過這樣也好。

「爲了替自己料理後事，大哥在代理房東那裡寄放不少金子，全靠那筆錢張羅。」

僅僅留下賭博眼。

語畢，善一闔上嘴，房內陷入一片沉默。刺耳的沉默。因爲三號倉庫仍喧鬧不休。

「娘……」美代悄聲問，「知道這件事嗎？」

「知道一些。」善一頷首。「接下來，我得向眾人坦言一切，不能再有所隱瞞。」

這是爲什麼？

「我要收拾它。」

善一銳利的目光望向三號倉庫，態度堅定。

「我原想乾脆扛下賭博眼。雖然是童言童語，但我確實說過要當下一個主人。」

善一在親戚面如此提議時，有人勸他別太衝動，要多替妻小想想，還是該照規定抽籤，但也有人在一旁叫好，拱善一肩挑起責任。不過……

「大夥的心情都一樣，只希望兒孫不要抽中下下籤。看著他們吵鬧的情景，我感到既可悲，又難過。」

竹哥緊抿雙唇。「老爺獨自承擔，就枉費政吉先生的一番好意了。」

善一望著竹哥的眼神轉爲柔和。

「嗯。」他像孩子般點頭，「沒錯，竹次郎先生說得對。若要繼承政吉大哥的遺志，就不能遵從妖怪的指示，找犧牲者當它的主人。並非我出面，問題就能解決。這樣下去，或許日後會輪到小一郎，我可不能接受。」

「沒錯，不能接受。」

竹哥朗聲應道，察覺五郎兵衛的瞪視，急忙又縮起身子。

「總、總之，我們快蒐集五十隻揹著竹簍的紙糊犬吧。」

三

拜訪過近江屋所有親戚，姑且蒐集到十八隻。

感覺出奇地少，善一卻說這樣很好了。這種吉祥物，不是說有就有的。

接下來，他們能找的對象是左鄰右舍和店裡的顧客。不過，解釋近江屋爲何想要紙糊犬，實在不容易。正因是吉祥物，人們更想知道理由。近江屋在做某件怪事——傳出這樣的流言，情況只會更糟糕。

「就說老爺做了個夢，只要蒐集紙糊犬，便會發生好事。」

這是五郎兵衛的提議。他們認爲是保險的說詞，於是付諸行動。可惜，聽起來雖煞有其事，但人們不全然會好心地回句「哦，眞有意思。好啊，我家的拿去用吧」。

有人會咕噥「什麼嘛，近江屋未免太自私」，或是「既然這樣，我也要來蒐集紙糊犬」。若進一步解釋，這是近江屋老闆做的夢，只對近江屋有效，反倒更引人猜疑。

不能花錢買紙糊犬的限制，增加蒐集的難度。爲了生意興隆，小小的紙糊犬，近江屋竟然想用搶的，一毛也不給——惹來這樣的閒話，將有損商譽。

「雖然不能給錢，但送店裡的商品當謝禮，應該無妨吧？」

竹次郎急忙跑去請示狛犬。

——睡便溺們。

意思是，隨便你們。

除了醬油，近江屋還兼賣醋和燈油。他們決定以一合（註一）的酒壺分裝，請願意送紙糊犬的人家，挑選一種喜歡的。

這也是世人有趣的地方。

「沒關係，用不著送禮。」有人會這麼推辭。「雖然古怪，但近江屋肯定自有道理。」善一不禁深深感嘆：「五郎，這眞的很像神明的考驗。」

區區五十隻紙糊犬，一旦需要加以蒐集，才明白世人的想法千百種。有人信任近江屋，也有人百般猜忌打探。

「神明透過這種方式，判斷我是不是正直的人，近江屋是不是做正經生意的店家，値不値得幫助。」

令人振奮的是，山登屋老闆接獲消息，馬上親自來訪。

「考量到日後，在江戶市內不能讓人知道眞正的原因，不過，若是在江戶市外，告知因某個避不開的問題，危及店家的存亡才這麼做，應當沒關係吧？」

我店裡有些驛使，要到不遠的外地出差，兩、三天內便可返回，不如請他們幫忙找紙糊犬。於是，山登屋的眾驛使加入搜尋。

竹哥也四處奔波。

「我去不同地方打零工，以酬勞換取對方家中的紙糊犬。」

原本就打零工爲生的他東奔西走，一會兒幫人打掃洗衣，一會兒替人砍柴、汲水、帶小孩、跑腿採買、疏通水溝，差事包羅萬象，來者不拒，以工資換回紙糊犬。

恰逢今年是狗年，當對方詢問原因時，他便回答：

「是用來供養屬狗的先父。」

甚至有人誇他孝順，多給他一些工資。

這段期間，善一隆重穿上禮服，多次前往八幡神社，虔誠膜拜。人脈極廣的山登屋老闆，到處打聽這座名字不詳的神社背景，得知叫「兜八幡宮」（註二）。

「很久以前，早在有江戶町之前，這一帶還是荒煙蔓草。歷經一場戰亂後，神社附近滿地頭盔。那是在戰役中喪命的武士頭盔。」

好在沒連人頭一起落在地上。不，人頭已被敵人拿去領賞。

「每到晚上，頭盔便會亮起藍白光芒，如同鬼火。當地人將頭盔埋進土裡，加以供養。」

沒想到，數名鎧甲武士出現在村民枕邊，向他們道謝。

──若是尊奉八幡神，以頭盔當神體，建造神社，我等將永遠守護這塊土地。

武士許下承諾，村民便依言而行。這就是來由。

「由於是很古老的傳說，神官一家似乎已斷了子嗣。村長也不清楚此事，是村長家的老爺爺告訴我的。」

註一：約〇．一八公升。

註二：日文「兜」是頭盔的意思。

那是位九十歲的老爺爺。

「不過，儘管變得像廢墟，仍留存至今，得歸功於鄰近的居民。」

山登屋老闆到近江屋說明此事時，美代恰巧在父母身邊。

「我和太七經過神社時，也會向神明問安。」

山登屋老闆個性溫柔，只不過，雖然長得和無賴五郎掌櫃一點都不像，那銳利的眼神，連五郎兵衛看了都會嚇得拔腿逃跑。他朗聲大笑，眼睛瞇成一條細縫。

「好在你們平時很用心。」

「老大，問你喔。」

「喂，美代，不能跟著叫老大。」

「無妨。美代，有什麼疑問？」

「狛犬先生又叫『阿吽』（註一）吧？」

「妳真清楚，沒錯。」

哪個是「阿」，哪是是「吽」？美代側頭尋思。

「跟我搭話的，是阿先生，還是吽先生？」

老大沉默片刻，「合起來統稱『阿吽先生』，不就行了嗎？」

當真是「睡便溺們」。

之前在談要事時，中途睡著而沒聽到重點的太七，也信守承諾，並未洩漏賭博眼的祕密。他還補上一句話，眾人不禁鬆口氣。

「各位，不好意思，其實我沒發現那東西。飛來時，只有爹和哥哥看見。」

太好了。

「我們的代理房東說，近江屋的倉庫四周整晚燃著篝火，不曉得是不是遭小偷，十分擔心。」

「不如將錯就錯吧。」

賭博眼吵鬧的異狀，所幸左鄰右舍尚未察覺。

揹著竹簍的紙糊犬積少成多。山登屋最資深的驛使阿辰，一次帶回八隻。

「我去了南總一趟。」

他到村長家送信，一提及紙糊犬……

「村長臉色驟變，追問：該不會是要用來對付賭博眼吧？他非常驚訝。」

村長知道賭博眼，小時候聽過相關的故事。

「那是村裡寺院的住持，賭上性命收妖的故事。當時也艱辛地蒐集紙糊犬。」

小孩不能靠近，否則會變得手腳不乾淨——連這個傳言都一模一樣。

「村長說『等一下，在你重新綁好草鞋鞋帶之前，我會盡量幫忙多蒐集』，一次就給我八隻。」

阿辰笑著補充，正因是那個地方，所以該稱做八犬士（註二）。於是，近江屋趁機改喚紙糊犬

註一：源自梵語，「阿」是張嘴的發聲，「吽」是閉嘴的發聲，分別表示呼氣與吸氣。狛犬成對，一隻張口，一隻閉口，用來表示「阿吽」。

註二：這個笑話與《南總里見八犬傳》一書有關。

爲「犬士先生」。

犬士們聚集在近江屋招待賓客用的廳房。美代不時潛入，望著大小、新舊、髒汙程度各不相同的紙糊犬，揹著竹簍、整齊排列的模樣，甚至會叫幾聲「汪、汪」，暗暗竊笑。

犬士們睜大眼，像在等候。說來神奇，待在這個廳房，對三號倉庫散發出的危險氣息就不以爲意了。

耗費七天，終於湊齊五十隻犬士。

善一與山登屋老闆再次穿上禮服，帶著竹哥趕往兜八幡，不到兩刻鐘便返回。

「明天，明天動手。」

得趕緊召集人手。

「從我們的親戚中，男女各找二十五人。男丁握著算盤，女眷持裝白米的缽或碗，守在靠近倉庫的廳房。拉門和防雨門緊閉，不得往外張望。」

兜八幡神社要在鳥居後方設兩座篝火，包圍正殿。

「此事就由山登屋安排吧，我會在一旁監督。」

語畢，老大立即返回山登屋。

「半夜子時鐘響，我會打開三號倉庫的門鎖。」

只打開門鎖，大門保持原狀。接著，善一得衝回廳房，混進眾男丁，拿起算盤。

「然後，阿吽先生會『汪、汪』大吼兩聲。一聽到這個暗號……」

眾男丁就甩動算盤，女眷們則搓洗容器裡的米。

「不用水洗沒關係嗎？」香苗幹勁十足地問。

「沒關係。關鍵是甩動算盤和搓米，賭博眼最怕這種聲響。」

要專注地甩動算盤、搓米，發出聲響。腦袋不必多想，更不需要念誦「阿彌陀佛」。得淨空內心，不停動作，累了也不能休息。這是與賭博眼的對決，想戰勝就不能停手。

「那犬士們怎麼辦？」

沒錯，這點很重要。

「只有犬士們所在的廳房要敞開防雨門和拉門。天黑前，記得將背上的竹簍全部翻面。」

一般來說，紙糊犬背上的竹簍是開口朝下。狛犬囑咐他們把竹簍翻面朝上。

「明天是半月。」香苗望著天色尚明的蒼穹。「月亮的圓缺不要緊嗎？施法時，不都會選在滿月或新月嗎？」

「妳會這麼說，表示常看鬼故事繪本。」

善一調侃道，香苗頓時羞紅臉。

「對付賭博眼，與月光的亮度無關。大概是賭博不必分月夜或暗夜吧。」

不過，要是下雨便得延期。

「爲什麼？」

「犬士們會淋濕。」

畢竟是紙糊而成，非常怕水。

阿吽先生會先吼一聲當信號，算盤和搓米聲旋即響起。不久，阿吽先生會再吼一聲「汪」。

「到時要點亮家中所有燈光，門可以打開，愈多人旁觀愈好。」

——活許灰大乾次淨，膽庯不找海怕。

或許會大感吃驚，但用不著害怕。阿吽先生說道。

那一晚終於到來。

美代是個孩子，幫不上忙。

竹次郎先生不是近江屋的親戚，照理不用參與，不過多虧你的幫忙，才會有今天，請務必在一旁見證。應善一的請求，竹哥與美代待在現場。

聽聞此事後，小新心生害怕，躲在壁櫥裡簌簌發抖，改由竹哥揹起小一郎。他揹得有模有樣。

「我很習慣帶孩子。」

關上防雨門的廳房裡，只點一盞燭火。竹哥哄孩子頗有一套，小一郎隨即沉沉入睡。

美代心跳加遽，始終靜不下來。她忽站忽坐，一會兒走向防雨門，一會兒又離開，一刻不得閒。

「還要等多久？」

「就要開始了。」

竹哥一臉疲憊。「美代，妳不睏嗎？」

「我睡不著。」

「妳膽子眞大。」

「幸好沒下雨。」

「是啊。既然要動手，愈早愈好。」

竹哥打了個大哈欠，此時，子時的鐘聲響起。

美代連忙挨向竹哥。

緊接著——

「吼、吼！」

傳來兩聲狗叫，是阿吽先生。

「這叫聲直接傳進心底呢。」

竹哥烏龜似地縮起脖子。

「喂，開始嘍。」

指令也傳進美代耳中。二十五個算盤沙沙作響，二十五個缽碗中的白米，也發出嘩啦聲響。

「阿金姊要張羅五十人份的飯菜不容易呀。看這熱鬧的場面，大夥肯定會滿身大汗。」

竹哥摩挲著鼻子低語。

「接下來才辛苦。」

「爲什麼？」

「不知要花多少時間，搞不好整晚都得這樣。」

要一直搓米，甩動算盤嗎？

沙沙沙沙、嘩啦嘩啦。沙沙沙沙、嘩啦嘩啦，明明隔好幾道拉門和走廊，還是能清楚聽見。

當他們屏息等候時，忽然聽見卡啦卡啦的怪聲。

「在搖晃。」

屋子在搖晃，所以防雨門和拉門才會發出聲響。

竹哥按住燭台，「賭博眼生氣了。」

美代挨得更近，「竹哥。」

「怎麼？」

「我有點怕。」

「我更怕，美代果然好膽量。」

搖晃的情形剛減弱，便換成打木樁般的「咚、咚」巨響。戛然而止後，又是一陣搖晃。

「害怕就睡覺吧。」

「我哪睡得著。」

「不然閉上眼睛。」

咚！咚！

「小新躲在壁櫥裡，不曉得會不會尿褲子。」

「去瞧瞧吧。」

打開壁櫥，小新夾在棉被中間睡得不省人事，嘴邊還淌著口水。

傻蛋一個，這樣反倒好。

「眞拿小男生沒辦法。」

「男人也一樣啊，所以女人得能幹點才行。」

竹哥的話聲發顫，舌頭不太靈光。

「剛剛那句話，用你的鄉音講一遍。」

「男任夜賜一羊啊，梭衣女任得能乾點猜性。」

美代想笑，卻笑不出來。屋子持續搖晃，嘎吱作響，並傳出哭喊聲。

起初，美代以爲是父母他們的哀號，心臟猛然一跳，但馬上明白並非如此。那哭喊聲是從三號倉庫傳出。

嗓音柔弱，毫不剛硬，可惜充滿不祥之氣。

而且極度哀戚，光聽就難過。

另外，還有一件怪事。美代突然飢腸轆轆，肚子咕嚕咕嚕亂響。今天要熬夜，她晚飯明明吃得很飽。

小一郎睡醒，放聲大哭。竹哥站起，不斷哄著「乖、乖」，輕拍他的屁股。

「連小嬰兒也感到不對勁。」

竹哥的肚子一樣咕嚕作響。

「竹哥，我餓了。」

「我也是。」

眞奇怪，竹哥低喃。

美代怕得無法站立，在胸前緊緊握拳，縮著身子。

此時，傳來一種輕柔、溫暖的觸感。毛茸茸的東西輕撫美代的背，緊貼著她。

哇，好巨大。背後有某個巨大的東西黏著我。

是阿吽先生。

怎麼知道的，她也不清楚。毛茸茸的，應該是狗毛吧，她馬上聯想到這一點。

——庸不找海怕。

意思是，用不著害怕。

美代深吸口氣，重重吐出，靠向那毛茸茸的溫熱之物。那毛茸茸的溫熱之物也緊緊包覆美代嬌小的臂膀。

「喂，竹哥。」

竹哥輕輕搖晃背後的小一郎，安靜地來回踱步。

「阿吽先生來了，在這裡。」

竹哥停下腳步，低頭望著美代。

「啊？」

「有件事我一直覺得很不可思議。」

「又是什麼事？」

「竹哥在江戶待了十年，雖沒忘記鄉音，卻也學會江戶用語吧？」

「唔，沒錯。」

「明明很久以前就待在江戶，怎麼改不掉鄉音？阿吽先生學不會江戶用語嗎？」

美代半是問竹哥，半是問背上毛茸茸的阿吽先生。

竹哥搖晃著背後的小一郎應道。

「因爲祂是石頭打造的。」

「嗯。」

「腦袋比較硬吧。」

美代噗哧一笑，某個東西舔了下她的頭頂。

「哦。」站在美代身旁的竹哥雙目圓睜，抬起一腳。「眞的耶，是阿吽先生。」

「我就說吧。毛茸茸的很舒服，對不對？竹哥，你坐嘛。阿吽先生很巨大，你一起靠過來也不要緊。」

竹哥戰戰兢兢坐下。忽然，小一郎一臉開心，彷彿有人在逗他玩，咯咯直笑。

「阿吽先生眞會逗孩子。」

他靠向阿吽先生，一點都不覺得可怕，也不覺得冷，有種說不出的舒適。沙沙沙沙、嘩啦嘩啦、沙沙沙沙、嘩啦嘩啦、卡啦卡啦、嘎吱嘎吱……此刻，這些聲響聽在耳裡，猶如搖籃曲般柔和。

不知不覺，美代打起盹。

「我說……」

「嗯？」

竹哥突然開口，美代嚇一跳，倏地醒來。

「什麼？」

「妳睡了嗎？不好意思。」

只是個無聊的往事，竹哥解釋道。明明不睏，他卻瞇起雙眼。

「我的故鄉登土岐到處是山，土地貧瘠，無法開墾水田。」

美代注視著竹哥，不發一語。在燭火照耀下，他黝黑的臉龐，益發顯得灰暗。

「當初有切石場時，日子勉強過得去。可是，登土岐石挖掘殆盡後，再也沒東西開採。我出生不久，還遭遇土石流。」

那是一座貧窮、糧食短缺的村莊。

「大家都棄耕逃散。」

「逃散？」

「意思是，村裡的人全逃走了。」

所以，我才不能說自己是登土岐人。

「父母嚴厲叮囑，萬一洩漏登土岐人的身分，我也會被處以磔刑（註）。」

「磔刑是什麼？逃走就會受到這種懲罰嗎？」

「我不知道。」

竹哥搖搖頭，揉著眼睛。

「當時我只是個孩子，他們沒告訴我。不過，我猜應該是……」

有人想去找領主告御狀吧。
「但最後沒成功，村民才會相約一起逃亡。」
再這樣下去，橫豎都會活活餓死。
「賭博眼也是在人們餓得無法生存的地方創造出的。」
在有人活活餓死的地方。
「所以，才會一直哭喊著肚子餓吧。」
竹哥和美代的肚子又咕嚕咕嚕作響。
「竹哥。」
「嗯？」
「好深奧，我聽不懂。」
竹哥呵呵輕笑，輕捏美代的臉頰。
「不懂也沒關係。」
美代點點頭，背後毛茸茸的溫熱之物突然離開。
「汪！」
不知何處傳來蕩氣迴腸的響亮犬吠，傳遍四方。
沙沙聲靜止，嘩啦聲止歇。竹哥一僵，接著飛奔向前，打開拉門與防雨門。美代緊跟在後，來

註：日本古時的刑罰之一。將人綁在木板或柱子上，以釘子或長槍刺殺。

到可望見倉庫的走廊上。

眼前出現難以置信的景象。

三號倉庫的雙開門不曉得何時被打開，犬士們陸續走出，排成兩列穿越庭院，朝後院的木門前進。

大隻的犬士快步前行。

小隻的犬士則踩著小碎步。

個個都瞪大眼睛。

來到後門，紛紛從門上躍過，前往大路。

美代目瞪口呆，不禁雙手摀嘴。

月光下，看得出犬士們背上的竹簍裡，裝著白色的渾圓之物。每個竹簍各裝一顆。是眼珠。

賭博眼四散的眼珠。

儘管四分五裂，那些眼珠仍動個不停。

隱約傳來一股腥味。定睛細瞧，犬士們嘴角沾著紅黑色汙漬，像咬過什麼活體。

聚在近江屋的人們擁出外廊，擠向後院，怔怔目送犬士的隊伍離去。

美代的父母也在人群中。只見母親雙手合十，父親伸手覆上母親的手，兩人緊緊相擁。

最後一隻犬士躍出木門後，三號倉庫的篝火倏然熄滅。一陣風吹來，淨化周遭的一切。

只剩天際皎潔的半月，照著敞開的倉庫及近江屋眾人。

「啊……」

善一雙腿一軟。

「我肚子餓得好難受。」

其他人不約而同癱坐在地，早餓得前胸貼後背。

美代聽見阿吽先生的話聲。

——噢，方心了、方心了。

大概是「放心了」的意思。

——悠空宰來萬。

這句話猜不出來。之後她詢問竹哥，才曉得是「有空再來玩」。

坐鎮兜八幡神社的山登屋老闆，目睹從近江屋走出的犬士們，揹著竹簍裡的眼珠，輕盈一躍，在空中畫出圓弧，跳入篝火。每當一隻犬士跳入，篝火就會竄起一道烈焰，狹小的神社內亮如白晝。

隔著正殿的門，火光一路照亮深處。

山登屋老闆看到許多隱隱生輝的頭盔。

飽餐一頓後，待太陽升起，善一帶著竹哥拜見阿吽先生，聽取指示。

「祂說，只要把三號倉庫擦拭乾淨，擺放鹽一天即可。」

他們把先前和賭博眼一起關在倉庫的醬油，連同木桶沉入河底。

「此外，爲了供養成爲賭博眼祭品的犧牲者，往後這一整年，我會天天在家裡的佛壇供奉白飯。」

善一有些語塞。

「因爲它原本也是人。」

賭博眼從此消失。近江屋自誓約中解脫，化解災厄。

五十名男女，不停甩動算盤、搓米，持續一個半時辰（三小時）。眾男丁好幾天手不能抬，五郎兵衛也傷到腰，躺在床上無法起身。

「在下太大意了。」

女眷們則是刮破指甲，滿是裂痕。她們搓洗的白米，幾乎都染上淡淡血色。近江屋家中的兩大支柱——香苗與阿金，也握著彼此的手哭泣。待手指的傷痊癒，她們比以前更常展露笑顏，不過對很多事仍和往常一樣嚴格。

近江屋向村長提出重建兜八幡神社正殿的申請，據傳山登屋也出不少力。

「這是我們地方的神明，也向街坊鄰居們募捐吧。不必多解釋，大夥一定都會贊成。」

此外，善一認爲這是難得的緣分，詢問竹次郎有沒有意願到他店裡工作。

「不過，得先徵求山登屋老闆的同意。」

老大贊同，竹哥卻沒點頭。

「我還是四處打零工比較自在。」

「總不能一輩子都這麼過。往後，你應該會想擁有自己的家庭。」

「到時再說吧。」

竹哥笑著補上一句，不管靠什麼爲生，絕不會當賭徒。

美代請竹哥幫忙，還把太七和他哥哥們全拉來，花了兩天，將阿吽擦得晶亮無比。竹哥所言不假，登土岐石果眞是漂亮的青灰色。由於年代久遠，雖不像鑽石那般晶亮，但阿吽先生煥然一新，足以吸引過路人的目光。

還有一件事。美代行經兜八幡神社，行禮問安時，都會加上一句惹人好奇的話。像「早安」、「我走嘍」、「我回來了」之類的問候語，大夥都聽得懂。不過，美代會接著大聲說：

「阿紅線生，握們盡天一羊品安悟羊，鍋得亨凱樂。」

意思是——阿吽先生，我們今天一樣平安無恙，過得很快樂。

4 chapter

討債鬼

一

屋外傳來「水煮蛋、水煮蛋」的叫賣聲。賣水煮蛋的小販到附近了。

這串叫賣聲，提醒青野利一郎一件重要的事。昨天，也就是三月三十日，他送每個月的房租和束脩給師傅時，答應四月八日一定會帶鴨蛋過去。江戶市只有那天會同時賣雞蛋和鴨蛋，據說吃了鴨蛋便能防止中風。

利一郎的師傅加登新左衛門，於去年二月中風，幸好症狀輕微，沒有生命危險。不過，中風這種疾病並非得過就能免疫，難保下次不會重度中風。之後，只要對抑制中風有效的偏方，新左衛門都勇於嘗試，無一遺漏。

利一郎從新左衛門手中接下「深考塾」這家私塾，至今已快半年。深考塾位於鄰近本所御竹藏的龜澤町一隅，是幢小巧的雙層民房，一樓是私塾，二樓是利一郎的住家。從設有爐灶的廚房後門出去，便可來到名爲「二目長屋」的裡長屋。那些二下課便往外衝的孩童，不少是出身二目長屋。

約莫有五十名町家的孩童到深考塾求學，個個背景不同，有富商子弟，也有住長屋的孩童。女孩不到十人，都是利一郎接下深考塾後才入門。利一郎的師傅新左衛門，今年已六十一歲，外表比實際年齡蒼老，且骨瘦如柴，一些毒舌的孩童喊他「骨骸老師」，女孩則對他敬而遠之。

江戶不乏女師傅執掌的私塾，學生大多是女孩。當初，利一郎在江戶定居時，對此一現象感到十分詫異。在他的故鄉那須請林藩，不論習字、算盤、讀書、算術，甚至是禮法，由女人擔任私塾師傅的例子，可說是前所未見，也不曾有人嘗試。

每天面對五十多名孩童的生活，如同置身戰場。暱稱「小師傅」的利一郎，儘管不到新左衛門一半歲數，還是覺得精神和體力上的負荷頗重。如今雖逐漸習慣，仍無暇靜心思考，或好好閱讀。不僅如此，眼前的忙碌降低了記憶力，所以，最近一想到什麼事，他便立刻找紙寫下。此刻，他拿著毛筆，準備批改學生的習字簿，猶豫半晌，在左手背上留下「鴨」字，待會兒再標到月曆即可。

耳畔傳來長長一聲嘆息。

發出嘆息的不是利一郎。隔著學生坐的長桌，對面有位訪客。

他是本所松坂町的紙商「大之字屋」的掌櫃，名喚久八。

大之字屋的獨生子信太郎，今年十歲，七歲便就讀深考塾。他表現優秀，也常照顧年幼的孩童，利一郎前些日子才和新左衛門討論，想找機會讓他當私塾的掌櫃。

私塾的「掌櫃」，主要是擔任師傅的助手，會從學生中挑選。新左衛門說，見信太郎和自己一樣當上掌櫃，久八想必會既得意又高興。雖是富商子弟，但就住在附近，滿十歲後便該讓孩子單獨上學，這是新左衛門的主張。可是，大之字屋只有一個寶貝兒子，非常擔心信太郎的安危，有時仍會由久八接送（同時點頭哈腰）。所以，久八認識新左衛門與利一郎。

今天信太郎前腳剛走，久八便上門拜訪。他說有話想跟小師傅談，隨即踏進深考塾，在利一郎對面坐下。然而，久八一直沒開口，活像相親的小姑娘，低頭不停嘆氣。所以，利一郎才會心不在焉，思緒飄向屋外。

他擱下筆，靜靜觀察久八。

「您似乎有難言之隱。」

久八頹然垂首，絞著手指。

「久八先生？」

掌櫃今年五十一歲，身材豐腴，五官鮮明。他雖工作繁忙，向來有問必答，但今天看起來不太一樣。

「小師傅。」

久八注視著地面，輕撫印有大之字屋屋號的制服衣襟，低聲開口。

「什麼事？」

「不，青野先生。」

久八改了稱呼，才抬起臉。利一郎望著久八，發現他雙眼充血，約莫是昨晚……不，也許這幾天都沒睡好。整個人明顯憔悴不少。

利一郎不禁緊張起來。

「您怎麼啦？」

「青野先生，您……」久八指向利一郎身體左側，「有沒有拔刀斬過人？」

利一郎雙目圓睜。

昔日他在奉祿一萬石的請林藩，名列二百二十位家臣之一，官拜「用達下役」，且勤上道場習劍，盡得那須不影流武藝的眞傳。不過，當中另有原因。表面上英勇，但那須不影流是請林藩三十年前成立的新流派，大部分家臣皆有「武藝盡傳」的證書。說是「大部分」還算客氣，其實，只要是家中長子，便能取得證書。

利一郎早年喪父，在叔叔的監護下，成年後便得接任父親的職務，是青野家唯一的繼承人。所以，他在道場認眞練劍，學會大致的劍術，取得「武藝盡傳」的證書。

因此，久八問的若是：

——您對武藝有沒有自信？

回答「有」，便是違心之言。

回答「沒有」，又會洩漏不影流「武藝盡傳」的底。

——好像有，又好像沒有。

他的本領就看怎麼解釋。

「爲何這樣問？」

利一郎反問，久八眨眨充血的雙眼。

「因爲青野先生出身武家，我猜您或許曾有一、兩次斬人的經驗。例如，斬殺罪犯之類的。」

「那不屬於我的職掌。」

「那麼，鎭壓一揆（註一）呢？」

相當聳動的一句話。

請林藩並非沒有內訌，且利一郎的主君門間家執政末期，局勢不穩，領地瀰漫風雨欲來的動蕩氣氛，隨時可能爆發一揆的紛亂。去年八月，門間家第三代主君右衛門守信英猝死在江戶藩邸（註二），享年三十四歲。由於無子嗣繼位，門間家領地依規定遭到沒收，請林藩人民可謂因禍得福。信英過世的消息傳回藩國時，民眾甚至搗麻糬慶賀。

「是否曾發生內亂，或家臣叛變，引發戰亂？」久八一臉認眞。

「假如信英公繼續執政，不無可能。幸好最後平安無事。」

話一出口，利一郎才發現不妥。

——用「幸好」這種說法……

表示他也認同。不過，那不是此刻該提起的話。

唉，就差那麼一點。久八再度長嘆。

「我沒上過戰場，也沒在道場外的地方揮刀。所以，這玩意……」利一郎摸向腰際的刀柄，「純粹是裝飾品。」

儘管是不崇尙武風的小藩，但請林藩內，武家與領民仍有明顯的身分差距。敢指著武士的靈

註一：地方武士、農民、信徒等，為了反抗幕府、守護、領主，而群起暴動的組織。

註二：幕府時代，因參勤交代制度，領主須定期來往於江戶與藩國兩地，江戶藩邸是領主前往江戶時所居住的官邸。

魂——佩刀，說是裝飾品，若是家臣，光這句話便會遭受閉門思過的懲罰，換成是領民，恐怕馬上會身首異處。

利一郎來到江戶後，另一件驚訝的事，便是町民幾乎都不在意與武家的身分差異。當然，他們或許都曉得自身的立場，及在何種場面必須留意，並加以區辨應對，但至少利一郎以深考塾小師傅的身分與人們往來時，誰都沒因他是武士而感到敬畏。

處在這種情況下，意外輕鬆自在。很自然地，利一郎也愈來愈率真。

這麼一提，加登新左衛門泰然地說過，他的老骨頭無法承受眞刀的重量，早在十年前便把刀身換成竹子。

——對付學生，拳頭比較有效。

骨骸老師是位嚴師。

「那就不能拜託青野先生了。」

久八低語，又嘆口氣。奇怪的是，他的愁容摻雜一絲安心。

「小師傅不能幫忙，就沒其他可委託的人選，只得另想方法。」

他幾乎是自言自語，眼中還微泛淚光。

「到底是什麼情形？竟然提到斬人，眞不像您的作風。」

儘管輕鬆地詢問，利一郎心底仍飄過一抹暗雲。久八是大之字屋的掌櫃，在店鋪旁租了間房子，和妻小同住。難道是妻小出狀況？

「話說回來，原本就不該做這種事。」

久八潸然落淚。他伸手拭淚，擤把鼻涕。

「這麼做，天理不容啊。可是，老爺已下定決心，要我想辦法。」

他家老爺，應是大之字屋的店主宗吾郎。

「大之字屋老闆吩附您做什麼不該做的事？」

久八雙手掩面，哇地放聲大哭。

「要我把少爺……」

「信太郎？」

「要我把少爺殺了，取他的命。老爺認爲，少爺對大之字屋有害無益。」

據說是五天前過午發生的事。

一名僧人打扮的男子，行經大之字屋。此人拖著破衣下襬，老舊的腳絆和草鞋沾滿泥濘，揹著圓筒枕般大的行囊，脖子上掛著一串老舊的大佛珠。從他的裝扮看來，顯然是長途跋涉的修行僧。不過，他那留有青皮的光頭及圓睜的雙眼，充滿精悍之氣。

男子在大之字屋前停步，對著店門，瞪視天空半晌。像望著大之字屋的看板，也像是想看穿大之字屋內部的一切。

僧人不動如山。

過一會兒，女侍發現這名僧人，急忙通報久八。女侍縮著肩膀，似乎頗爲害怕。

「那和尚一直站在店門口。」

久八步出店外，客氣地向男子打招呼。難怪女侍會畏懼，對方表情相當嚴峻。即使久八出聲叫喚，他也不搭理，雙眼閃著精光。

「你是這家店的夥計嗎？」

男子望著店內問道。那粗獷渾厚的話聲，宛如從他腹中湧現。

「是的。」

「店主有孩子嗎？」

男子又問，是九、十歲的男孩吧？

「應該是獨生子，對不對？」

久八沒吭聲，此事不能隨便回答。倏地，男子揪住久八的後頸。

「快回答，這是攸關店鋪未來及店主性命的大事！」

雖然受男子的氣勢震懾，久八並未屈服，只回句「有小孩又怎樣」。他心想，這傢伙搞什麼鬼，是新的詐騙手法嗎？該不會是假和尚吧？

「不行，不能再這樣下去！」

久八遭男子使勁推開，腳下一陣踉蹌。僧人打扮的男子發出低吟：

「那孩子是『討債鬼』。這戶人家被討債鬼纏上，想保住你家主人的性命和財產，現在挽救還來得及！」

久八呆立原地，男子說聲「讓我進去」，就直闖大之字屋。不到半天，便說服大之字屋的店主宗吾郎。

「什麼是討債鬼？」

久八哭紅的雙眼低垂，向利一郎解釋：

「人活在世上，難免會借東西給別人，大部分是金錢。若不能把債要回，抱憾而終，便會因這份執著成爲亡靈。亡靈將轉世爲欠債者的孩子，不僅體弱多病，迫使父母支出高額的醫藥費，且往往沉溺玩樂，散盡家財。當花費的金額與前世借出的金額相符，恨意才得以消除。這就是俗稱的『討債鬼』。」

請久八寫出漢字後，利一郎恍然大悟。「討」是強行索求，「債」是負債，「鬼」則是亡者怨念化成的妖怪。

「那和尚表示，要對付討債鬼，只能殺了孩子。它是惡鬼、亡靈，不是眞正的人類孩童，若不狠下心腸，大之字屋必定會毀滅，老爺也性命不保。」

僧人裝扮的男子，名叫行然坊。他驕傲地說，曾走遍各地修行，邊闡述佛法，邊驅除危害百姓的妖魔。宗吾郎深信不疑，心生殺意。

「爲了守護大之字屋，不得不殺害信太郎，也是無可奈何的事。不過，我實在辦不到。何況，我們是門外漢，自己動手恐怕難以辦妥，仍得仰賴習慣搏命的武士。」

於是挑中青野利一郎。

「久八，去拜託青野先生，不厭其煩地說服他。無論如何，都要讓他答應我們的要求。」

但久八心裡依然很排斥，一天拖過一天，晚上根本睡不好覺，導致滿眼血絲。

對深陷苦惱的久八很過意不去，利一郎還是忍不住笑出聲。

「太荒謬了。」他不禁脫口，再度失笑。「來路不明的和尚隨便說說，怎能當眞？大之字屋的老闆眞的那麼愚昧？」

久八沒生氣，也沒因利一郎的笑聲振作精神。

「老爺覺得有道理。」

利一郎止住笑。「意思是，他有可能化身討債鬼的仇人？」

久八頷首，目光轉暗。

「小師傅不知道，也是理所當然。其實，老爺原本不是大之字屋的繼承人。」

宗吾郎是次男，有個大兩歲的哥哥宗治郎。不曉得是想法不合，還是個性不合，從小兩人彷彿有不共戴天的仇恨，形同水火。

「十三年前，上一代當家逝世後，兄弟倆展開繼承人之爭。」

歷經戰記故事般激烈的爭鬥，宗吾郎取得大權。不過，兩人並未明確分出勝負，因爲宗治郎一病不起。

行然坊說中大之字屋的過去。一見宗吾郎，他便大聲喝斥：「你與親兄弟爭權奪利，最後鬥垮了他吧？這個家的財產全是你掠奪來的！」

「對和尚自吹自擂的事蹟，大可一笑置之，唯獨此事難以置若罔聞。他一句話說得老爺啞口無言。」

「你家老爺眞的掠奪別人的財產嗎？」利一郎直率地問。

「唔……」

久八噘起嘴，一副難以啓齒的模樣。
「當時傳聞，宗治郎先生的病，是老爺下藥造成。」
如今有人提及此事，當事人臉色發白，神情驚慌。從這點來看，謠言恐怕不是空穴來風——久八維持著難以啓齒的嘴形，說著難以啓齒的話。
大之字屋上一代的老夫人早就亡故，病逝的宗治郎尙未娶妻。店內夥計都換過，只留下剛當上夥計的久八。知曉此事的，唯有久八。
「夥計們都畏懼老爺的手段。」
「那麼，您爲何留下？」
上一代當家是在下的恩人，久八恭敬地應道。
「上一代當家收留在下這個孤兒，還養育在下。」
與其說是主人，更像父親。
「而且，上一代當家彌留之際，曾將在下喚至枕邊，反覆說著『小犬就拜託你了，大之字屋就拜託你了』。」
動不動就針鋒相對的兩個兒子，令上一代當家相當痛心。
「如果是在下，老爺應該比較不會心存芥蒂吧。服侍上一代當家的掌櫃，站在宗治郎先生那邊，連在下都看得出他百般刁難老爺。」
宗吾郎贏得繼承人之位後，頭一件事就是把那掌櫃趕出大之字屋。
利一郎雙手攏在袖子裡，緩緩點頭。他逐漸釐清狀況。

姑且接受行然坊的「討債鬼」故事，以大之字屋的情形來看，還有幾個費解的疑點。首先，大之字屋是正經的紙批發商，生意興隆，可能借錢給別人，但不太可能向人借錢。何況是欠下足以令債主懷恨的金額，宗吾郎仍若無其事，實在無法想像。

倘若信太郎眞是討債鬼，想害宗吾郎虛擲金錢，也不會是太龐大的數字。只要把錢花完，償還這筆債就得了。那麼，大之字屋便不會走上毀滅之路，利一郎暗暗忖度。

然而，一旦扯上繼承人的鬥爭，與大之字屋的財產息息相關，便另當別論。另一件百思不解的事，就是行然坊爲何高嚷著「攸關店主性命」。假如是指宗吾郎奪走哥哥的性命，就說得通。因大之字屋的討債鬼，想奪回的不單是錢財。

——不過……

行然坊實在可疑。僅僅路過，就能瞧出店裡的玄機嗎？毋寧說，他是透過某種管道，獲知宗吾郎見不得光的過往，想用來打擊大之字屋，卻又別有企圖，這麼推測比較自然。

利一郎提出第三個想不透的問題：「老闆娘有何看法？」

宗吾郎的妻子，即信太郎的母親、大之字屋的老闆娘，名叫吉乃。她身體孱弱，這一年多來，幾乎都臥病在床。當初生信太郎時，她嚴重難產，差點一命嗚呼。

貼心的信太郎，爲了母親勤奮向學，長大想當醫生，天天滿口不離母親。他是個聰慧的孩子，見體弱多病的母親被阻隔在大之字屋的日常外，關在房裡過著低調的生活，幼小的心靈也感到悲哀吧。

早在數年前，吉乃與宗吾郎便空有夫妻之名，無夫妻之實。當然，這不是從信太郎口中得知，消息來自新左衛門。教導學生相當嚴格的大師傅，擁有一對順風耳，消息十分靈通。

「老闆娘……」久八一陣哽咽，再度哭喪著臉。「面對這場騷動，她終日淚流不止。」

「信太郎是討債鬼的荒唐說法，宗吾郎先生坦告訴老闆娘了吧？」

再沒有大人樣，也該有分寸。

久八握拳拭淚。「是的。不僅如此，老爺還不停責怪夫人生下向他尋仇的鬼子。」

這更沒大人樣。

「信太郎對這件事……」

久八泫然欲泣，緊緊咬牙。「在下心想，絕不能傳進少爺耳中，極力隱瞞。」

雙親感情不睦，父親不時朝母親咆哮，信太郎早已習慣。至於行然坊，久八說是「來替夫人治病的好心和尚」，信太郎似乎不疑有他。

久八的忠心教人敬佩。不過，信太郎冰雪聰明，加上孩子對家裡的情形往往比大人敏銳，或許已察覺異狀。

眞可憐。

利一郎鬆開收在袖裡的雙手，置於膝上，挺直腰桿。

「我明白了。」

他剛勁有力地應道。

「我就接下這份差事吧。」

說得威風凜凜，手背上卻寫著「鴨」字，實在有些丟人。

「接下差事，指的是……」

「討債鬼啊。」

「您想斬殺少爺嗎？」

太沒人性了！久八差點破口大罵，激動地撲上前。利一郎急忙將他按回原位。

「冷靜一下，我怎麼可能斬殺信太郎。」

「但、但是……」

「我決定接受委託，請馬上送信太郎過來。」

「小師傅，您要收留少爺？」

「不盡早把信太郎帶離宗吾郎老闆身邊，不曉得會發生什麼狀況。」

萬一宗吾郎心慌意亂，親手殺了信太郎……這種結局實在教人不忍卒睹。

「今晚我直接去大之字屋一趟，詳細說詞到時再想就行。我會大肆吹噓一番，總之，請先帶信太郎出來吧。」

我明白了。久八應道，重新站正。

「行然坊經常出入大之字屋嗎？」

「幾乎每天露面，老爺對他極為禮遇。他還表示，在討債鬼被收拾前，會緊盯著大之字屋。」

果然不出所料。

「那麼，告訴行然坊，討債鬼目前寄放在負責下手的人家中。事情結束前，得讓對方鬆懈，請您暫時忍耐一下，盡量裝出敬畏的模樣，配合宗吾郎老闆的態度。」

瞭解，久八精神抖擻地回答。

「不過，您說『事情結束』，到底打算怎麼處理？」

利一郎舉起寫著「鴨」字的手，摩挲鼻頭。

「我接下來才要想。」

二

自從將深考塾交給利一郎掌管，加登新左衛門和妻子初音便搬到向島小梅村，過著悠閒的生活。他們的租屋處，是昔日地主養老的居所。

除了武家宅邸和寺院，附近是一望無垠的農田。如同村名，早春時，這一帶梅花燦放。雖然櫻樹不多見，但有株高大的老櫻樹恰恰成爲通往加登宅邸的路標，今天利一郎同樣快步經過樹下。

櫻樹已長滿綠葉。站在門口，利一郎突然問初音：

「師母，『鬼』是哪個時節的季語（註一）？」

「鬼出現在節分（註二）。」

註一：在俳句裡，用來表示季節的固定用語。

註二：各季節的分際，即立春、立夏、立秋、立冬的前一天。傳說在季節變換時，會出現邪氣（鬼），所以會舉行撒豆驅除惡鬼的儀式。

「學生家裡出現不合時節的惡鬼，希望師傅能指點驅鬼的方法。」

於是，利一郎向師傅夫妻道出大之字屋的情況。

「原來如此。我才在納悶，你怎會突然跑來，且臉色不太對勁。」

加登新左衛門靠著書桌，單手拄著下巴，縮著身子。這是骨骸老師的書房，初音坐在他身旁。夫婦倆背後的書籍堆積如山。

由於中風，新左衛門右手不太靈活。但他頭腦清楚，雙目明亮，每日仍勤於閱讀。

「那是騙人的吧。」師傅嗤之以鼻。「不過，搬出討債鬼，這招騙術挺有意思。」

「師傅，您知道？」

骨骸老師瞥後方的書山一眼。

「討債鬼一詞源自中國，又稱『鬼索債』。佛經故事裡常提到，算是一種因果報應的故事。」

新左衛門舉了個例子。

「有位高僧法號行基，在難波一帶說法。聽眾中，一名女子懷裡的孩童哭鬧不休，妨礙高僧講道。女子輕聲安撫，孩童仍不消停。那孩子就快十歲，卻不能站立，成天哭泣，且食量驚人。」

女子每天前來聆聽佛法時，那孩子總在她膝上哭鬧。於是，上人命女子將孩子拋進附近的河川。女子不忍心，經行基訓斥才看破，遵循指示。

豈料，那孩子浮在水面，雙目圓睜，拚命揮動手腳，叫喊道：

——眞不甘心，原本打算再向妳討三年的債啊！

「上人告訴女子，她前世向人借錢未還，債主投胎成她的孩子，想向她討欠款。」

同樣意涵的故事內容。

「這麼說，向人借的錢，和對方討的債，不見得會完全相等……」

「沒必要用道理去想。」

這只是佛經故事啊，滿臉皺紋的骨骸老師笑答。

「眾生皆爲煩惱所苦，爲了向芸芸眾生闡述佛法精妙的奧義，才想出這類淺顯易懂的有趣故事。」

但終究並非事實，大師傅斬釘截鐵地說。

「不管行然坊是覬覦大之字屋的財產，或是想從店主身上詐財，肯定都是受物欲驅使的騙術。還是，連你也相信他的鬼話？」

「不，我認爲信太郎是個好孩子。」

「那就無需迷惘，你該收伏這個騙人鬼。」

「該怎麼辦？」

「這個簡單。」新左衛門回道。「利一郎，關鍵是女人。去找出女人。」

「咦？」

「大之字屋的店主恐怕在外頭有女人。」初音補充解釋，「宗吾郎沒那麼傻，隨便透露昔日陷害哥哥、奪取家產的祕密。知情的人，想必與宗吾郎關係匪淺。」

利一郎向來沒女人緣，所以有點手足所措。

「那女人勾結行然坊。兩人可能是同黨，或許還有其他共犯，而獵物就是大之字屋的財產。」

他們陰謀霸占這家店，新左衛門推測。

「居然想除掉信太郎，未免太……」

「誰教他是繼承人。只要搬出討債鬼的說法，便能一石二鳥。順利解決信太郎，接著就換宗吾郎遭殃。」

利一郎一驚。「那老闆娘呢？吉乃夫人會怎樣？」

「她是籠中鳥，三兩下便能收拾。」

「那得快出手相助。」

利一郎發現師傅夫妻臉上掛著笑容。

「不，不急。」

吉乃常待在家中，幾乎是大門不出，二門不邁。只有利一郎成爲深考塾的新師傅，初次亮相時，她牽著信太郎的手，露過一次面。

雖是初次亮相，也僅是聚集學生與家長，寒暄幾句。不過，利一郎緊張萬分，汗如雨下。儘管慌得視線游移，吉乃纖秀的美貌仍清楚烙印在他眼中。她疼愛信太郎的模樣，及信太郎體恤病弱母親的舉止，都光彩奪目。

中風初癒的老師傅記得這件往事，看出利一郎的想法。

「說起來，你已習慣江戶的生活，好好表現一番也不壞。」骨骸老師語帶笑意。

「我絕沒那個意思……」

「你帶信太郎出來，算是立了大功。就當是爲了以後先練習，試著和他一塊生活吧。那孩子不會給人添麻煩。」

「不，我沒那個意思……」

「你猜那女人會在哪裡？」初音從旁插話。這對老夫妻，在這方面頗有默契。

「在哪裡……會在哪兒呢？」

「你眞靠不住，當然就在大之字屋。」

利一郎瞪大眼。「不會吧？宗吾郎老闆怎麼可能明目張膽地把女人帶進家裡。」

「說是當女侍，或負責照顧夫人就行，多得是理由。」

初音的話一針見血。

「與此事有勾結的人，想必不會離大之字屋太遠。你不妨詢問久八，最近肯定有女人進大之字屋。久八心地善良，不會把這些事聯想在一起。」

仔細追問，一定能找到線索。

「宗吾郎老闆會將昔日的罪業全告訴那女人嗎？」

「想必是被女色迷惑，連內心都融化了。」

宗吾郎鬥倒兄長一事化爲陰影，在他心底凝結不散。如今凝結的陰影融解，從他口中滿溢而出。

「若打一開始就想欺騙大之字屋的老闆，自然會想探出所有祕密。」

總之，大之字屋老闆是個蠢蛋。新左衛門厲聲批評。

「由於內疚，相信親生孩子是討債鬼，至此都還能原諒。但他接下來的行爲簡直愚不可及，他眞以爲託你殺了信太郎，一切就能落幕嗎？」

武士斬殺平民免責，但若無正當理由，還是不被允許。隨意揮刀砍人，如同斬人試刀，得接受法律制裁。畢竟現下是太平盛世，遑論對象是尙未懂事的孩童。「這孩子是怨靈投胎，殺他是出於無奈」的藉口，在衙門不可能行得通。

「確實輕率至極。」

他眞那麼害怕自己的過去嗎？

「利一郎若斬殺信太郎，行然坊會暗中處理屍體吧。」初音出聲。這和尙與信太郎的父親聯手，要隱瞞犯行，不愁沒辦法。

「妳的想像眞可怕。」

不知爲何，新左衛門一臉開心地說，接著凝睇利一郎。

「既然這樣，我也來談一件可怕的事吧。光憑久八的說詞，還不清楚實情。不過，大之字屋不可能沒給任何報酬，就委託你揮刀殺人。日後他們會來詢問，要不要幫你謀求官職，還是支付百兩、替你存下二百兩黃金。屆時你怎麼回覆？」

「我會拒絕，人命豈能用金錢買到。」

「買得到。」滿臉皺紋的骨骸老師，突然收起笑容。「當然買得到。不過，你不肯買帳才是最重要的。利一郎，小心別受對方的花言巧語蒙騙。」

是——利一郎雙手伏地，磕頭應道。

「還有一件要緊的事，」新左衛門豎起食指，「追查行然坊。那傢伙不會住在大之字屋吧？他應該有根據地，用來窩藏同黨，或與那女人碰面。」

計畫展開後，行騙的一方勢必也需暗中協商。

「原來如此，就由我去跟蹤他吧。」

新左衛門臉色一沉，「那深考塾不就唱空城計了？這樣會影響深考塾的風評，學生也會減少，不行、不行。」

沒想到師傅算盤打得這般精。

「江戶的私塾競爭非常激烈，你還不明白嗎？」

「可是，也沒其他方法。」

「讓久八去吧。」

「行然坊會察覺的。」

忽然，老師傅似乎想到好點子，滿面喜色。

「這樣的惡作劇，私塾裡不是有學生很樂意幫忙嗎？」

利一郎聞言，與其說驚訝，更是錯愕。「師傅的意思是，要把孩子們捲入這麼危險的事情嗎？」

「我沒要你告訴他們太多，把他們捲入其中。別擔心，事情一定會辦妥的。那群小鬼比你可靠多了。」

待我想想——老師傅搓著手，一臉雀躍。

「就挑金太、捨松，還有良介吧。若協助你立下大功，骨骸老師准他們往後一年不必學《名頭字畫》（註一）。只要這樣說，他們應該會很樂意幫忙。」

「這三個孩子背了好幾年『名頭字盡』，卻沒半點進展。」

初音嫣然一笑，接著問道：

「對了，利一郎，你手上的『鴨』字，是什麼咒語嗎？」

利一郎返回深考塾，只見久八與信太郎已在屋內等候。久八的包袱擱在膝上，信太郎正念《生意往來》（註二）的內容給他聽。

注意到利一郎進門，信太郎立即轉向他，雙手併攏，低頭鞠躬。

「小師傅，大之字屋的信太郎前來叨擾。今後還請多多關照。」

久八瞇起眼睛。

「照顧小師傅的生活起居，也是一門學問。感謝您在眾多學員中選上我。」

利一郎支支吾吾地回應。久八使了個眼色，意思是「就當這樣吧，一切拜託了」。

「我明白了，那就有勞你。」

利一郎的話和語氣很不搭調。

「好好幹。住在這裡的期間，醒著便是求學的時刻。哪裡不懂，或有想知道的，儘管開口問。文具隨你使用。」

「是！」

跪坐的信太郎，高興得差點沒跳起。

「我娘……不，家母也吩咐我，要好好幫小師傅的忙。」

打發信太郎拎包袱上樓後，利一郎與久八悄聲交談。

「由於是在店內，詳情我無法跟夫人明說。不過，小師傅肯出面，夫人相當放心。」

利一郎鬆口氣，同時全身爲之緊繃。他已獲得吉乃的信賴，必須盡力回應。

「行然坊在店裡嗎？」

「是的。」久八頷首，微微皺眉。「在下早有會遭到妨礙的覺悟，原打算揹著少爺逃出屋外。」

然而，那可疑的和尚毫不阻攔，僅悠哉地說：

「大之字屋有神佛庇佑。這麼快就找到下手的人，恰恰能證明這一點，可喜可賀。」

難纏的反倒是宗吾郎。他抓著久八的衣袖，反覆確認：「眞的嗎？深考塾的小師傅願意替我除掉信太郎？保證一定會動手？」模樣難看至極。

他的言行壓根不像是孩子的父親。

「接下來，我會前往大之字屋。一方面是想瞧瞧行然坊的長相，另一方面，得跟宗吾郎老闆講清楚，既然孩子寄放在我這裡，今後就不必再對信太郎下手。」

「瞭解，在下與少爺在此等您歸來。」

註一：由源、平、藤、橘等日本姓氏開頭第一個字羅列而成的學習書，江戶時代的私塾都會教授。

註二：江戶時代流傳的教科書，內容為商業所需的字彙及相關知識。

大之字屋位於松坂町三丁目，離深考塾不遠。短短的路途上，利一郎忙著動腦思考。儘管在小梅村時，新左衛門替他出了不少主意，但若不能發揮辯才，要瞞過遭行然坊洗腦的宗吾郎可不容易。

大之字屋的外觀看不出異狀。磚瓦屋頂上不見低垂的暗雲，在春日黃昏的燈火照耀下，這家即將打烊的紙店，顯得再平和不過。

雖是理所當然，但這樣更教人光火。

利一郎馬上被領進店內，大之字屋的店主宗吾郎穿著短外罩前來接見。他四十多歲，氣質優雅，卻與信太郎不太像。

兩人第一次見面，客氣寒暄後，旋即無話可談。利一郎馬上發問：

「此刻，行然坊先生在何處？」

不知為何，宗吾郎縮起身子。「您來的時候，他恰巧離開。」

「信太郎寄住在我那兒，您沒意見吧？」

「能寄住在武士家，我便安心了。」

宗吾郎態度拘謹，眼神四處游移。不知是天生個性如此，還是目前的狀況使然。

「其實，我並非第一次遇上討債鬼。」利一郎率先出招。「五年前，有人向我所屬的請林藩衙門提出類似的要求。」

這當然是信口胡謅的，宗吾郎卻傾身向前，頻頻點頭。

「久八提過，小師傅有這方面的經驗。」

咦？久八那傢伙扯這種謊，沒事先知會一聲，會害死我的。

「沒錯，我有經驗。」

利一郎姑且應道，急忙動腦思索。

「當時，我是那名受理案件的官員的部下，親眼目睹事情的始末。」

這樣啊——宗吾郎流露信賴的眼神。

「那個討債鬼……在我的故鄉，稱爲『鬼索債』。所幸，最後對方保住一命，父子一同獲救。我們依據古法，進行行基上人封印鬼索債的驅鬼儀式，成功驅退討債鬼。」

利一郎融合聽來的故事，胡亂編扯。但宗五郎仍深深佩服，恭敬地連連稱是。

「可惜，儀式非常複雜，容不得一個步驟出錯。方才我緊急修書一封，送往我的所屬藩國，請那邊送來當時的公文。路程約需兩、三天，請靜候一段時日。」

這樣就行了。利一郎極力擺出沉穩的態度，闔上嘴。

不料，宗吾郎抬眼望著他。「恕我冒昧問一句。」

「什麼事？」

「小師傅的主君門間家，蕃位應該已遭撤除吧。藩國會留著五年前的公文嗎？」

討厭的問題，利一郎哪會知道。

「當然，就存放在代替門間家治理請林藩的生田家的公文庫。畢竟這不是門間一家的歷史，而是藩國的歷史。」

「小師傅在那裡還有門路？」

「是的。」

那何必在江戶過著浪人的生活？宗吾郎臉上閃過一絲懷疑，幸好稍現即逝。

「等公文送達，明白儀式的步驟後，我立刻解救信太郎。不過，儀式得挑日子舉行。月亮的盈缺是關鍵，最快也要等到下次新月。」

昨天是新月，離下次新月還有二十天左右。

「此事也請轉告行然坊大師。幸虧他路過大之字屋門前，一語道破店內有討債鬼。店主實在應該感謝神佛的庇佑。」

這是當然……宗吾郎目光再度游移。

「我會好好答謝小師傅的。」

「這就不必了。」

你不如多替信太郎想想吧，利一郎頗爲不悅。

「我青野利一郎雖是年輕小輩，但能成爲信太郎的師傅，自是有緣。我早做好心理準備，若學生有難，定會竭力相助。」

一切包在我身上——利一郎展現平時罕見的膽識，拍胸脯保證。

三

之後數天，利一郎忙得不可開交。

指導學生課業期間，小梅村不斷派人送來書籍。新左衛門吩咐，這些資料能彌補計畫的不足，要仔細閱讀。

另一方面，與信太郎的兩人生活也不能太不像樣。不過，這倒是比想像中容易。如新左衛門所說，信太郎不會給人添麻煩。他能處理好自己的生活起居，雖然不會煮飯，但舉凡打掃、整理等工作，一教便會。

最快樂的時刻，莫過於每晚一起上澡堂。

久八常來探望，有時還會順便買白米、蔬菜、鮮魚，替他們張羅飯菜。

宗吾郎始終沒現身，這點算是在預料之中。但連行然坊也不見蹤影，利一郎頗爲失望。

——他到底在想什麼？

信太郎逃離大之字屋，對想收拾繼承人的行然坊（及其同黨），應該是一大敗筆。而自稱有驅除討債鬼經驗的利一郎半路殺出，也是猝不及防的打擊，他卻沒採取任何行動。這是怎麼回事？好歹要暗中觀察我啊。

利一郎斷言對方沒採取行動，是有根據的。他早布下機靈的眼線，監視對方。

最後，利一郎還是雇用了金太、捨松、良介三人組。雖然他們對求學不在行，但說到活力和調皮，則是旺盛過頭。不需透露太多內幕，利一郎不過是問「我很在意出入大之字屋的一個修行僧，能不能幫我監視他」，三人便興致勃勃。利一郎再補上一句「要是你們辦妥此事，就不用背《名頭字盡》」，三人立刻大喊：

「成交！」

「噢，一切包在我們身上！」

「小師傅，放一百二十個心吧！」

「你們三個，應該不用我特別提醒，千萬不能跟信太郎……」

「不會講啦，小信是哥兒們。」

利一郎早就隱隱察覺，這三個孩子常向信太郎學最不拿手的習字和算盤，或請他代寫作業。三人組監視的本領確實有一套，這點利一郎也很清楚。師傅畢竟具有看出學生才能的眼光。

「雖然不曉得前因後果，不過，不打倒那和尚，小信會很困擾吧？那我們就去收拾他。」

「不，不能收拾他。只要監視他的行動，查出他的住處。」

不准輕舉妄動。對方是成人，而且來路不明。你們千萬不能冒險走危橋。

「小師傅，你眞沒種。」

「你就是這樣，才娶不到老婆，也找不到官做。」

「危橋是什麼橋？那不要走橋邊，走橋的正中央不就得了？」

他們最會耍嘴皮子。後來，三人甚至斜眼望著利一郎，挖苦道：

「我說小師傅。」

「你眞的是爲了大之字屋嗎？」

「不是你自己在煩惱吧？」

「我幹嘛爲那旅行僧煩惱？」

小師傅畢竟是男人啊——三人手肘互撞，笑成一團。

「這就叫碰了不該碰的女人吧？」

「江戶很多不守清規的和尚。」

「你該不會喜歡上養肥胖小白臉的女人吧，小師傅？」

哎，逛花街的鄉下武士實在教人頭疼——三人笑彎腰。

「啊，不對，小師傅不再是鄉下武士。」

「他是浪人。」

三人組瞄著說不出話的利一郎，留下一句「等我們的好消息吧，小師傅」，輕快地展開跟監。

另外，還有一件事值得注意，就是新左衛門與初音提到的「女人」。

不過，出乎意料，老練的師傅夫婦也有看走眼的時候。利一郎詢問過久八，至少在他掌管的範圍內，沒發現哪個女人和宗吾郎走得特別近。

「或許是偷偷在外面養女人。」

「主人的一舉一動，瞞得過您的眼睛嗎？」

當然，久八答得特別用力。

「在商家裡，主人就是天，地位如同主君，可隨心所欲做任何事。憑我區區一名掌櫃，所知有限。」

久八大概不曉得，將店主的地位譬喻成主君，利一郎再明瞭不過。

「一般來說，夫人的權力也不小，在某些時候與場合甚至大過店主。至於在下……」

久八洩了氣般，突然一臉沮喪。

「若老爺眞的在外面有女人，絕不會讓夫人知道。」

他會竭力瞞過店裡眾人的耳目。

「爲什麼？」

利一郎頗爲納悶，坦率地問。夫妻倆關係冷淡，應該不會燃起妒火吧？

「他們就是這樣的夫妻。」

久八一副難以啓齒的神情。

「怎麼說……要是在外頭有女人，老爺就輸了。」

利一郎聽得一頭霧水。

「那夫人的態度如何？」

「十分平靜。不過，她很想見少爺一面。」

在大之字屋時，信太郎每天都會到母親的病榻前探望。

「那就讓信太郎回去看看母親吧。只是一會兒，應該不要緊。」

利一郎也想和吉乃見面，替她打氣，但不太可能。既無光明正大的名目，宗吾郎也不會同意。

「其實，聽聞討債鬼的說法時，夫人撐著柔弱的身子，從床上躍起，撲向老爺。」

——要是想殺信太郎，就先殺了我吧。那孩子可是我的親生骨肉！

宗吾郎推倒她，反過來責罵「沒錯，妳生了個鬼子」。

「夫人對老爺說，把我和信太郎趕出這個家吧，分文不給也無所謂。遠離大之字屋，討債鬼就危害不了你。她淚流滿面，苦苦哀求。」

宗吾郎悍然拒絕。利一郎心想，宗吾郎以爲自己憎恨吉乃和信太郎，其實是感到害怕。憎恨與害怕，兩者很容易切換。

「恕我冒昧請教。」由於難以啓齒，利一郎低著頭問。「宗吾郎老闆和吉乃夫人感情始終不睦嗎？是否曾有恩愛的時光？」

久八沒回答。利一郎抬頭一看，久八也低著頭。半晌，久八沉聲開口：

「夫人並非出身商賈之家，而是赤坂的御家人（註）井崎大人的千金。」

後來，不知在何種機緣下，與大之字屋的宗治郎相識，墜入情網。

「她原本該嫁給宗治郎先生。」

井崎家是貧窮的御家人，女兒能成爲商家的夫人，自然沒有反對的理由。倒不如說，想到日後不愁吃穿，巴不得舉雙手贊成。

「宗治郎先生病逝時，在下以爲這樁婚事也會告吹，不料……」

宗吾郎打算將大哥想得到的東西，全據爲己有，所以決定迎娶吉乃。當然，深受她的美貌吸引，也是原因之一。

「井崎家沒反對嗎？」

「老爺送了一大筆錢。」

貧窮的日子不好過。利一郎頓時明白，爲了家人著想，吉乃沒有選擇的餘地。

註：將軍直屬的家臣，沒有晉見將軍的資格。

驀地，利一郎想起痛苦的回憶。

「打一開始，兩人就不是情投意合。不過，有段時間，老爺十分渴望擁有夫人的心。」

久八繼續道，所幸他沒注意到利一郎此刻的神情。

「在下認爲，如今這反倒成爲一種意氣之爭，無法消除。」

「剛、剛才您說的……」

利一郎一時語塞，他是指「宗吾郎即使在外面有女人，也會瞞著吉乃」的事。

「所謂的……在外頭有女人就『輸了』的意思，我已明白。」

宗吾郎逞強的對象不是吉乃，而是亡故的哥哥宗治郎。

久八頹然垂首，「是的……老爺是個不服輸的人。」

毋寧說，他的個性過於執著。

「在下常想，老爺乾脆給夫人一封休書，讓她從大之字屋解脫不就好了嗎？」

但吉乃已無娘家可回。吉乃的弟弟繼承井崎家，家務則由弟媳掌管，夫婦倆也有子嗣。一度賣到別人家的姊姊，斷然沒有再迎回的道理。

吉乃無依無靠。她央求丈夫「把我和信太郎趕出去」時，想必早有覺悟，母子倆可能會餓死街頭。

利一郎不禁脫口而出：

「討債鬼附身的，應該是宗吾郎老闆吧？」

久八抬起頭，雙眼眨個不停。

「老爺……對兄長想得到的東西，仍充滿渴望。儘管獲得大之字屋的財產及店主的位子，還是無法擁有夫人的心。所以，他才不甘願放手。」

不肯放棄討債，想把一切啃食精光。

空有人的軀殼，內心卻住著惡鬼。

「小師傅，有辦法驅邪淨化嗎？」

利一郎沉默不語。雖然驅除過討債鬼是信口胡謅，但他知道的另一種「鬼」，曾讓他和請林藩的家臣束手無策，往事倏然浮上心頭。

那個惡鬼，奪走了利一郎青梅竹馬的未婚妻。

那須請林藩歷史悠久，可追溯至關原之役（註）。經過多次藩主移封，約莫五十年前，門間家進駐此地。請林藩第一代藩主門間信克，與長子信毅，皆廣施德政，被譽爲名君。無特殊物產的請林藩，領民能平安度過天明二年（一七八二）的大饑荒，沒挨餓受苦，全賴兩任藩主的英明領導。

然而，信毅的嗣子，也就是第三代藩主信英，個性卻與祖父、父親大相逕庭。

十年前信毅病逝，信英二十五歲便繼任藩主。此人從小個性奸邪粗暴，十四歲時，曾藉口微不足道的疏失，親手揮刀斬殺侍從，其實是爲男色爭風吃醋。簡而言之，就是好色。

成爲藩主後，信英拔擢許多投其所好、逢迎拍馬之徒。對礙事的家老，則是運用脅迫的手段或

註：慶長五年（一六〇〇），石田三成的西軍，與德川家康的東軍於關原爭奪天下之戰。

奸計，封住他們的嘴，從此他更肆無忌憚。最糟糕的是，信英是個大酒鬼，常喝到失去理智。信毅死後，人稱「大穩公」、負責監督藩政的祖父信克，看穿孫子的本性，曾說「他是個酒狂」。

當初立信英爲第三代藩主時，他極力反對，想立信毅與側室生的另一名十二歲男孩爲嗣子，並積極向幕府的大老們遊說，但沒獲得同意。信英懷恨在心，一坐上藩主的大位，便逼父親的側室及她的兒子出家，之後還羅織叛逆的罪狀，加以誅殺。連大穩公的退休生活費也以財政吃緊爲由，大幅削減。最後，大穩公捉襟見肘，得靠景仰他的領民捐助，才能勉強餬口，在貧困難堪的境況下溘然長逝。

信英連祖父葬禮的費用都捨不得出。那幢年久失修、殘破不堪的大穩公養老居所，信英懶得拆除，直接聚集眾番頭（註一），一面操兵演練，一面放火燒屋，自己則在附近山丘上，坐著折凳欣賞最愛的火焰。請林藩一所古剎的僧人不忍卒睹，出言勸諫，信英於是衝進寺內，將他活活燒死。

信英揮霍無度。不僅在江戶藩邸縱情玩樂，對門間家只是小小的陣屋（註二），也很不能接受。爲了築城，多次向老中提出申請，花大把銀兩私下推動此事。沒有戰亂的時代，這樣的申請不可能通過，他投注的金錢全付諸東流。

請林藩的年貢極爲苛刻。上一代藩主在位期間，規定是五公五民（註三），自信英繼位後，馬上改爲六公四民。去年門間家遭沒收領地時，是七公三民，加上其他徵收項目，實際幾乎是八公二民。領民不是活活餓死，就是反抗被捕，遭到處刑，只有這兩條路可走。

信英也沉迷女色。他在江戶藩邸還不敢造次，在領地內簡直肆無忌憚。因爲在這裡他就是天王老子。

雖然迎娶親戚家的千金為正室，但兩人空有夫妻之名，信英根本漠不關心。他喜好女人，不過對象時刻在變，且不問身分高低。他不僅會將酒家女、跳舞念佛的巫女納為側室，一旦看上眼，即使是家臣的妻子或女兒，也會強搶豪奪。

利一郎成長的過程中，常聽父親和叔父提及這些事。對理應忠心侍奉的主君，父親和叔父並非要讓利一郎認清他的愚昧和放蕩，才刻意告知。由於藩內出現想打破現狀的動向，父親和叔叔也都響應，所以希望利一郎先做好心理準備。

不過，青野家算是天高皇帝遠。

「用達」的職務，算是次於家老的要職，不過底下的「下役」，地位沒那麼吃重。利一郎的父親在世時，便因職務無關輕重，常說自己只是負責替藩政跑腿。

「下役」的職位，乃是第一代藩主信克設置。一方面是需要有人負責請林藩的產業振興計畫，另一方面，是為了照顧山地眾多的請林藩每一隅，提高領民的生活水準。

利一郎和父親四處巡視農村，主要是教導農民讀書寫字，嘗試鄰近藩國的新式農作物栽培方式，研發新品種。農閒期教導讀書寫字，農忙期則進行與農作物有關的試驗，自然頻繁在領地穿梭。陣屋不必提，連江戶藩邸發生的事，也都與己無涉。

註一：職務名，平時是警備部門的最高長官，戰時則是備位指揮官。

註二：江戶時代，沒有城堡的小大名的宅邸。

註三：江戶時代的租稅徵收比例。公指的是藩國，民指人民。

相對地，農民的貧苦，他們全瞧在眼裡，深切感到自身的無力。儘管同僚不時私下聚會，討論是否有辦法改變部分暴政，但面對主君與家臣間的隔閡、只知保護項上人頭的消極重臣，及圍繞在信英身旁，比他更狡猾殘忍的佞臣，此舉無疑是螳臂擋車。

——爲君不君。

家臣應該守護的是藩國，及領地和領民。可是，利一郎他們欠缺貫徹這項方針的強力武器。想要存活，就得忍耐屈從。這是利一郎成年後，在故鄉學到的法則。

只要忍，總有一天會開創出新道路。主君可能恢復理智，或者，趁靡亂的生活削弱主君的生氣，便能改換新藩主。他們不時彼此勉勵，互相扶持，然而……

沒想到，主君信英的魔掌竟也伸向利一郎。事情發生在六年前的早春，利一郎二十歲那年。

利一郎的未婚妻美緒，是父親同僚的女兒，兩人自幼情同兄妹。這樁婚事，並非制式化的決定，他們的父母原就有此意。雙方都只有一個孩子，美緒嫁入青野家後，一方便斷了香火。但美緒的雙親認爲，至少兩家能合爲一家，所以無妨。

這對新人沒有任何異議。自懂事以來，利一郎便認定日後會娶美緒爲妻，而美緒也與利一郎的父母很親近，如同和自己的雙親相處。

豈料，信英看中美緒。

當信英下令要納美緒爲妾時，美緒的雙親嚇得面如白蠟。信英對女人比其他事都堅持，想要的女人就非得到不可。先前，信英將藩內某村長的妻子召入陣屋，做丈夫的極力申訴，信英乾脆殺了他，並將他們的三個孩子關入水牢，威脅村長的妻子。女人到手後，信英立即殺掉三個孩子。

此時，利一郎的父親已過世。身爲青野家的當主，該服從命令，還是挺身違抗、保護美緒，利一郎被迫做出抉擇。

門間信英以女人爲食。當他吃膩，便吐向一旁，視如殘渣，不屑一顧。被召入陣屋的女人，鮮少能平安生還，就算保住一命，也會成爲活人偶，喪失心智。陣屋深處的信英寢室，常傳出女人的哭聲和慘叫，甚至有小姓（註）無法忍受，主動辭去職務。

他的殘暴在這方面顯露無遺，藩內無人不曉。

——把美緒藏起來吧。

幫助她逃走，找地方藏匿。主君常是一時興起，待腦袋冷卻，很快會把目標轉往其他女人，也就會放下對美緒的執著。藏身在何處、託付給誰較好？利一郎思索著有沒有合適的農家時，美緒來到青野家。

「我要去陣屋。」

她向利一郎表明決心，臉上不見苦惱之色，只有原本白皙的雙頰更顯蒼白。

利一郎大感困惑。妳在胡說什麼？又不是沒其他方法，我有個主意。利一郎愈講愈激動，美緒溫柔地打斷他。

「我若不去，爹娘的命將會不保。要是助我逃走，你也無法全身而退。」

我不希望這樣，美緒解釋。

註：在主君身旁處理雜務的職位。

「我沒關係。利一郎，你也要堅強。」

利一郎緊握美緒的手，告訴她「一起逃吧」。他想立刻逃得無影無蹤，逃到哪裡都無所謂。

美緒縮回手，態度相當堅決。

「利一郎，這眞不像你。你忘了令堂嗎？」

青野家是利一郎與母親相依爲命。

利一郎不禁語塞，美緒嫣然一笑。她抬起手，摸向插在秀髮上的黃楊木梳。

「我會把這個當護身符。」

利一郎先前巡視領地時，折下黃楊木的樹枝帶回家，削成梳子送給美緒。那是一把簡樸，沒有上漆和任何裝飾的梳子。

請好好活下去，美緒懇切道。只要活著，就有再會之日。

「我不認爲自己與利一郎先生緣盡於此。」

就這樣，美緒前往陣屋。

兩個月後，傳來美緒的死訊。

當時請林藩流行感冒肆虐，美緒也不幸染病，藥石罔效。

美緒被草草火葬，只送回一只骨灰罈。利一郎心想，這顯然是不想讓美緒的父母看到她的遺骸。

傳聞美緒是不堪淫猥的對待，自殺身亡，也有人說是遭主君虐殺致死。

美緒的雙親傷心欲絕，自責害女兒無辜喪命，身體日漸衰弱。最後染上流行病，隨美緒前赴黃泉。

利一郎則成爲一副空殼。

他體內深處開了大洞，積滿泛紅的枯葉，那是心靈的殘骸。他每天依舊安分地盡職責，但只剩一具空蕩蕩的身軀。

爲父親送終時沒流一滴淚的母親，以袖遮臉，暗暗哭泣。利一郎察覺這情形，仍給不出任何安慰的話語。

美緒枉死的四年後，母親與世長辭。利一郎眞正是孑然一身。

逃走吧，利一郎默默想著。

他對這塊土地毫無留戀。不管去哪裡，如何飄泊落魄，都比待在這裡強。

請好好活下去，美緒這麼說過。

爲了讓利一郎活下去，她獨自前往陣屋，如同走向暴龍的血盆大口。然而，我這副模樣，算得上是活著嗎？

乾脆隨我思念的人們前往另一個世界吧，利一郎已厭倦等待藩政改革。不時有反抗起義的傳聞，但實行前夕，不是無疾而終，就是遭到打壓，同樣的情況一再反覆。

大概是腦袋裡塞滿這些思緒，晚秋的某天，利一郎在巡視的山中迷路。身旁沒有同僚陪同，他徒步深入山區，看來是走岔了。

不管怎麼走，沿途淨是陌生的土地，腳下的小路也變成獸徑。利一郎並不焦急，反倒平靜如水。乾脆一直走下去，回不了家也無妨。

他漫步而行，來到一處開闊的地方。四周森林環繞，唯有眼前是一片草地。

利一郎不禁當場愣在。

這一帶觸目所及都是石佛。

將大小合適的兩個石頭重疊，再刻上人臉，如此作工樸實簡陋的石佛，多不勝數。石佛身上鋪滿晚秋的落葉，或半掩於落葉中，靜靜聚集在只聽得見鳥囀鶯啼的深山。

——這是……

石佛並不老舊，大概全是近七、八年間打造。

——是藩裡的人。

被信英公殺害的人們。

苟活下來的人們，爲了弔慰死者的靈魂，偷偷雕刻石佛，堆疊在此。由於害怕遭到問罪，才藏匿荒山。

——美緒也在其中。

一定有刻著美緒面貌的石佛。利一郎踢飛落葉，發狂似地找尋。他撥開草叢，幾乎是匐匍前進，不斷呼喚著美緒的名字拚命搜尋。

每尊石佛都露出溫柔的微笑，就像那天的美緒。

利一郎癱坐原地。失去美緒後，他第一次放聲痛哭。

我不逃——那時，利一郎暗暗決定。我要繼續待在這裡，不能拋下這些石佛，獨自逃命。

總有一天，能帶著這些石佛到陽光下。我要等候那天的來臨。

幾年前的七月底，利一郎首次陪同主君前往江戶參勤交代（註）。

這並非用達下役的職務。信英的揮霍無度，加上連年歉收，導致請林藩的財力大不如前，甚至無法妥善完成參勤交代的準備。由於沒錢雇用雜役隨行，延誤了啓程的時間，只好找來輩分較低的家臣充數。

利一郎純粹是支援的角色，抵達江戶後，便得馬上返回。因爲住在江戶藩邸的藩士愈多，支出愈大。

沒想到，利一郎踏上回程之前，傳來主君猝死的消息。信英離開朝廷，剛脫下禮服就突然喀血，痛苦一整天後，一命嗚呼。

家臣全嚇呆了，仍趕緊派人通知藩內，盡快討論繼承人的事。門間信英沒有嫡子，儘管以女人爲食，卻沒留下自己的子嗣。

幕府很快下達裁示。掙脫暴君沉重的枷鎖、猛然回神的門間家重臣們，雖試圖關說，但全被駁回，恐怕幕府對信英的瘋狂行徑早有耳聞。門間家因無嗣子繼承，領地遭到沒收。

利一郎失去主家。

他實在難以置信。比起失去奉祿和身分，成爲一介浪人，他更不敢相信門間信英竟然這麼輕易就死了。

註：日本江戶時代的制度，各藩的大名必須前往江戶替幕府將軍執行政務一段時間，再返回自己領土。

沒人殺他，是病死。由於死得過於突然，一度傳出是遭到暗殺，幕府甚至派大目付（註）來調查，最後才釐清死因。

有人說，這是天譴、報應。利一郎心想，果眞如此，爲何不早一點？他並未感到安心或喜悅，只覺得胸口的洞吹過一陣風，極度空虛。

上司和同僚的家人還留在藩國，所以，沒有家累的利一郎待在江戶藩邸協助善後。能賣的物品盡量高價售出，賺得的錢由家臣們均分，充當往後的生活津貼。

當時，他在江戶認識一名常出入門間家的布莊老闆。信英讓江戶的側室穿得光鮮亮麗，從藩內榨取的民脂民膏，全換成女人身上的衣服。

這名布莊老闆似乎頗欣賞勤奮的利一郎。某天，他主動詢問：

「青野大人今後有何打算？」

「還沒想到。」

富態的布莊老闆微微一笑，「那麼……您願不願意當私塾的師傅？」

布莊老闆和私塾主人加登新左衛門是好友。新左衛門因中風右手不靈活，正在找人接手私塾。大概是熟識後，利一郎曾向布莊老闆談及在藩內的工作，對方才認爲他是合適人選。

「恕我直言，現今的世道，另謀官職並不容易。若擔任私塾師傅，做爲武士的出路，絕不會辱沒您的尊嚴。」

利一郎確實得另謀生路。雖然明白是個好機會，但他想回故鄉。他覺得非回去不可，臉上滿是躊躇。

見過世面的江戶商人善長打聽消息。跟這位常與門間家打交道，大致瞭解內情的老闆，沒必要隱瞞藩裡的醜事。於是，利一郎連同石佛的事全告訴他。

「既然如此，您更需要錢啊。」

就算想在寺院供養石佛，有些事還是得先做。

「據說，請林藩已決定由生田家接掌。青野大人，您要是兩手空空前去，自稱是舊藩主的家臣，提出這項請求，對方絕不會搭理山裡那些石佛。」

請您在江戶好好工作吧。

「深考塾學員眾多，包您荷包滿滿。」

可愛的孩童，是這世上的寶貝——布莊老闆刻意補上這句好聽話，極力說服利一郎。

利一郎幾乎是被抓去見加登新左衛門。雙方相談甚歡，初音似乎很欣賞利一郎純樸的鄉下人模樣。

利一郎的出路就這麼決定，深考塾成爲他的安身之所。

由於許多事待處理，他匆匆忙忙返回藩內，將父母與美緒家人的牌位送往菩提寺供奉，但並未去探望那些石佛，僅僅仰望遠山，在心中祈願「請你們等我」。

事實上，當深考塾的小師傅沒什麼賺頭。束脩與新左衛門對分，房租另計，送學生們的文具費用都是利一郎自掏腰包，每個月根本掙不了錢。儘管他王老五一個，生活又過得儉僕，積蓄始終不

註：江戶幕府的職務名。配置在老中之下，負責監督幕府的政務及諸大名。

見增長。

不過，他過得舒適安穩。

最近，故鄉的景致常入夢中。不知爲何，總沒夢到美緒，只夢見那群石佛。

不過，石佛們的微笑並未惹利一郎落淚。他和石佛們一起微笑，臉頰感受著請林藩的徐徐山風，從夢中醒來。

四

四月七日那天，利一郎終於見到行然坊。

在這之前，除了登門向宗吾郎胡謅，利一郎共拜訪大之字屋三次。其中兩次帶信太郎隨行，趁著和宗吾郎談話時，讓信太郎去探望病榻上的母親。利一郎要他攜帶習字本，告訴母親目前學些什麼。

利一郎與宗吾郎沒話題可聊。宗吾郎問，藩國的公文寄來了嗎？利一郎便答，不，還沒。信太郎聽話嗎？他幫我不少忙，比三流的女侍還能幹。雙方僅止於這樣的交談。

利一郎頻繁拜訪，是爲了見行然坊一面。雖然不清楚他是計畫侵占大之字屋的主謀還是手下，但他究竟是怎樣的男人，以哪種語氣說話，騙術又是多麼高明？利一郎很想知道，他如何將宗吾郎玩弄於股掌之上。

不過，利一郎每次造訪，行然坊都不在。宗吾郎總是說他剛回去，或今天還沒來。

到了第三次，利一郎心生懷疑，便暫時離開大之字屋，吩咐信太郎先回深考塾，獨自繞往右邊，從廚房後門請女侍找久八出來。

一問之下，行然坊也在屋內。

「他跟老爺在一起。」

「我沒遇見他。」

久八比利一郎更詫異。

「他爲何要避著小師傅？」

據說，行然坊曾偷偷躲在暗處，窺望利一郎與宗吾郎在廳房會面的情形。

「行然坊每天都在做什麼？」

「喝酒。」

此時，他和宗吾郎聊得正開心。

利一郎原想直接闖進去，後來改變念頭。他覺得事有蹊蹺，決定再觀察一陣子。

返家的路上，利一郎反覆思索著，差點走過深考塾。

由於這個緣故，當天未時（下午兩點）的鐘聲敲響，學員散去後，見調皮三人組滿面春風地走來，他精神一振。

「情況怎樣？」

「還用說，進行得正順利。」

他們不是回答「很順利」，而是強調「正順利」。一問之下，金太、捨松、良介每晚跟蹤從大之字屋離開的行然坊，不光查出行然坊的住處，也讓行然坊認得他們，所以花了六天。若只是跟蹤，兩天便足夠。不過，他們有一次跟丟，相當不甘心。

「你們爲何要這麼做？」

「爲了學習啊。」

俗話說，知己知彼，百戰百勝。

「我可沒教過你們這一條。像你們這些市街長大的孩童，沒必要學兵法。」

「小師傅，你眞是搞不清楚狀況。」

和玩五子棋一樣，想贏就得深入敵營。三人中最伶牙利齒的捨松應道。

行然坊以深川一色町的便宜旅館爲根據地。那一帶木材商不少，所以旅館聚集來自各地的生意人。

「他似乎很久以前就住在那裡。」

「還自備白米。」

「是個不錯的大叔，很會抓泥鰍。」

「抓泥鰍？」

「嗯，那一帶的運河裡有許多泥鰍。大叔雙手並用，一把抓起，然後做成蒲燒泥鰍。我們請教過怎麼抓，好吃得很。」

白天讓大之字屋請客，回旅館就吃自己抓的泥鰍？

「泥鰍很滋補，」流著鼻涕的金太開口，「所以，大叔也給他妹妹吃。他還叫我們幫忙抓泥鰍。」

「行然坊有妹妹嗎？」

「嗯，」小個子的良介雙手做出挺著肚子的模樣，「她肚子裡有寶寶，再兩個月就要生了。」

利一郎倒抽口氣。妹妹？懷孕？

那不就是初音說的「女人」嗎？

「你們見過他妹妹嗎？」

「沒有，她沒來過。」

好像住在別的地方。

「小師傅，與其在這兒講個沒完，直接去比較快。我們和大叔約好，今天要一起抓泥鰍。天一黑，泥鰍就會變得遲鈍。」

三人組跟蹤行然坊，成功查出他的住處後，隔天便帶著自製的釣竿，先繞到附近的運河垂釣。

——你們幾個在幹嘛？沒看過小孩子傍晚在這種地方釣魚。

能釣到哪種魚？行然坊主動上前搭話，接著，他建議別釣那些只有骨頭的小魚，要抓泥鰍。聽三人組你一言、我一語地重現對話，利一郎腦袋愈來愈混亂。

行然坊似乎很喜歡孩子。

而且，很有孩子緣。仗著老師威嚴的利一郎，費好大一番工夫才得以駕馭……不，應該說到現在也無法完全駕馭的三人組，行然坊竟然在短短的時間內就和他們相處融洽，他們甚至直接喊他「大叔」。

「昨天大豐收。」

「大叔把泥鰍全烤來吃。」

「還要我們帶回家請爹娘吃。」

同一個男人，竟然誣陷信太郎是討債鬼，要取他性命。

不過，對號稱（胡謅）曾驅除討債鬼的利一郎，行然坊卻刻意躲避。顯然地，他不想和利一郎正面對決。既沒上門討信太郎，也沒慫恿宗吾郎前來要人，只顧著每天上大之字屋白吃白喝。

利一郎愈來愈猜不透是怎麼回事。

利一郎託鄰居照顧信太郎，然後，於酉時（晚上六點）埋伏在那廉價旅館旁。

說埋伏或許有點誇大。其實，他是模仿三人組在運河旁垂釣。附近居民路過，不客氣地揶揄：「浪人先生，那邊什麼都釣不到的，去蛤町撿河蚌，還比較能塡飽肚子。」利一郎頗爲沮喪，沒想到自己看起來這麼落魄，也許該請師傅調高工資。

儘管如此，他仍耐著性子垂釣，直到夕陽西斜，背後才傳來熟悉的喧鬧聲。原來是金太、捨松和良介。

他偷瞄一眼，發現三人後面跟著高出孩童數倍的大漢。他們簇擁著大漢，大漢時而發話，時而回話，聊得十分熱絡。

大漢頂著光頭，有雙牛鈴般的大眼，身穿破衣，頸項垂掛一串大佛珠。是行然坊。

利一郎已和三人組講好，要裝成不認識，並請他們盡可能問出行然坊妹妹的事。

利一郎默默注視著釣線。

忽然，金太叫道：「咦，今天有新來的客人。」

「大叔，有人在釣魚。」

「明明什麼也釣不到。」

喂喂喂，行然坊出聲喝止。果真如久八所言，嗓音粗獷。

「不能對武士無禮。」

「可是，他是浪人啊。」

「他那麼瘦，大概是沒飯吃吧。」

這些小鬼未免太得意忘形了。

「浪人先生，我們抓泥鰍給你吃。」

「不對，要說『請您吃』。」

利一郎點頭致意，大漢也回一禮。

「小孩子不懂事，別見怪。」他搔著頭，「我們最近常在這條運河抓泥鰍。」

「如果是泥鰍，到處都有吧？」利一郎疑惑道。望著三人組的行然坊，眼神不帶一絲凶惡，滿面笑容。

此人體格壯碩，比想像中年輕，與利一郎相差不到十歲。他今天肯定也在大之字屋吃飽喝足，但沒聞到酒味。

「雖然到處都有，但鄰近長屋的運河，泥鰍喝的是居民的屎尿汙水，帶著臭味，吃不得。這一帶的水質倒是相當清澈。」

所以，泥鰍也美味。

「這樣啊，謝謝您的分享。」利一郎收起釣竿，「能不能見識一下您抓泥鰍的方法？」

「噢，歡迎之至。」

行然坊抓泥鰍技術一流。不是用撈的，而是眞的徒手抓。他的臉貼近水面，拿木棍攪拌，見泥鰍四處鑽動，隨即俐落抓取。手指夾向魚鰓，緊緊掐住滑溜的頭部，陸續丟進從旅館帶來的竹簍，並未花太多時間。

利一郎明白，行然坊是擔心孩子們回家路上遭遇危險，才加快速度。

孩子們同樣動作迅速，你一言、我一語地從旁發號施令，笑聲不斷。一面幫行然坊的忙，一面問話：大叔，你是打哪來的？你妹妹還是一樣嗎？肚子裡的寶寶有沒有健康長大？大叔，你很疼妹妹呢，是不是很期待寶寶出生？

行然坊時而回答，時而轉移話題，極少主動開口。

「話說回來，寶寶的爹是怎麼啦？」捨松一臉困惑，「爲什麼大叔得抓泥鰍給妹妹吃，太奇怪了吧？」

「我也沒爹。有人和我一樣，沒有爹。」良介馬上回道。連這樣的台詞都先想好，小鬼們實在可怕。

行然坊忙著抓泥鰍的手一頓。

「良介，你沒爹嗎？」
良介毫不羞慚地應聲「嗯」。
「這樣啊。你娘眞了不起，獨力養育你。」
「她動不動就打我，很恐怖。」
仰望著明月高懸、繁星閃爍的夜空，行然坊朗聲大笑。
「那是你不乖。」
「沒錯、沒錯。」其餘兩人拍手應和。
「沒爹的孩子用不著羞愧，日後成爲堂堂正正的大人就行了。」
接著，行然坊望向手中扭動的泥鰍，力道一鬆。
「竹簍裝滿了，這隻泥鰍今天就放生吧。」
滑落的泥鰍立刻潛入水中，不見蹤影。
「啊，好可惜。」
「那隻泥鰍又肥又圓。」
「你們太貪心啦。」
行然坊挾著沉重的竹簍，轉身面向利一郎。
「接下來我要宰殺這些泥鰍，武士大人，您要參觀嗎？」
只怕會弄髒您的眼。
「大師，您不也已皈依佛門？」

「噯，如您所見，貧僧是個破戒的和尚。」

他笑了幾聲，猶如虎嘯。

「不知您府上在哪邊？待會兒我讓這幾個孩子送蒲燒泥鰍過去？」

「不必這麼客氣。您的心意，我心領了。」

行然坊深深行一禮，帶著三人組返回廉價旅館。利一郎注視著他寬闊的臂膀，雙眼眨也不眨一下。

隔天，利一郎帶著信太郎前往小梅村。送新左衛門的鴨蛋，利一郎先以棉花包好，放進小竹籃，由信太郎小心翼翼地捧著。利一郎說是要給大師傅的禮物，信太郎旋即央求務必讓他拿。

既然遇上「央求」的情況，利一郎便趁機詢問信太郎：這半個月來，你曾跟令尊說想要某樣東西，或央求他買東西給你，而遭到斥責嗎？

信太郎思索片刻，回答：「先前租書店老闆上門時，我想租書，挨了一頓罵。」

接著，信太郎羞赧地低頭。

「之前有一次，我去找娘……不，是去找家母。」

「不用刻意改口。」

信太郎從吉乃那裡拿糕餅吃，卻換來一頓教訓。那糕餅是別人送的禮，吉乃見信太郎來，才分一些給他。

大之字屋老闆宗吾郎，簡直滿腦子漿糊。他捨不得租書費及別人送的糕點，並非吝嗇，而是認爲信太郎開口要東西，就證明他是討債鬼。

想開解他根深蒂固的念頭，需要另一種法術，且威力不夠強，便不管用。即使一度化解，只要宗吾郎仍對哥哥有一絲歉疚，難保不會故態復萌。

「信太郎。」

「在。」

信太郎捧著裝蛋的竹籃，緩緩前行。

「接下來，我會問你一些奇怪的問題。正因是奇怪的問題，你覺得不舒服，就不必回答。」

「我明白了，小師傅。」

「你喜歡令尊嗎？」

信太郎視線落向裝蛋的竹籃，「喜歡。」

「喜歡令堂嗎？」

「喜歡。」這次答得很快。

「那麼……」隔一會兒，利一郎繼續問：「爲了讓爹和娘都能過得健康幸福，而要你選擇跟其中一方同住，你能忍受嗎？」

走了好長一段路，信太郎始終沒回答。

「嗯。」他終於悄聲開口。

「是嘛。」利一郎應道。

又走一段路後，信太郎突然停步，望著前方一畝水田外的田埂。

「小師傅。」

那是地藏菩薩，信太郎說。

由於是平日走慣的路，利一郎當然也知道。田埂交錯處長著一株樹齡尚淺的梅樹，下方有座小小的地藏堂。雖然稱為「堂」，也只有屋柱與屋頂，及坐鎮的地藏菩薩。從這裡望去，只看得到背影。

「能不能參拜一下？」

利一郎從未特意繞到那座地藏堂。畢竟，故鄉還有一群等著他去參拜的石佛。

他拗不過信太郎天眞無邪的請求，況且也繞不了多遠，便一起走向地藏堂。

高約三尺的石地藏前，供著一碗清水和摻有雜穀的乾硬飯糰。田埂上開滿油菜花。

信太郎將鴨蛋交給利一郎保管，在地藏菩薩面前蹲下，虔誠膜拜。

「你許什麼願？」

「希望娘的病早點好起來。」

信太郎說，每次看到地藏菩薩，就會向祂祈求。

「久八掌櫃告訴我，町內有許多稻荷神，但那是生意人的神明，對治病不靈驗。」

所以，信太郎才會遇見地藏菩薩便膜拜。

多虧新左衛門送來不少佛教故事的書籍，利一郎臨陣磨槍學到一些知識。

「眾多神明中，地藏菩薩格外有慈悲心。即使是理應墮入地獄的惡徒，只要路過時躬身膜拜，祂就願意出手拯救，代替惡徒落入地獄，所以雙腳才會燒傷。」

咦……信太郎雙目圓睜，頻頻往石地藏的腳底打量。

「既然這樣，下次我要送一雙鞋給地藏菩薩。」

語畢，信太郎捧著鴨蛋，折返原路。利一郎面對坐鎮水田中央的小地藏菩薩，動也不動。地藏菩薩臉上帶著微笑。

利一郎心想，幸好順道過來一趟。信太郎能發現這尊地藏菩薩，或許冥冥中眞有保佑。

——請您多多保佑。

利一郎在心中默禱，同時拿定主意。

五

聽完利一郎的計畫，新左衛門叮囑：

「別太勉強。一旦覺得行不通，就趕緊逃。」

利一郎很感謝師傅爲他擔憂，但他內心毫無不安。對方確實身材魁梧，不過利一郎好歹是個武士。儘管刀法生疏，他畢竟曾獲得不影流的武藝眞傳。

和前天一樣，利一郎空手前往河畔，等候行然坊。他吩咐過三人組不必插手，所以行然坊應該是隻身一人。

這名身形奇偉的破戒僧，早就發現利一郎，卻沒加快腳步，依舊慢吞吞地走近。

來到看得見五官的距離時，利一郎行一禮。

行然坊也回禮，臉上浮現微笑。「我們前天見過吧？」

由於背光，看不清行然坊牛鈴大眼中的瞳色。

理應粗獷的嗓音，聽來十分柔和。

「您好像是『深考塾』的青野利一郎師傅。」

利一郎應聲「是」。

「果然沒錯。」

行然坊的笑容，與調皮三人組惡作劇穿幫時一個樣。

「原以爲認得您的長相，但前天仍無法確定。」

倒不如說，他當時不清楚利一郎在打什麼主意，才裝成不認識。

「我有事要跟你弄明白。」

「我想也是、我想也是。」

行然坊的語氣開朗，態度坦蕩。

「在旅館還得顧忌其他客人聽見，就在這裡談吧。」

兩人並肩在河畔坐下。

雙方一陣沉默，彷彿在找時機開口。行然坊率先出聲：

「這條河的泥鰍大部分都進了我和那三個小鬼的肚子。」

江戶的泥鰍生長得很快。

「在我的家鄉，泥鰍得等到四月底才會長得肥美。」

原來那是他們村裡特有的抓泥鰍技巧。

那村落位於北國——

「目前仍在鬧饑荒，但那不是近幾年才有的情況。打從我小時候，北方的百姓就老是在餓肚子。」

所以，我進寺院當小沙彌。

「在寺裡就不愁沒飯吃，但修行實在太過嚴苛。等不到受戒，我就逃跑了。之後，我假扮和尚，雲遊四海。」

不過，走遍各地，有人因行然坊做做表面工夫的誦經，感激不已。有人深受生活的痛苦和貧困折磨，儘管是像他這樣的冒牌和尚，也想向他乞求援助。

「難道不能運用你的法力，驅除大之字屋的討債鬼嗎？」

行然坊縮起巨大的身軀。

「師傅，別捉弄我了。您不是已揭穿我的謊言？」

「你是瞎掰的，對吧。」

行然坊重重點頭，垂下目光，說聲「抱歉」。

「我的兄弟姊妹紛紛死於疾病或飢餓，全早我一步離開人世。最後，整個村子的人逃散，我唯一倖存的么妹，現下在江戶。」

她歷盡千辛萬苦，好不容易能勉強餬口。

「她在富岡八幡的門前町，擔任茶屋的女侍。不過，她的工作並非只有招呼店裡的客人。」

意思是，她也賣身。

行然坊的妹妹名叫阿金。

「我偶然遇見阿金。我們都不知道彼此的消息，說來慚愧，她主動相認時，我一時還認不出是自己的妹妹。」

明白阿金的處境後，儘管難過，行然坊卻無能爲力。

——哥，我遭遇的不全是壞事。

阿金接待到一位不錯的客人。

「這話由我來說有點怪，不過，我妹妹頗具姿色，才會有男人看上她。」

對方就是大之字屋的宗吾郎。行然坊得知此事，約莫是在兩年前的這個時節。

「不久，阿金成了大之字屋老闆包養的小妾，在根岸租房子住。」

行然坊不時會去探望她。

「師傅，我發誓從沒向妹妹討過錢。我有辦法養活自己，要是混不到飯吃，大不了餓死街頭。」

阿金看起來很幸福。

「可是……」

成爲小妾不久，阿金便懷孕了。在宗吾郎的恐嚇和懇求下，她流掉腹中胎兒，拋棄生子的念頭。

「去年秋天，她再度懷孕。」

阿金希望這次能保住孩子。

宗吾郎不准。產婆忠告，要是再墮胎，阿金恐怕會沒命。但宗吾郎仍逼她墮胎，並丟下一句：

想生就生吧，到時我不會照顧這個孩子，還要和妳斷絕關係。

阿金不知所措，哭著請行然坊幫忙。

「她想生下孩子，希望宗吾郎老闆能迎娶她當大之字屋的夫人，要我想想辦法。」

阿金很清楚，大之字屋的店主已有正室與繼承人信太郎。

「女人的嫉妒心眞可怕。怪不得佛法都說，唯女人難以拯救也。」

阿金想將吉乃和信太郎趕出大字之屋。在阿金眼中，他們不過是阻礙，是擋在她和嬰兒幸福前的可惡障壁。

「我離鄉背景，棄家人於不顧，總是四處流浪，隨性而行。」

這段期間，行然坊的家人陸續喪命。他從未照顧任何一人，而阿金是他唯一的妹妹。行然坊無法棄妹妹於不顧，非常苦惱。儘管是任性的要求，如果能夠，他想達成妹妹的心願。

話說回來，宗吾郎明明有妻子，還對阿金下手，是他自己不對。

「阿金已二十八歲，要過正當的生活，這是最後的機會。」

他感慨地低語，搔著寬大的鼻翼。

「所以，我絞盡腦汁，想出一計。」

宗吾郎從宗治郎手中搶走大之字屋的事，果然是宗吾郎深深爲阿金著迷時，一股腦告訴她的。雖然沒透露毒害哥哥的部分，但宗吾郎常自誇比哥哥厲害，認定自己才適合當大之字屋的主人。只因他是次男，便無法繼承家業，實在太不合理。他極力辯解，毫無忌憚。

遠比宗吾郎和阿金瞭解人情世故，深諳人性表裡兩面的行然坊，從這番吹噓的話中看出宗吾郎的怯懦。在女人面前耍威風的男人，沒一個眞正有膽識。

要利用他的弱點，這是個好機會。

「你是之前待在寺裡時，聽聞討債鬼的嗎？」

我只懂一些皮毛，行然坊面露羞赧。

「誰知竟然奏效。」

他雙目圓睜，嘆口氣。利一郎不禁失笑。

「哎呀，我也沒想到這麼有效。」

他滿心以爲，只要恐嚇幾句，宗吾郎便會準備一筆休妻費，將信太郎和吉乃逐出大之字屋。

師傅，您不認爲嗎？行然坊十分激動，忘記全是他一手造成。

「夫人曾向我哭訴，我差點沒跟著落淚，好不容易忍住。」

「可是，要宗吾郎老闆殺掉信太郎的，不就是你嗎？」

「不不不，師傅，您誤會了。」

高壯的假和尚冒出豆大的汗珠。

「我沒要他殺人，只告訴他得除去討債鬼。」

看來，聽在久八耳中，「殺掉」和「除去」一樣帶有可怕的壓力。

「一名旅行僧經過家門前，告知會有不祥的事發生。並向他說明，要加以防範，就得有所犧牲。這純粹是一種提醒，對吧？」

對你個頭啦！

「況且，他身為人父，不可能對親生孩子下手。」

「就是下不了手，才找我代勞。」

行然坊的牛鈴大眼望向利一郎。夕陽隱沒山頭，上弦月升起。

「師傅，您也被當成危險人物呀。」

「拜你之賜。」

「實在很抱歉。」

雖然場合不太對，兩人卻忍不住笑出聲。

接著，行然坊說：「宗吾郎就是這樣的男人。他眞的殺了親哥哥嗎？相當可疑。該不會，哥哥恰巧在那時候病死，他一直以為是自己造成的吧？」

同一屋簷下的骨肉相爭，並非愉快的事，想必彼此都身心俱疲。宗治郎英年早逝，可能是受不了這種痛苦的折磨。要是暗暗詛咒的對手突然倒下，有時反倒會心生恐懼，懷疑是詛咒應驗。

「不無可能。」

毒殺的傳聞，也許毒害的不是亡故的宗治郎，而是還活在世上的宗吾郎。

「這麼一提，我忽然想到……」行然坊望著平靜的水面，「他對待夫人的態度也一樣。」

有一次，阿金鬧脾氣，抱怨「那個有名無實的老闆娘，在大之字屋趾高氣昂，我卻只能當個小妾，我不要」，宗吾郎回道：

——我放不下心中的執著，沒辦法休掉吉乃。那麼想當大之字屋的夫人，妳就自己把吉乃趕出去。

無法放下心中的執著……沐浴在月光下，利一郎微微感到一股寒意。

行然坊撥弄脖子上那串大佛珠，長嘆一聲。

「師傅，您同意收留信太郎時，我心中著實鬆口氣，差點沒腿軟。」

那孩子是人中之龍，行然坊繼續道。

「如果事先見過信太郎，就算信口雌黃，我也不會說他是討債鬼。我沒那個膽。」

而且，行然坊也沒膽與驅除過討債鬼的武士對峙。

「我心想，眞正驅除過討債鬼的人，不管年輕與否，都會直接拆穿我的假和尙身分，才躲著您，不敢碰面。」

並緊黏著宗吾郎不放。

「我拚命苦思，想透過穩當的方式達成共識，將夫人和信太郎趕出大之字屋。當然，會給他們一筆豐厚的膳養費，所以不是趕他們走，應該說是請她主動退出，或讓她對丈夫死心。」

行然坊講得十分委婉。

利一郎不再對他懷有敵意。這個惡鬼上場時煞有其事，退場卻找不到台階下，氣勢全無。

「能不能幫個忙？」

行然坊就像那天上門委託的久八，分不清是眞誠，還是怯縮，卻同樣一臉認眞。

「就算我坦承一切都是謊言，宗吾郎老闆也不會改變深植腦中的念頭。只怪我先前藥下得太猛。」

「我也這麼認爲，你太會騙人了。」

行然坊猶如一隻挨打的狗。

「所以，我要你用拿手的騙術，再演一齣戲。這次絕不許失敗，或演得太過火。」

行然坊的大臉一亮，「該怎麼做？」

「我有個主意。」利一郎應道。

六

當利一郎回報收到藩國的公文時，大之字屋的宗吾郎表情十分古怪，想笑又面帶怯色，彷彿有誰拿剃刀在他腋下搔刮。

「下次新月到來的丑時六刻（半夜二點），便舉行儀式，驅除信太郎身上的討債鬼。」

大之字屋的廳房裡，行然坊也坐在宗吾郎身旁，像尾大鯰魚般從容自在。

「貧僧已向青野大人詢問過儀式的細節。」他告訴宗吾郎，「這是『安寮鬼鎮儀式』，會平穩地將鬼送到該去的場所，並熄滅其怒火。」

信口胡謅是行然坊的拿手絕活。

「貧僧會在大之字屋庭院的丑寅方位設置祭壇，焚燒護摩（註），誦經念佛。經文的力量會壓制惡鬼，將惡鬼拉出信太郎體外。屆時，貧僧會加以捕捉，請青野大人斬殺。」

註：金剛乘佛教與印度教的火祭儀式。

「揮刀斬殺嗎?」

宗吾郎眼底閃現亮光。

「只斬鬼,不會危及信太郎。」

「能斬殺潛伏在信太郎體內的討債鬼……」

宗吾郎緊繃的雙肩垂下,分不清是放心,還是失望。利一郎希望他是感到放心,與行然坊相互使個眼色。

「斬殺後,惡鬼就會消失嗎?」

這句話也很難聽出他究竟想確認什麼。

「惡鬼是由亡者的靈魂化成。以刀淨化後,便能前往西方極樂世界。」利一郎開口。「但這是討債鬼,需要其他儀式,想拜託大之字屋老闆幫個忙。」

任何事我都願意做,宗吾郎回答。他似乎已做好心理準備。

「首先,信太郎將不再是您的兒子,吉乃夫人也不再是您的妻子,請與他們斷絕關係。」

吉乃夫人……利一郎緊盯著宗吾郎。

「原本該嫁給令兄宗治郎,是嗎?」

宗吾郎自卑地低下頭。

「既然如此,信太郎原本也該是令兄的孩子。他們就是討債鬼向你追討的債。」

是……宗吾郎悄聲應道。利一郎與行然坊再度互望一眼。

「接著是大之字屋的財產。」

「這、這絕不能歸還。」

錢財和店主的位子，似乎比妻兒重要。宗吾郎的目光驟變。

「沒要你交出所有家產。惡鬼是亡魂，現世的財富根本毫無用處，需要替代之物。」

行然坊傾身向前，接過話：「鬼神喜歡奇數。尤其是這場儀式，重點得放在數字『三』。」

祭壇上，必須焚燒大之字屋過去三年的帳冊，當成貢品——假和尚補充。

宗吾郎一陣慌亂。「可是，行然坊大師，帳冊對商家非常重要，怎能燒成灰……」

利一郎隨即插話：「所以，要另謄一份。」

「另謄一份？」

「請借我店內的帳冊。我分給深考塾的學生，請他們謄寫。這也是供孩子們學習的好機會。」

「給孩子……這怎麼行……」

「我會好好監督，要他們小心處理。」

在中國，爲了防範死者變成討債鬼，弔唁時會焚燒紙錢。焚燒帳冊的構想，便是源自此一風俗。

「這麼一來，令兄就能取回大之字屋的財產。我立刻著手準備，至於設立祭壇及調度儀式所需的各項物品，希望能交由行然坊大師負責。」

「貧僧明白。」假和尚一口答應。

「對了。」利一郎站起身，補上一句：「爲了趕在下次新月前完成，我會動員所有字寫得好的學生。但這終究是一項大工程，孩子們恐怕連回家吃午餐的時間都沒有，能不能請老闆提供慰勞品？」

慰勞品？宗吾郎重複一遍，有些摸不著頭緒。

「飯糰就行了。」

「孩子們也喜歡糕餅吧。」

行然坊一本正經地建議。

接下來的每一天，深考塾的學童皆投入奇妙的習字練習。

久八負責送來慰勞品。不光飯糰，飯菜盒裡還裝滿煎蛋和燉菜，點心則有丸子和包餡丸子。調皮三人組平常的午餐配菜頂多只有蒸芋頭，看到這麼多吃食，高興地搶在前頭，大快朵頤。

利一郎也派信太郎幫忙。反正是捏造的儀式，不派寫得一手好字的信太郎上場，實在可惜。工作之際，信太郎還一面照顧其他同學，沒有絲毫懷疑。

舉行儀式前，利一郎打算對信太郎隱瞞詳情。某天傍晚，上完澡堂返家的途中，信太郎難得噘起小嘴：

「抄寫帳冊的工作，就交給想當商人的同學不是很好？我想當醫生，不，是一定會當上，不能換抄寫醫書嗎？」

利一郎柔和地反問：「你不是大之字屋的繼承人嗎？」

「乾脆送給別人經營吧。久八掌櫃為大之字屋盡心盡力，像他那樣的人才適合當店主。」

利一郎莞爾一笑。「久八掌櫃一定很高興。不過，你讀醫書還太早。」

聽完利一郎的報告，新左衛門大概是覺得有趣，便偕同初音從小梅村前來深考塾。骨骸老師睽違多時再度登場，學生個個緊張萬分。

「你們都被小師傅寵壞了，我特地來替你們繃緊神經。」

雖然對孩子們有點抱歉，但利一郎趁這個空檔寫了封信給吉乃。先告知接下來會發生何種情況，吉乃內心應該會較輕鬆。

他把信夾進信太郎的習字本，吩咐道：

「悄悄給令堂看這封信再帶回來，絕不能留在大之字屋。」

這天，信太郎去大字之屋探病，返回深考塾後，說母親今天有些奇怪。

「明明很高興，眼中又泛著淚光。小師傅，信裡到底寫什麼？」

利一郎沒回答，但隔天學生聚在一起時，「小師傅寫情書給信太郎的母親」的消息已傳得沸沸揚揚，讓他哭笑不得。八成是信太郎不經意向調皮三人組提起，他們加油添醋，才會傳開。

「逛花街的鄉下武士果然不能小覷。」

「才不是鄉下武士呢，是浪人。」

年輕眞好——連新左衛門也調侃起利一郎。

新月那天早上，一切準備就緒。

深考塾休假一天，利一郎與信太郎迎面而坐。

「今晚，大之字屋會舉行一場重要儀式。」

是爲你舉行的儀式，利一郎說道。只見信太郎光滑的臉頰略顯緊繃。

「困擾著令堂的疾病，同樣潛伏在你體內。雖然還沒出現徵兆，但很快會發作。所以，在你受病魔折磨前，要爲你驅魔淨身。」

「請問，是由一直待在我家的那位大師主持嗎？」

天眞無邪的信太郎，對久八的話深信不疑。

「對，我也會去幫忙。那不是複雜的儀式，不用害怕，令尊和令堂會陪在一旁。你沒問題嗎？」

這孩子難得流露猶豫的神色。半晌，信太郎堅強地應聲「沒問題」。

這句「沒問題」，深深刺痛利一郎的心。因爲他還有話要說。

「信太郎，坐過來一點。」

信太郎挨近利一郎，重新坐正。

「令堂和你的病……」

我能像行然坊那樣巧妙地騙人嗎？

「雖然能靠儀式淨化，卻無法完全驅除。所以，令堂以後還是會繼續受苦。」

信太郎雙眼眨也不眨，專注地聆聽。

「這種病源自大之字屋。只要待在大之字屋，不管怎麼驅魔淨化，你們母子都擺脫不了病魔的糾纏。」

因此，今晚……

「令堂已做好帶你離開大之字屋的準備。」

信太郎垂下目光，眨眨眼睛。原以爲他在強忍淚水，他卻抬起渾圓的雙眸，望著利一郎問：

「爹留在大之字屋不要緊嗎？」

儘管宗吾郎對他冷淡無情、百般嫌棄，畢竟是親生父親。利一郎心中益發苦澀，仍強作鎮靜。

「身爲大之字屋的當家，要是棄大之字屋不顧，夥計們會無所適從。而且，令尊有行然坊大師陪同。」

信太郎又眨眨眼，瞳眸熠熠生輝，「以後當上醫生……就能治好爹的病吧？」

利一郎用力點頭。「之前我去見大師傅時，就是談這件事。」

我明白了，信太郎回答。眼中不見一滴淚光。

反倒是利一郎心驚膽戰。要騙人並不容易，尤其對象是小孩。

「進行儀式前，你要淨身，換上白色裝束，也就是白衣。久八掌櫃熟知流程，聽從他的吩咐即可。到時會忙到半夜，你今天午睡片刻比較好。」

「沒關係。」信太郎回答。不過，看他拒絕調皮三人組的邀約，顯然心情仍不免感到沉重。

從理髮店回家的路上，利一郎遇到揹著大箱子的租書店老闆，便問他有沒有醫書。

「那麼艱深的書……」

老闆側頭尋思，拿出一本談論天花、麻疹的預防方法，及如何治療的入門書。利一郎租下此書，拿給信太郎。

隔了一會兒，他跑去偷看，發現信太郎趴在書上睡著了。

書上的墨字暈開。不是口水造成，而是信太郎的淚水。

行然坊又演得太過火了。

大之字屋的後院，搭起一座令人嘆爲觀止的雄偉祭壇，隱約傳來木頭的芳香。

「花了多少錢？」

利一郎偷偷詢問，行然坊只回一句「不清楚」。

「全是宗吾郎老闆出的銀子。」

行然坊的行頭也煥然一新，身上的袈裟非常氣派。唯獨那串老舊的佛珠顯得特別寒磣。

「我告訴他，這是我法力的來源，所以不必更換。」

利一郎在理髮店重新剃好月代（註），纏妥髮髻。但行然坊替他準備的白裝束不夠長，腳踝裸露在外。

「您走路的步法好看，應該沒關係。」

行然坊尷尬地笑著。

一到舉行儀式的時刻，大之字屋關上所有防雨門，並吩咐夥計絕不能踏進庭院，也不能隨便窺望。祭壇前擺著覆白布的長椅，坐著宗吾郎、吉乃、信太郎、久八，及自願擔任見證人的新左衛門（他說：這麼有意思的事，怎能錯過）和初音。

行然坊在祭壇前焚燒護摩，同樣也燒過了頭。後院瀰漫著熏人的熱氣。

祭壇前堆著厚厚一疊由深考塾學童抄寫的帳冊，旁邊有兩份宗吾郎的親筆文件。一封是給吉乃的休書，另一封是給信太郎的親子關係斷絕書。

行然坊撥動佛珠，一面誦經。不久，他邁出腳步，在祭壇前來來回回，不時揚聲大喊，將幣帛丟進護摩的烈焰中，瞬間星火飛舞。

穿短襬白裝束的利一郎，坐在與眾人有段距離的暗處。他覺得腳踝好冷，不禁胡思亂想。行然坊喃喃念誦，其間摻雜大般若經，但泰半是從未聽過的經文。或許是他胡亂編造的，卻有股幾乎要將人吞沒的氣勢。

行然坊突然高喊一聲，朝祭壇拜了兩拜，轉身喚信太郎走近。

吉乃摟著信太郎的肩。久八攙扶吉乃來庭院時，她就像一縷幽魂，現下更是面無血色，緊抓信太郎。

兒子微微一笑，堅強地移開母親的手，邁步向前。

宗吾郎望著祭壇出神，看也沒看他們母子一眼。

久八緊握拳頭，強忍淚水。

「到這邊來。」

行然坊後退一步，讓信太郎跪坐在祭壇正前方。雖是後院，一樣直接坐在地面，應該很冷吧——利一郎剛這麼想，那孩子馬上打了噴嚏。

行然坊的誦經聲再度響起，動作益發激烈。他陸續將休書、親子關係斷絕書，及帳冊抄本丟進

註：傳統日本成年男性的髮型。將前額至頭頂的頭髮剃光，使頭皮呈半月形。

火中。

熊熊烈火照亮大之字屋的屋簷。

「青野大人。」

在行然坊的催促下，利一郎走到信太郎背後。

他早已配合誦經聲調節呼吸，接近祭壇時，火焰彷彿燒炙著顏面。火灰飛散，落在乖乖低著頭的信太郎白衣肩上。

「怨敵降伏，臨、兵、鬥、者、皆、陣、列、在、前！」

調勻呼吸，利一郎拔出劍，先持青眼（註），配合行然坊的「臨、兵」誦念聲，朝信太郎背後的空間連續使出縱砍與橫劈。

刀身映出豔紅的火焰，守在一旁的吉乃和久八，還以爲利一郎眞的斬下信太郎的腦袋。這麼近距離揮劍，利一郎的前額和雙手也涔涔冒汗。

「喝！」

不知是否布有機關，行然坊大喊一聲，護摩高高燃起。

利一郎收劍。

護摩之火倏然消失。

黑暗中響起行然坊的話聲。

「——討債鬼已驅退。」

行然坊行一禮，點亮燭火。

有人大叫一聲，哭了起來。久八縱聲號啕。

一旁的吉乃靜靜坐著，凝望信太郎。

淡淡燭光下，利一郎看見吉乃憔悴蒼白的臉龐浮現微笑。就像那天的美緒、那群石佛，和小梅村的地藏菩薩。

「信太郎。」

到娘這邊——吉乃站起，敞開雙臂。信太郎飛撲過來，與母親緊緊相擁。

「啊……」新左衛門叫了一聲。

「利一郎！」初音高喊。

只見宗吾郎身子斜傾，來不及伸手攙扶，他已癱軟跌落。

吉乃與信太郎暫時住在久八家。護送母子倆過去後，在久八的安排下，行然坊與利一郎聚在大之字屋的廚房角落。行然坊說是爲了淨化驅邪，久八則說是要喝慶祝酒。

「宗吾郎老闆不要緊吧？」

這次藥又下得太猛，他當場昏厥。

與行然坊合力將宗吾郎抬往寢室時，利一郎發現他全身虛脫無力，彷彿在搬運屍體。

久八突然感慨地哭了起來，頻頻揉眼，眼眶和鼻子下方泛紅。行然坊卻是醉得滿面通紅。

註：劍道的中段架勢，劍尖指向對方左眼。

「感謝兩位，實在不知該怎麼報答。」

「哪裡，自己造的業，總要自己處理。對不對，師傅？」

被他當成共犯，眞是傷腦筋。

「老爺特別吩咐，會贈送兩位豐厚的禮金。」

利一郎還沒開口，行然坊已先揮手制止。

「金子我不能收，這筆錢屬於吉乃夫人和信太郎。」

「我也這麼認爲。」

「可是，兩位如此勞心勞力……」

利一郎指著行然坊的鼻子，「他是個騙人的假和尚。這樣不就像送錢給小偷？」

「沒錯、沒錯。」行然坊連連附和，接著嘆口氣。「師傅，說我是假和尚沒關係，但說是小偷就太難聽了。」

宗吾郎也給了吉乃和信太郎一大筆錢，金額比久八預料的高出許多。

「老爺其實不是壞人。」

聽他的口吻，彷彿好不容易能替宗吾郎說句好話。

「既然如此，我就不再怪罪阿金小姐。」

利一郎心頭一驚，只見行然坊縮著肩。

「我全向久八掌櫃招了。連他都瞞騙，罪過會延及來世。」

況且，我希望他能站在阿金這邊——行然坊解釋。

「假和尚也會擔心來世嗎？」

「是的，別看我這樣，我很怕下地獄。」

短暫的酒宴結束。回家前，利一郎起身如廁。當他小解完畢，準備折返廚房時，發現後院有道人影。

是宗吾郎。

他何時醒來的？穿著睡衣的他，手持燭火，望著燈火盡滅的祭壇呆立。

利一郎猶豫著該不該出聲叫喚，最後決定作罷。今晚的宗吾郎，恐怕需要獨自靜心思考。

利一郎剛要悄悄離開，又發覺一件怪事。

在燭火的照耀下，宗吾郎的影子落向腳邊。那影子出奇地大。

而且會動。

今晚平靜無風，燭火僅微微搖曳，宗吾郎的影子卻不住蠢動。那情景以「蠢動」形容再合適不過，他的影子中似乎潛伏著某種東西，隨時可能冒出。

利一郎不自主地擺好架勢，按著刀柄。

宗吾郎渾然未覺，但影子已察覺利一郎的殺氣。

影子倏然竄升，體積足足比宗吾郎大上兩圈，瞬間形成人的輪廓，扭動著身軀，又蹦又跳地撲向利一郎。

利一郎打算出招斬殺，刀微微離鞘，發出若有似無的聲響。

那巨大的黑影陡然停住，與利一郎對峙，然後笑了。

它發出桀桀怪笑，轉眼縮回原本的大小，恢復成宗吾郎平常的影子。

宗吾郎毫無所感。

——是討債鬼。

那才是如假包換的討債鬼。恍若冷水淋身，利一郎頓時曉悟。眞的有討債鬼，就潛伏在大之字屋的宗吾郎體內。

那不是行然坊念誦的經文，和利一郎的刀術能驅除淨化的罪業。

最後，吉乃與信太郎在二目長屋落腳。

「因爲離深考塾近，能像之前那樣幫小師傅的忙。」

信太郎還央求一起去上澡堂。一起去是沒關係，但調皮三人組嚷著「我們也要」，緊緊尾隨，實在傷腦筋。他們在澡堂裡一樣頑皮搗蛋，利一郎一會兒出聲訓斥，一會兒向客人道歉，忙得團團轉。

吉乃的情況還是一樣，不過神情開朗許多，也許她的病眞的是長期關在大之字屋內所造成。對了，調皮三人組四處散播利一郎寫情書的不實謠言，爲了懲罰他們，利一郎命他們復習《名頭字盡》。

「骨骸老師不是說不用！」

「你們的師傅是我。」

看來，要馴服他們還有一段很長的路。

信太郎家門前不時會出現蒲燒泥鰍，他感到非常不可思議，不知該不該收下。

「那是地藏菩薩的恩賜，你就拿給令堂吃吧。」

大之字屋沒有明顯的改變。久八依舊精神奕奕，常來二目長屋探望，不時還到深考塾露臉。宗吾郎平安無恙，自從那晚失神後，便沒任何異狀。久八說，他雖然神情落寞，但也像是放下心頭的重擔。

不過，利一郎目睹的黑影，恐怕還在宗吾郎體內。

經過一番猶豫迷惘，利一郎前去拜訪行然坊，道出當晚撞見的景象。

這名假和尚盤起粗壯的胳膊，沉聲低吟。乍聽之下，活像躲過一劫，害怕得逃離現場的泥鰍。

他沒有足夠的智慧能給利一郎建議。

隔天，行然坊主動造訪深考塾。

「我和阿金談過。」

大之字屋的老爺真的被惡鬼附身，妳和他在一起會幸福嗎？

「賢妹怎麼說？」

「什麼賢妹，她才沒那麼高尚。」行然坊苦笑。「不過，她倒是說了句很有膽識的話。」

——老爺體內的惡鬼，我和肚裡的孩子這次一定會徹底驅除乾淨。

利一郎頓時無語，半晌擠出一句：

「夠強悍。」

一點也沒錯，行然坊朗聲大笑。

「萬一有狀況，貧僧又得施展法力。」

這個男人還是老樣子。不，應該說他還沒學乖。

江戶市內的杜鵑花季即將來臨，找一天和信太郎再去趟小梅村吧，得歸還師傅借我的書。另外，爲了信太郎的將來著想，也要請教師傅，看看該讓他學些什麼才好。

利一郎心想，到時要記得順便帶雙草鞋給那尊地藏菩薩。

參考文獻

《奇談時代》百目鬼恭三郎著（朝日新聞）

《江戶怪異譚》堤邦彥著（Perikan社）

附身

打在屋簷上的雨聲，似乎變得稍稍輕柔。

雨勢終於轉弱了——心不在焉地看著《諸國溫泉效能鑑》的志津，抬起目光，微微推開格子窗，覷著外頭說道。

「哎呀，是冰雨。」

隨話語呼出的氣息，無比雪白。她像要躲避吹進窗內的寒風，急忙想關上窗，但佐一郎悄悄湊近，按住妻子的手，引頸眺望戶外。

原來如此，雨聲減弱是因逐漸摻進雪。他探向窗前欄杆，細碎冰粒落入掌中。

「會轉爲下雪嗎？」

志津憂愁地輕嘆，靠著佐一郎的背。

「若江戶也是這樣的天氣，天滿宮的梅花就全毀了。」

佐一郎沒馬上回答，繼續承接著冰雨。只見天空積著厚厚的雲層，灰雲朝屋簷正上方垂落。

約莫是從前天申時（下午四點）飄起雨，佐一郎一行恰恰來到戶塚旅館。雖然是像霧雨般的細雨，卻連綿不斷，昨晚一度停歇，今早卯時（上午六點）一過，又落下豆大的雨滴。吃完午餐，仍不見雨停的跡象。

「雲靜止不動，雨也在這一帶滯留不去。」

佐一郎不僅沒要關窗的意思，還幾乎探出整個上半身。志津連忙離開他背後，挨近火盆。

「江戶遠在十里半（註一）外，天氣或許不一樣。」

他們夫婦住的房間，位於旅館正面二樓。旅館的出入口兼充茶屋，寬敞的土間擺著兩個大鐵鍋，隨時煮著水。此刻，鍋裡也冒出白茫茫的蒸氣，佐一郎鼻端一熱，旋即消失。

剛才出入口一陣熱鬧，應該是又有客人進住。可能是下雨的緣故，意外來了許多客人，旅館益發擁擠。整排房間和走廊滿是嘈雜人聲。

「冷得教人吃不消，請關上窗戶吧。」

志津尖聲道，佐一郎只好乖乖關上。回頭一看，妻子縮在旅館提供的棉襖裡，緊挨著火盆。志津滿含怨懟地瞪視佐一郎，嘆道：

「照這情況，依舊無法動身。」

「別板著臉嘛。」佐一郎溫柔地安撫她。「我們不必趕路，又有何妨？等太陽露臉，當天就能回家。」

「好不容易能泡湯療養，這下身子骨全冷啦。」

「既然這樣，要返回箱根嗎？」

「我受夠走那種山路了。」

「那就繞道鎌倉，去大山參拜（註二），或到江之島的弁天參拜也不錯。」

「那得花不少錢，我們身上的錢不夠。」

「寫信回家要點盤纏就行。在錢送來之前，悠哉住下吧。」

始終樂觀的佐一郎，語氣十分開朗。志津噘著嘴，不再發牢騷。此時，幾名大聲聊天的男客經過走廊。志津立刻按著太陽穴，皺起眉。

「唉，吵得我頭都痛了。」

佐一郎莞爾一笑。他不是最近才見識到志津的任性。

這對年輕夫妻，在江戶的湯島天神（註三）底下經營名爲「伊勢屋」的百貨店。兩人結縭三年，佐一郎二十五歲，志津二十一歲。

不問經商的種類，江戶市內擁有「伊勢屋」這個屋號的店家實在不少。當然，不可能全都有親戚關係，不過夫妻倆所屬的伊勢屋算是大家族。他們的親戚不論從事何種生意，店面一律高掛伊勢屋的招牌。

位於天神底下的伊勢屋爲本家，至今已是第六代。因世代更替及開分店，伊勢屋衍生不少分家，加上相互嫁娶，血緣益發緊密，姻親的數量與時俱增。佐一郎和志津也一樣，他們的父親是堂兄弟。

佐一郎家的伊勢屋位於本所，同樣是百貨店，卻是地位差一大截的分家，且店面規模也不大。

註一：約四十二公里。

註二：指穿白衣去大山的阿夫利神社參拜。大山位於神奈川縣中部。

註三：俗稱的湯島天滿宮，尊奉天神。天神即為菅原道真。

身為次男的佐一郎，不知是哪一點被看上，十歲那年便與本家的獨生女志津訂下婚約，成為她的未婚夫，進到天滿宮的伊勢屋當養子。「佐一郎」這名字，也是本家的繼承人代代傳承的名字，所以進門當養子時，他已改名。等日後成為店主，又會改為本家店主代代傳承的名字「佐兵衛」。

不過，這是以後的事。佐一郎的養父母，也是岳父母的店主夫婦，目前身體都很硬朗，且生意興隆、店裡安泰，才會送他們前往箱根泡湯療養。

佐一郎與志津並非單獨旅行，老僕嘉吉沿途隨侍在側。對嘉吉來說，這可不是一趟悠哉的旅程，不僅要照顧佐一郎夫妻，還得在投宿的旅館打雜以節省旅費，或幫人跑腿來補充盤纏。此刻，他應該忙著砍柴升火吧。由於志津討厭與別人共住一間房，所以不管去哪裡，夫婦倆都是獨占整間房，住得相當舒坦，嘉吉則是睡大通鋪。不過，他幹勁十足，不顯一絲疲態。

嘉吉是這對年輕夫妻的監護者。說穿了，他的工作就是監視佐一郎，看他是否體貼志津，對她溫不溫柔，有沒有惹她生氣，會不會瞞著她在外頭鬼混。

嘉吉從小在本家當長工，忠心耿耿。他瞧不起佐一郎家，只當他們是地位低下的分家，看待佐一郎的眼神無比冷漠。如同佐一郎的丈人和丈母娘看他的眼神一樣冰冷。

在他們心中，佐一郎是為了守護本家，培育本家繼承人，所精挑細選，一路拉拔的種馬。嫌種馬難聽，或許能改說是幾經使用和磨練的道具。儘管收為養子，一旦佐一郎顯現出的氣質和素質不合他們的意，馬上會被遣送回老家。幸好，最後沒落得這番下場。

要是感情不睦，這對年輕夫妻就不會有今天。像兄妹般同住一個屋簷下的兩人，彼此相當親暱。志津童心未泯，兩人雖已結為夫妻，她仍跟小時候一樣喊佐一郎「小佐」。不生氣時，她是個愛撒嬌的可人兒。

最重要的是，她長得標緻，在天滿宮一帶號稱第一美女，嫁爲人婦後，又增添幾分姿色。志津的舉手投足、一顰一笑，佐一郎至今仍不時看得入迷。他打心底爲有個如花似玉的妻子自豪。這次的旅途中，不論在投宿的旅館，或暫時歇腳的茶屋，目光受志津的美貌吸引的男人們，明顯流露羨慕之情，也令佐一郎得意洋洋。

不過，這對年輕夫妻也有煩惱。儘管兩人如膠似漆，卻未生下一兒半女。對商家來說，沒有比生不出繼承人更值得擔憂的事。

志津與本家的母親試過各種方法。凡是求子靈驗的神佛，她們幾乎全參拜過。只要聽聞有效，再昂貴的藥材、再珍貴的食材，也會買來嘗試。甚至請人祈禱、問卜，花了不少錢。

這次的箱根之旅，亦是出於此一理由。志津體質虛寒，容易手腳冰冷。有人說這樣不利受孕，所以他們決定泡湯療養。

幾處溫泉號稱有幫助受孕的療效，但風評較好的溫泉都離江戶頗遠，自然選上箱根。提到箱根的泡湯療養，本家上一代的店主夫婦，也就是志津的祖父母以前去過，在當地有熟人，安排起來方便許多。

志津原本不想留父母在家，自己和佐一郎前往箱根。「爺爺與奶奶是順利把店鋪交給爹娘後，才去箱根療養吧？爹娘不是很期待能到箱根四處泡湯享福嗎？如今我卻早你們一步，怎麼好意思。」

志津堅持，如果非去不可，就四人同行。然而，這樣店裡便要唱空城計了。本家雖有和嘉吉一樣忠心耿耿的大掌櫃，但把經營大權託付給夥計，店主一家只顧泡湯享清福，傳進客戶耳中畢竟不大好聽。不管實際原因爲何，光是名義上，泡湯療養若沒明確目的，一樣無法取得官府的通行證——父母極力勸說。拗不過希望早日抱孫的雙親，志津終於同意讓步。

不過，她嫌天氣冷，想要延期。這次換佐一郎出馬，他告訴志津，就是天冷，消除體內寒氣的溫泉才特別有效。沿途慢慢走，我會特別小心，不讓妳感染風寒，也不會讓妳腳底起水泡，我們一起去吧。

而他果眞很細心呵護志津，這點嘉吉應該也認同。旅途中，他不時討志津開心，只要志津喊累，立刻休息；喊一聲冷，隨即替她添衣；抱怨路難走、使性子時，二話不說揹起她。佐一郎還告訴她哪裡有漂亮的景致，哪裡有罕見的風俗，引起她的興趣。如果是照顧志津的生活起居，嘉吉辦得到，但逗志津發笑，唯獨佐一郎才有能耐。出發前，佐一郎鑽研過各種旅遊導覽書和遊記，做好各種準備。

江戶到箱根往返一趟，雖然得看季節和天氣，一般四、五天便足夠。但佐一郎和志津光去程就花了六天，可見志津多麼任性，而佐一郎（當然包括嘉吉）根本不敢指責她半句。好不容易抵達箱根，在湯本（註）投宿，用七天的時間泡完第一輪後，第二輪移往塔之澤，第三輪同樣在該處停留。

佐一郎認爲，既然難得來一趟，希望能將箱根七湯全泡過，志津卻嫌麻煩。尤其是七湯中交通不便的蘆之湯和木賀，她根本不屑一顧。要泡第二輪時，她已厭倦。移至塔之澤後，由於旅館提供的吃食粗糙，換成當地廚師來做菜，她才稍稍展露歡顏。沒多久，她又不滿意了。一會兒挑剔鄉下料理口味太重，一會兒埋怨女侍囉嗦，滿是牢騷。

基本上，泡完三輪（二十一天）溫泉爲一套療程。志津原就沒病，自然看不出療效，繼續停留未嘗不可。令佐一郎遺憾的是，一完成療程，志津便像結束某種修行，一副解脫的神情，直嚷著要回家。仔細想想，不論在家中或旅館，志津都是飯來張口、茶來伸手，生活的大小事全交由旁人處理，根本沒任何不同。

「我討厭鄉下地方，住這裡不合我的個性。」

她會說這種話，一點也不足爲奇。冬去春來的山林景致、鳥囀鶯鳴、當地的河魚及山菜料理，特別是不用鐵鍋燒煮，自然湧出的熱騰騰溫泉，皆是無上的恩賜，可惜志津無法體會。

於是，這對年輕夫妻踏上歸途。雖稱不上歸心似箭，但嘟囔著想早點喝江戶自來水的志津，步伐遠比去程時快（或許是泡湯療養的功效）。依照此一步調，不消三天就能返回江戶——佐一郎滿心這麼以爲，現下卻困在戶塚旅館。

戶塚是走東海道南下的人，第一個投宿的驛站旅館。事實上，他們去程時也住過同樣的房間。

離日本橋約十里半的路程，慣於旅行的人應該會說「近在眼前」、「來到這裡，等於抵達江戶」。下雨是常有的事，不過是路面較泥濘罷了。既沒道路崩塌，也沒河水氾濫，今早仍有人穿著蓑衣斗笠離開旅館。在江戶有顧客等候的商販，及努力賺取盤纏，前往伊勢完成一生一次參拜的信眾，沒人會因雨停止旅程。

註：箱根七湯之一。七湯為湯本、塔之澤、堂島、宮下、底倉、木賀、蘆之湯。

——又走不成了。

志津這句話，始終都只是「我不想在雨中走路」的任性藉口。用這種藉口居然行得通，實在是修了八輩子的福氣。

佐一郎對她百依百順。

坦白講，他很樂在其中。

先前他提議折返箱根，或繞到鎌倉逛逛，並不是隨口說說，眞能成行就太好了。倘若能延遲返回江戶的日子，這場雨下再久都沒關係，就算會惹志津不高興也無妨。

佐一郎許久不曾如此放鬆。旅程中，他回想起什麼是放鬆。自從進本家當養子，他早遺忘這種感覺。

其實，這不在佐一郎的預期之內，因爲有嘉吉隨行，情況和在家裡一樣。然而，他錯得離譜。在本家的岳父母面前，佐一郎與其說是女婿，更像一名夥計。他十歲起就已習慣這樣的身分，也一直視爲理所當然。但踏上旅途後，在晴空下，他發現能悠哉地伸展四肢睡覺，盡情大口呼吸，才驚覺在天滿宮伊勢屋的生活有如牛馬。脖子被人套著繩圈，嘴裡含著銜轡，走得稍慢，屁股便會挨鞭。

背上的志津並不沉重。志津確實嬌縱任性，但她喜歡佐一郎。佐一郎也喜歡像小姑娘般長不大的妻子，不曾嫌棄她。

他身後拉著的拖車，是本家的財產，同樣不是多沉重的負荷。被視爲足以勝任這角色的人，佐一郎相當自豪。

眞正令他痛苦的，是不管把人載得再平穩，拖車拉得再平順，他始終只是道具。經過這趟旅程，佐一郎領悟到這一點。

抵達江戶後，又要變回道具，能延遲一天是一天。既然如此，任憑外頭下雨、飄雪，志津再不高興，佐一郎仍暗自竊喜。

「啊……」志津將火筷插進火盆裡的灰燼，不悅地鼓起腮幫子。「我實在受夠了，這家旅館我住膩了。」

佐一郎思忖著怎麼逗她開心時，紙門外傳來女子的話聲。

「客官，抱歉打擾了。」

是旅館的老闆娘。佐一郎皺起眉，對方的來意，他已猜出幾分。果不其然，門外的老闆娘，一開始便伏身拜倒，一臉親切的笑容。

「由於連日陰雨，投宿的客人增多……」

她希望志津他們能與別人同住。

志津怒不可抑，像個孩子般板著臉孔，佐一郎平靜地安撫她。至於那位老闆娘，志津愈生氣，她愈賴著不走，不斷重複「請多多包涵」，始終不願說句「我知道了」，乖乖離去。

不知該說旅館有旅館的堅持，還是他們待客以誠。儘管做的是不同生意，但身爲商人的佐一郎很明白這一點。

「妳突然提出這種要求，其實是想提高住宿費吧？」

志津忿忿不平，但老闆娘並未怯縮，依舊保持微笑，所以佐一郎也從旁助陣。

「妳不是說，過膩了這種軟禁般的生活嗎?如果與人合住，搞不好能聽到一些有趣的地方軼聞。」

「和來路不明的陌生人並枕而眠，光想就噁心。」

「夫人，我們很能理解您的感受。」

老闆娘刻意吹捧志津。

「正因對方品位高尚，適合當夫人的聊天對象，我才來懇求您的同意。對方是略有年紀的女性，氣質出眾，跟夫人一定合得來。」

「不要就是不要。」

志津撇開臉，老闆娘只好轉向佐一郎。

「這位客人同樣剛結束箱根七湯之旅，正要返家。原本和泡湯療養團的眾人同行，但來到這裡後，大概是太過疲憊吧，她擔心冒雨趕路，身體會無法負荷，決定在此留宿，與夥伴道別。」

這位客人希望能替她送信至江戶，讓家人來接她。老闆娘受託幫她安排。

「她是退休的建材商，真的不是可疑人物。以這位客人的身分，我們實在不好意思安排她住大通鋪，偏偏沒空房，實在傷透腦筋……」

「志津，沒關係吧?」

佐一郎挨向志津，摟住她的肩。

「人有困難時，應該互相幫助。相逢自是有緣，不是嗎?」

志津渾身僵硬，沉默不語，眼尾因生氣上挑。不過，她沒回嘴，就能交給佐一郎決定。

「好，請帶那位客人過來吧。」

老闆娘朝微笑的佐一郎不停道謝，不久，便帶來要同住的客人。

來者是位老婦，年紀足以當這對年輕夫妻的祖母。她躬身走進，不過，就算不是出於禮貌，她的背還是一樣駝。皺紋密布的臉龐，確實散發高雅的氣質，一身遠行的裝扮，也看得出是上等貨。

志津仍在嘔氣，佐一郎並未理會，逕自上前與對方寒暄。老婦望著志津拒人千里的側臉，與和善的佐一郎，立刻明白是何種情況。

「像我這樣的糟老太婆，跑來打擾你們年輕人，眞是抱歉。」

儘管對方如此客氣的問候，志津依舊沒正眼瞧對方。她自顧自捧著火盆，以火筷戳著灰燼。

「哪裡，被大雨困在此地，我們也悶得慌。不必這麼客氣。」

老婦道聲謝，深深一鞠躬。

「我是新材木町增井屋的前任老闆娘，名叫阿松。給兩位添麻煩了。」

鬧彆扭的志津，乾脆轉過身。

老闆娘帶著女侍，搬來阿松的寢具、屏風及火盆。老婦表示，給她可歇腳的角落便足夠，歉疚地縮在壁櫥旁。儘管對方上了年紀，畢竟是與陌生女性共處一室，佐一郎也多所顧忌，完全交由老闆娘安排，不敢多嘴。

女侍看準時機，推算阿松應該已習慣，特地端來茶點。

「老闆娘想答謝兩位，一點小意思，不成敬意。」

「太感謝了。這點心很可口，志津，快來啊。」

志津明明最愛甜食，卻頭也不回，毫不搭理，令阿松更加難堪。佐一郎不禁有些惱火，覺得顏面無光。算了，不管她。

「那我們先品嘗吧。」他邀阿松一起享用，自己也伸手拿取。吃著飾有紅白兩色梅花的落雁和大福餅，搭配芳香撲鼻的熱茶，實在說不出的舒暢。

「老夫人，聽說您剛去箱根泡湯療養？」

佐一郎自然地與對方攀談。

「是的，建材商工會組成泡湯療養團，約有十人同行。」

阿松一行也在箱根泡完三輪的療程，箱根七湯全體驗過。

「眞教人羨慕。」

這不是客套話，而是佐一郎的心裡話。他很想知道沒去過的溫泉地是什麼模樣，向阿松多方詢問。阿松逐一回答，包括溫泉的水質差異、旅館的情況及料理的種種。聊著聊著，兩人漸漸敞開心房，化解了緊繃的情緒。

「療養團裡，就屬我年紀最大，一路上都承蒙眾人的關照。」

阿松年輕時便深受腹痛的毛病所苦，經過這次泡湯療養改善許多。她說，箱根的溫泉果然名不虛傳，療效顯著。她話聲無比開朗，態度不引人反感。雖然身材瘦小，表情卻十分豐富。

「我原本期待能和丈夫到箱根四處泡湯療養。」

「您丈夫……」

「他前年的這個時候中風，一直臥病在床，去年秋天與世長辭。」

「實在遺憾……」

「所以，小犬才送我前往箱根泡湯，要我連同他爹的份一起好好享受。」

「令郎眞孝順。」

聽到佐一郎由衷的誇讚，阿松綻開笑容。

「託您的福，娶了個好媳婦。她就像親生女兒，對我噓寒問暖，無微不至。」

在這個季節踏上溫泉巡禮的旅程，欣賞梅花也是樂趣之一。不過，最期待的還是……

「下個月底，我的長孫就要出世。媳婦說，等我見過孫子，肯定捨不得離家遠行，要去得趁現在。」

兒子不斷慫恿，媳婦也力勸她泡溫泉調養身子，於是老婦加入溫泉療養團。這樣的長途旅行，她當然是初次體驗。沿途的所見所聞及各種美食佳餚，她都覺得新奇有趣，眼中閃耀著光芒，如數家珍。

「老夫人，箱根七湯中，您最喜歡哪一處？」

「單就旅館的奢華，和居住的舒適度，非湯本莫屬。不過，底倉的溫泉也不錯。」

兩人熱絡交流旅行中的見聞，甚至忘了時間。佐一郎注意到志津偷瞄著他們，但他佯裝不知。阿松也配合佐一郎，沒顧忌志津，神情輕鬆。

突然，志津拍打火盆外緣，發出「啪」的清響。志津依舊背對著他們，但她的腰背直挺挺的，彷彿塞了塊木板。

拿著茶碗，笑咪咪地向佐一郎點頭的阿松，神情一僵。

佐一郎實在是受夠了，對志津的不耐全表現在臉上。他第一次出現這種舉動，儘管急忙擺笑臉打圓場，也明白極不自然。

阿松見狀，尷尬地笑道：

「老年人最要不得的就是話多，還不小心吃這麼多糕點。」

容我休息片刻——語畢，阿松便退下。走進屏風後方前，她悄悄向佐一郎微笑，眼中帶著道歉與體恤之色。

那絕非佐一郎多想。聽老婦的口吻，是見過世面的人。志津毫不忌諱旁人目光的嬌縱脾氣，及無法管束她的佐一郎，夫妻倆的關係，只要是成人，且同樣是生意人，一看便知。

佐一郎羞愧萬分。獨自承受志津的任性，一點也不難。但忍氣吞聲的模樣完全攤在別人面前，他備感難堪。

佐一郎不想馬上討志津開心，連到她身邊都排斥，索性站起，打開窗戶。外頭仍下著冰雨，寒意彷彿滲進他的靈魂。

當晚，旅館的餐點多了幾道菜，想必是老闆娘特意安排。

志津板著臉，連乾數杯酒。她酒量好，今晚更是卯起勁來喝。起初，佐一郎陪著她喝，但眼看快醉了，便放下杯子。

志津自斟自酌，不斷要女侍更換酒瓶。每次點菜，都故意挑剔。喂，溫酒早涼啦。這次太燙了。妳腳步如此沉重，差點揚起塵埃。仔細一看，盤子邊緣還有缺角，鄉下旅館就是這般馬虎。

志津始終沒正眼瞧佐一郎，逕自喝酒動筷，但發現佐一郎移開目光，旋即嚴厲地瞪著他，抱怨不斷。

不只抱怨這趟旅行，連在江戶生活的雞毛蒜皮小事，及兒時發生的往事，全一股腦搬出來。女人的確記性驚人，志津一會兒說那次怎樣，一會兒說這次如何，宛如在翻舊帳，逐條數落佐一郎，根本拿她沒轍。要是認眞搭理，僅有道歉的份，況且道歉也沒用，佐一郎索性保持沉默，不料又遭指責蠻橫、薄情。

阿松顧慮他倆，請老闆娘安排她到其他地方用餐，應該就選在廚房的某個角落吧。阿松並未告知，但從她的樣子看得出來。接著，她早早上床就寢，志津還在喝酒時，屛風對面已悄靜無聲。佐一郎益發感到羞愧，臉紅得快冒火。這股羞愧之火，恍若燒向他全身。

「別再喝了吧。」

妳喝得太多，佐一郎勸道。

「差不多該休息了。」

志津已酩酊大醉。她滿面通紅，雙眼呆滯，鼻尖朝著天花板，誇張地吐口氣。

「幹嘛啦。」

她打了個滿是酒味的飽嗝。

「瞧你對那老太婆神魂顚倒的模樣。小佐，只要對方是女人，你就不挑吧？」

我要跟嘉吉告狀——志津喃喃道。

志津以爲這是致命的一擊，但不必她告狀，老僕早就知情。晚餐前，嘉吉來過一趟，看到志津可怕的眼神，及佐一郎歉疚的模樣，表情馬上變得像抓住亡靈的地獄獄卒。此刻，他可能拿出閻羅王的生死簿，伸舌舔著筆尖，將這椿微不足道的夫妻吵架（而且不管怎麼看，錯的都是志津），視爲佐一郎犯的惡行，記下一筆。

佐一郎依然沉默不語。這次他不是在忍耐，而是氣血直衝腦門，一時不知怎麼回話。

誰神魂顚倒啊？胡說些什麼！面對意外與陌生人同住的老婦，佐一郎純粹想讓彼此放鬆，志津卻不了解他的用心。不僅向他口出惡言，對阿松更是無禮至極。

「不要說這種話。」

佐一郎好不容易壓低嗓音，擠出一句，並試著微笑，但沒那麼容易。志津似乎對佐一郎的怒火渾然未覺，連剛才說的難聽字眼，也脫口即忘。臉上泛著醉鬼般的傻笑，糾纏不休地舉起空酒瓶，又打了個酒嗝。

「喏，喝酒。」

「我先睡了。」

佐一郎好話說盡，蓋上棉被，轉過身。志津仍在一旁嘀咕個沒完，過沒多久，不知是翻倒酒瓶，還是打翻盤子，發出「乒、啷」一聲，接著響起尖叫。

「你是怎樣，居然裝睡。」

有個東西飛來，打中佐一郎蓋著棉被的肩膀，滾落地面。大概是志津擲出的酒杯。

「你未免太囂張，竟然敢對我有意見。」

她已完全語無倫次。

「你知道是託誰的福，才能擁有這麼美好的體驗嗎？小佐，一旦我說要離婚，你就完了。」

你想這樣嗎？如果想，我就成全你。志津嘀咕個沒完。

「要是被趕出天滿宮一帶，小佐，你能去哪裡？你在老家已無容身之地。你們本所的店那麼小，生意僅容餬口。以你那傻大哥的出息，經營成這樣算很不錯了。」

我爹常笑著這麼說——志津得意洋洋。

「你在聽嗎，小佐。我的意思是，要你稍微搞清楚自己的身分。」

儘管親暱叫著「小佐」，但這眞是志津的心裡話嗎？

不必她提醒，佐一郎比誰都清楚自身的立場。可是，他內心某個角落，隱隱有一份信賴，認爲與志津之間的羈絆，蘊含兩人珍惜的溫情。

如今，志津恣意嘲笑佐一郎心中的這個念頭，且絲毫沒把佐一郎的老家瞧在眼裡。位於本所的那家店，由大哥接手，雖稱不上日進斗金，但始終腳踏實地做生意。志津居然說他是傻大哥。

佐一郎雙目圓睜。志津帶著輕蔑的尖笑，穿過他摀住耳朵的指縫，直刺進心底。

——有人在哭泣。

佐一郎眨眨眼，抬起頭。隱隱可看出房內擺設，天亮了嗎？

他瞥見志津睡在一旁的棉被裡。四周杯盤狼籍，燈火已熄滅。

一陣寒意襲來，他發現屏風後方，阿松那一側的防雨門微微開啓。

微微的啜泣聲，也是從那邊傳來。

佐一郎湊向志津，聞到一股嗆人的酒味。志津嘴巴微張，發出鼾聲。與其說睡著，更像是昏睡。

屏風後再度傳出哭聲，及衣服摩擦的窸窣聲。

「老夫人。」

佐一郎幾近呼氣般，輕聲喚道。

「您是不是不舒服？」

他感覺得到老婦挪動身軀的動靜，約莫是伸出白皙的手，想關上防雨門。

「要幫您叫女侍嗎？」

佐一郎朝屏風探出身子，音量壓得更低。阿松摸索防雨門的手一頓。

「眞是抱歉……」

確實是老婦的嗓音，但大概是哭泣的緣故，鼻音頗重。

「謝謝關心，我沒不舒服。我馬上就睡，請不必掛心。」

吵到您，實在不好意思——老婦似乎正低頭道歉。

「不，沒關係。倒是外頭雨停了嗎？」

「嗯，烏雲已散去。」

雖然剛醒，佐一郎也清楚聽見拂過屋簷的風聲。防雨門卡嗟作響。

「起風了。」

風終於吹跑烏雲。

「飛快流動的浮雲間隙，露出點點星光。讓人忘了天寒，一時看得入迷。」
隱約能瞧見房內的擺設，約莫也是星光明亮的緣故。
「明日會是好天氣吧。」
阿松語帶鼻音，關上防雨門。一聲輕響後，房內歸於黑暗。她大概是鑽進被窩裡，傳來衣物摩擦的窸窣聲。
「老夫人。」佐一郎悄聲喚道。「昨晚您想必很不是滋味吧。由於和我們同住，讓您如此不自在，眞不曉得如何表達歉意。」
阿松半夜暗自哭泣，佐一郎擔心是志津蠻橫的舉止造成。阿松與熟識的旅行團夥伴分別，單獨在旅館過夜，已十分不安，又遭年紀像孫子的志津挑剔，恐怕會怒火中燒，甚至感到悲哀吧。
阿松沉默半晌。不久，屛風後的她挪動身子開口：
「先生，您年紀輕輕，卻懂得關心別人，心地眞善良。」
阿松溫柔的話聲，如同在撫慰人心。
「叫我佐一郎就行了。」
佐一郎在黑暗中應道。眼睛習慣漆黑後，瞧得出朦朧的屛風形狀。
「那麼，佐一郎先生。」阿松的鼻音透著一絲親暱，「我年紀一大把，還像小姑娘似地半夜哭泣，並不是您和夫人的錯。請放心。」
佐一郎在被墊上重新坐好。志津睡得很沉，根本沒翻身。她一隻手伸出棉被外，看起來頗爲放蕩。

「謝謝。不過，讓您見笑了。」

我是個贅婿——佐一郎坦言。

「我的妻子是獨生女，背後有她的雙親及家產。在很多事情上，我都抬不起頭。光聽我們的爭吵，您已猜出幾分吧。」

隔一會兒，傳來老婦的回答：「您辛苦了。」

「話說回來，像我這樣的年輕人能到溫泉地旅遊，若還有埋怨，恐怕會遭天譴。」

「佐一郎先生，您不是來玩樂的吧。因爲您一直在保護尊夫人。」

您果然很辛苦——阿松說。

昏暗的房裡，兩人相對無語。搖撼防雨門的風聲，聽來分外落寞。

「沒想到會因這陣風清醒。」

阿松突然改變口吻，喃喃自語。

「很久以前，我曾整晚聽著這樣的風聲，渾身顫抖。我想起那件往事。」

所以才會忍不住哭泣。

「想必是極爲痛苦的往事。」

話一出口，佐一郎旋即後悔。刺探意味太過濃厚。

「哎呀，我話太多，眞要不得。問了不該問的。」

阿松微吸著鼻子，意外的是，她竟輕笑起來。

「沒關係，我沒想到有機會向別人透露此事……」

這也是種緣分吧。

「方便聽我這老太婆講述一段往事嗎？」

佐一郎頷首，應道：「老夫人要是不嫌棄，我願洗耳恭聽。半途您不想說，可隨時停止。」

「您眞是體貼。」

阿松移膝從屏風後方露面。看得出她一臉蒼白，但瞧不清表情。

佐一郎有些難爲情，像孩子般，以拳頭磨蹭鼻子底下。

仔細回想，進本家當養子後，沒人誇獎或慰勞過他。直到今天，才遇到萍水相逢，湊巧住同間房的阿松，對他如此體恤。

她溫柔相待，佐一郎銘感五內。深夜的旅館，意外有機會敞開心房，佐一郎希望好好珍惜。如果老婦想說，陪她到天明也無妨。

「內人醉得不省人事，就算我在這裡跳看看舞（註），她也不會醒來。」

他誇張道。阿松緩緩行一禮，縮回屏風後面，似乎是拉起棉被，裹住身子。

「五十年前，我十六歲。」

阿松以這句話當開場白，長嘆一聲，繼續道：

「我並非出身江戶。出生時浸泡的，不是江戶的自來水，而是農田的灌溉用水，不折不扣是個鄉下人。」

註：江戶時代到明治時代廣為流傳的謠曲，源自於唐人舞，在清朝音樂的伴奏下，穿中國服裝跳舞。

我的故鄉……她略顯躊躇。

「是座離此不遠的村落。」

「這樣啊。您是來到這附近，才想起故鄉吧？」

「是的……」

阿松話中的躊躇愈來愈濃厚。

「村名請容我保留。這件事傳到世人耳中，並不恰當。」

阿松輕聲道歉。

「我在村長家長大。話雖如此，我不是村長的女兒。六歲那年，父母雙亡，村長收留了我。」

阿松的父親與村長是親戚。

「我父母受村長不少照顧。因爲是親戚，和一般佃農不同，不過在村長面前，很多時候都抬不起頭，這點倒是和別人沒兩樣。與其說我成了養女，更像成爲女侍，處在一種尷尬、自慚形穢的立場。」

感覺與自己的境遇頗爲相似，佐一郎恭敬聆聽。

「村長有個女兒。由於沒生兒子，視女兒爲掌上明珠。村長的女兒與我同年，名叫八重。」

阿松嚴肅的口吻，突然放鬆。

「她長得標緻，脾氣又好，是能爲周遭帶來幸福的人。」

她是我的好友。

「身爲受領養的孤兒，處境尷尬的我，之所以能在毫無陰影的情況下平安長大，有一半是八重小姐的功勞。她待我親如姊妹，我的個性才不致變得乖僻、彆扭。」

不過，打從懂事，認清自身的立場後，阿松便像女侍一樣工作。正因個性並未扭曲，她聰明地知道該怎麼做。周遭的人也順理成章地接受這樣的結果。

八重卻十分訝異，甚至忿忿不平，直接找父親談判。

「如果一定要阿松工作，請讓她當我的貼身女侍。那麼，她就能隨時跟著我，不論什麼事我們都能一起分享。」

村長夫婦當然無法拒絕寶貝女兒強烈的要求。

「於是，我成爲八重小姐的貼身女侍，或者說是陪伴她的對象。我照顧她的生活起居，也和她一同學習才藝。」

旁人形容我們是焦孟不離。

「多虧如此，我也跟著進行新娘修業。我眞是幸福的人。」

「難怪您氣質出眾。」佐一郎附和。

「哪裡。」阿松靦腆笑道。

「不，這不是恭維。連旅館老闆娘也稱讚過您。」

「謝謝誇獎，都是拜八重小姐之賜。」

她充滿懷念的溫厚話聲，微帶顫抖。

「八重小姐是繼承家業的千金，適婚年齡前，便有人上門提親。但村長早就替她的婚事做好打算，認爲掌上明珠的夫婿，來路不明的人萬萬不可，所以想從親戚中挑選。」

村長的親戚眾多，想當八重丈夫的男子比比皆是。

「我生長的村莊，自古盛行木器工藝，後來漸漸做起建材，專精化妝柱和門楣雕刻之類精細的工藝。領地內有戶人家原本是承包城堡或宅邸的工程，後來在江戶找到門路，便改爲從事建材的生意，擁有店面。他們是……」

大概是想隱瞞眞名，阿松頗爲躊躇。於是，佐一郎建議：

「姑且叫伊勢屋吧。這是我們店鋪的屋號，不過在江戶多得是。」

「好。」

阿松鬆口氣，長吁一聲。

「伊勢屋的三男，名喚富治郎。八重小姐和我十六歲那年，決定選他當八重小姐的未婚夫。」

富治郎在江戶長大，不過他會雀屏中選……

「約莫是村長對江戶很感興趣吧。伊勢屋的店主是村長的堂兄，以前便有往來，也常聽他談生意經。」

村長家財萬貫，在村內擁有無上權威，然而……

「他對江戶心懷憧憬。儘管不像我們小姑娘……不，正因他是個大男人，才會燃起鬥志，想與揚名江戶的堂兄並駕齊驅。」

「村長大概盤算著，在孫子那一代，由一人繼承村長，另一人前往江戶打天下。爲此，八重小姐的夫婿，選熟悉江戶環境的人最合適。」

「沒錯。」阿松附和，微微一笑。「在我心目中，村長已像將軍一樣偉大。但人就是這樣，總是想要更多，欲望無窮。哎呀，說欲望似乎有點過分。」

佐一郎輕笑。此時，志津發出呻吟，微微挪動身子。兩人嚇一跳，不敢作聲。

志津沒睜眼，搔抓幾下脖子，或許是肩膀冷，拉被蓋好後，又恢復安靜。

「未婚夫的人選定下。」阿松悄聲開口。「起初大夥都相當擔心，不曉得來自江戶的富治郎先生能否融入這個家。村長早知伊勢屋的老闆娘，也就是富治郎先生的母親不太贊成，最重要的是，不知富治郎先生會不會嫌棄八重小姐是帶有水肥臭味的鄉下姑娘，中途悔婚。」

不過，這是杞人憂天。富治郎拜訪村長家後，對八重一見鍾情。兩人很快墜入情網。

「富治郎先生也是美男子，他們可說是一對璧人。就像女兒節的裝飾人偶。」

阿松的口吻也變得年輕許多。

「富治郎先生十八歲，第一次踏出江戶。當初是想請他住上一個月或半個月，看看這裡的生活，才邀他來作客。」

陷入熱戀的兩人捨不得分開，富治郎便長住在村長家。

「村長說，既然這樣，就不必拖拖拉拉，趕緊舉行婚禮吧。我也幫忙籌備婚事。」

一切理應進行得很順利……

「就在婚禮的前三天，發生不得了的大事。」

八重雖是獨生女，背負著村長家的權威，但她不擺架子，與村裡的孩童十分親近。除了陪伴她的阿松，還有許多好友。

當中有個戶井家的女兒，父親是村裡的富農，財力與村長不相上下。他們是擁有姓氏的名門世家，母親娘家的勢力雖已衰微，但昔日在戶塚驛站經營旅館，背景不凡。

「戶井家的女兒名叫阿由。」

阿松活潑開朗的語調突然顯得陰沉。

「年紀大我一歲。戶井家的孩子眾多，除了長男和次男，還有三個女兒。阿由是家中的三女，排行老么，且與兄姊有段年紀差距。不僅父母，連兄姊都對她呵護備至。」

阿由暗戀富治郎。

「之後詢問得知，她似乎也是一見鍾情。」

話雖如此，富治郎是八重的未婚夫，對八重一往情深。

「所以，阿由小姐是單相思，也就是單戀。」

偏偏阿由養尊處優，想要的東西，從來沒有得不到的。她和八重不同，自小備受寵溺，嬌縱任性，話一出口，誰都無法改變，自我意識極爲強烈。

「村長家與戶井家是勁敵，致使事態益發複雜。」

阿由老早便向父母兄姊坦言自己的強烈愛慕之情。明白是非的人，應該會當場訓斥，並加以勸導，讓她死心。正因想和村長家較勁，他們才不甘屈居下風。

「戶井家……尤其是他們家老爺，沒細想便隨口答應，還告訴阿由小姐會努力促成。」

——以富治郎的立場，與其當抬不起頭的贅婿，不如娶妳爲妻。錢的方面，由我來出，只要讓你們能自由在江戶經商就行了。

父親的話，阿由深信不疑，靜靜等候單戀開花結果。儘管如此，這是別人家的婚事，且是地位在自己之上的村長女兒招贅，就算戶井家是當地富農，也不可能搶婚。戶井家老爺終究是嘴上說說，根本無能爲力。眼看八重與富治郎的婚期一天天逼近。

「婚禮前三天，個性好強的阿由小姐，終於按捺不住。」

她藉口送賀禮，造訪村長家，與八重見面。

「不料，她取出藏在懷中的刀子，刺死八重小姐。」

在聽聞慘叫趕至的眾人面前，阿由發狂大喊：這樣婚禮就辦不成了，活該！

「八重小姐倒臥在血泊中，富治郎先生飛奔到她身旁。」

此時，阿由甩開眾人壓制她的手，撲向富治郎，怪鳥般尖叫「我們終於能在一塊，沒人會妨礙，因爲我解決她了」。她滿臉喜色，緊抓著富治郎不放。

「富治郎先生當時的表情，就像遭受野獸襲擊。」

他對阿由沒半點意思，這根本是無妄之災。他拚命想甩開阿由，阿由卻張爪纏住他。最後，富治郎賞她好幾巴掌，將她打倒，才成功逃離。他抱著八重的屍體，號啕大哭。

「阿由小姐失了魂般癱坐原地，注視著眼前的情景。」

阿由雖然也膚色白皙，頗具姿色，不過……

「她的臉和胸口沾滿八重小姐的血，宛如妖怪。那一幕我永生難忘。」

佐一郎呼出憋在胸中的氣。他渾身緊繃，並非全然是空氣冷冽，也不是光線昏暗的緣故。

「眞可怕。」

屛風後，老婦柔聲應聲「是啊」。

「後來呢?」

阿松並未馬上回答。她沉默半晌,似乎在調勻呼吸。

「原本該將阿由小姐送往衙門,接受制裁。」

戶井家是富農。像這樣的大戶人家出了個罪犯,會替當地惹來災禍。

「不僅戶井家,連村長家也會因管理不當遭到怪罪,無法全身而退。更令人擔心的是,村裡的年貢和勞役恐怕會增加,所以絕不能公諸於世。」

太不合理了,江戶出身的佐一郎聽得目瞪口呆。

「可是,遇害的八重小姐未免太可憐。村長恐怕難以釋懷吧?」

阿松應聲「是的」,痛苦地喘息。

「而且……富治郎先生實在教人同情。」

有人在背後說閒話,懷疑阿由是否眞的是單戀。

「雖是涉世未深的小姑娘,但很難相信她會胡思亂想,突然拿刀殺人。不少村民猜測,阿由和富治郎之間有某種程度的關係。」

「可是,富治郎先生不是毫不知情嗎?」

對方是五十年前未曾謀面的年輕男子,佐一郎仍不禁爲他叫屈。

「應該吧。」阿松沉聲道。「但阿由小姐堅稱與富治郎先生相愛,約定要私奔。」

匆忙之中,戶井家串好口供。

「待紛亂平息,不知何時,這已成爲訴狀的內容。」

「太不像話了。」

豈有此理。佐一郎雙手握拳，忿忿不平。

「那麼，阿由小姐不就沒受到任何懲罰？未免太過分。」

不，老婦啞聲道。「她並非沒受到任何懲罰。」

佐一郎一時不懂她的意思。

「阿由小姐變成八重小姐。」

半晌，佐一郎才反問：「什麼？」

他顯得有點憨傻，懷疑自己是因氣昏頭，聽錯老婦的話。

「您剛剛說什麼？」

「阿由小姐變成八重小姐。」

阿松的話聲恢復力道，筆直傳進佐一郎耳中。他沒聽錯。

「怎麼回事？」

明知不禮貌，佐一郎還是強硬追問。「該不會是眾人串通，把死去的人當成阿由小姐，讓阿由小姐充當八重小姐的替身，與富治郎先生完婚吧？」

老婦沒立刻答覆，只傳來她的呼吸聲。那呼吸聲聽起來比先前急促、痛苦，難道是佐一郎情緒過於激動的緣故？

「我們那個村莊……不，應該說那個地方。」

老婦好不容易開口，但話聲不太一樣。音調提高些許，微帶鼻音。阿松早就停止哭泣，大概是又落淚了吧。

「這種時候，有個特別的方法。」

怎樣的方法？佐一郎反問，一股寒意倏然竄上背脊。不知爲何，他覺得有個可怕的東西輕撫著後背。

「就算是這麼冷的時節，屍體在腐爛前，也只能保存短短三天。」

期間，死者的靈魂仍留在軀體內。

「所以會召喚出死者的靈魂，讓其附在凶手身上。」

佐一郎按捺不住，直打哆嗦。

「怎、怎麼會有這種做法。」

「當地方言稱爲『怨靈附身』。」老婦語氣平淡，「所謂的『怨靈』，就是擁有強烈怨念的亡魂。」

原來如此，若是被害者，應該會對凶手抱持強烈的憎恨。

「離開再過數日便會腐爛的肉體，附在凶手身上的『怨靈』，會在恨意下吞噬凶手的靈魂，然後完全取代。」

棲宿在凶手體內，繼續活下去。

「當然，若不是情非得已，絕不會實行。」

理應如此。站在被害者家屬的立場，心愛的親人靈魂，被封在可恨的凶手體內，不可能笑得出來，還直呼慶幸，也不可能敞開心胸接納。

「不過，偏偏有例外。」老婦接著道。「八重小姐是獨生女。」

沒招贅就死去，村長家便會斷絕香火。

「無論如何，都需要能和富治郎先生結婚生子的身體。」

「什麼！」

佐一郎不自主地大叫，志津翻了個身，踢開棉被。佐一郎登時縮起身子，雙手摀住嘴。

「『怨靈』順利附身後，外表雖是阿由小姐，內心卻是溫柔的八重小姐。」

老婦彷彿在安撫佐一郎，柔聲解釋。

「男人不是常說，再美的女人，看三天一樣會膩。選妻子還是以個性溫順爲佳。」

總之，就是重在人品——阿松莞爾一笑。

「可是，阿由是殺人凶手啊。」

「殺人的阿由靈魂，已遭八重小姐的靈魂吞噬，從世上消失。」

所以，富治郎娶的妻子，自始至終都是八重，只是借用阿由的身體罷了。

「而且，這正是『怨靈附身』神奇的地方。」

老婦的音量壓得極低，恍若緊貼著地面。佐一郎也壓低身子，豎耳聆聽。

「一旦靈魂移轉，外貌也會愈來愈像。」

怎會有這種事……佐一郎呻吟。

「當然，五官和體形不可能改變。但一些小動作、眼神、坐姿、走路方式、日常舉止，要是接近本人，模樣也會有幾分神似。比方，親子或兄弟姊妹之間，不乏類似的情況吧？雖然長得不像，習性卻很雷同，或笑起來十分相像。」
佐一郎心想，或許吧。另一方面，他又感到毛骨悚然，暗地裡猛搖頭。
「進行『怨靈附身』，需要祕傳的藥丸。」
屏風對面持續傳來低語。
「那不外傳的調配法，只有村長家知道。不，恰恰相反，正因藏著平息災禍的祕法，才能當上村長。」
那裡就是這樣一個地方。
「八重小姐遭到刺殺的隔天半夜……」
舉行「怨靈附身」儀式。年輕時的阿松，沒能在場旁觀。
「我只能待在房裡，全身蜷縮，豎耳細聽。」
那晚的風特別強，整夜呼嘯不止。
「但我還是聽見，風裡摻雜著呻吟和哭泣聲。」
是阿由的聲音。
「不光是我，女孩一概不能接觸『怨靈附身』儀式。尤其是懷孕的女人，絕不能目睹。」
過程非比尋常，老婦並不清楚。她是從別人口中聽聞部分祕密。
「吞下藥丸的凶手，要倒著跨過被害者，雙手綁在背後，以米袋罩住頭部。」
然後，在頭上倒水。吸過水的米袋，會緊黏凶手的面孔。
「就像溺水一樣。處在半生不死的的狀態下，被害者的靈魂才容易附身。」

接著，要拿被害者生前常用的物品，拍打凶手的背。

「意即打向心臟。這樣凶手的靈魂會痛得猛然縮小，空出體內最重要的位置。」

凶手靈魂棲宿的地方，才會讓給被害者的靈魂。

佐一郎很想摀住耳朵，卻無法動彈。他嚇得全身蜷縮。

「那一晚，村長拿八重小姐裁縫用的絎台（註），拍打阿由的背。」

所以，當「怨靈附身」儀式結束，成功化爲亡魂容器的阿由，背後永遠留下一道橫向的細長瘀斑。

「富治郎先生怎麼看待此事？」

佐一郎終於提問。

「難道一句『我明白了』，就答應娶阿由？他老家能接受這樁婚事嗎？」

「經過一番溝通，好不容易說服他。畢竟沒別的辦法。」

富治郎同意這樣的安排。

「透過『怨靈附身』儀式，與交換過靈魂的阿由見面時，富治郎先生應該比任何人都清楚，她就是八重小姐。」

當他執起女子的手，注視她的雙眼、望著她的舉手投足，及看她挨向自己，臉上洋溢的幸福笑意……

註：裁縫時，用來固定布的一端，使其繃緊不會變皺的道具。

啊，死者重返陽間了。

「不過，之前隆重籌備的婚禮並未舉行。他們藉口八重小姐染病，私下舉行簡便的婚禮，讓兩人結爲連理。」

戶井家則對外宣稱阿由逃家，下落不明。

「之後，外貌換成阿由的八重小姐，再也不能出現在眾人面前。富治郎先生備受拘束，想必吃了不少苦。」

然而，兩人還是陸續生下孩子，育有二男一女。

「大概是耗盡精氣，富治郎先生突然一病不起，年僅二十五歲，便像熄滅的燭火，一去不返。」

但村長家得到子嗣，長保安泰。至於換成阿由面貌的八重，去失丈夫後，曾在戶井家年邁雙親的請求下，悄悄前往同住。可是，在她體內的是八重的靈魂，自然無法久待。過一陣子，她便離開村莊。

「這大概是村長的巧妙安排吧。」

阿松不曉得後續消息。

「第三個孩子出生前，我都留在他們夫妻身邊。」

外表是阿由，內心卻是八重。那善良的靈魂，肯定是八重。

「我們一起度過的童年時光，她記得一清二楚。不論怎麼問，她都能如數家珍地回答。她平日的言行舉止，及細微的動作，都很像令人懷念的八重小姐。」

所以，她確實是八重小姐。

「只是……」

突然，老婦的話聲彷彿近在咫尺，佐一郎嚇得跌坐地上。

屏風的位置沒變，屋內擺設也沒移動，是佐一郎多心。

「到了這個歲數，或許是大限將至，不時會想……」

人死後，到底會怎樣呢？靈魂與身軀眞的能分開嗎？

「死者的靈魂，眞能附在活人身上？話說回來，靈魂眞的能移轉嗎？」

遭八重奪走身體的阿由，靈魂眞的被八重吞噬了嗎？這種事可能發生嗎？

「應該可能吧。當年不就進行得很順利？」

佐一郎口吻不自覺變得粗魯。

「嗯，是沒錯。」

老婦的回答有些模糊，尾音融入黑暗。

「當年順利進行的事，是眞有其事嗎？」

我愈來愈搞不清楚……老婦低喃。

「『怨靈附身』或許只是大夥共同的夢——一個我們想要的夢，所營造出的結果。搞不好阿由始終是阿由，她不過是被『怨靈附身』的手段蒙騙，信以爲眞，完全化身成八重小姐。」

佐一郎無法動彈，牙齒不住打顫。

這聲音……剛才傳來的聲音……

並非阿松。雖然僅僅認識半天，但她的語氣一直很親切，佐一郎不會聽錯。這是別人，一個陌生女人發出的聲音。

「若是這樣……」那女聲繼續道。「總有一天，阿由會想起自己還是阿由，及自己雙手染血，是個令人憎恨的凶手。」

佐一郎答不出話。他極度恐懼，冷汗直冒。汗水滲入眼中，他緊緊閉上雙眸。

「哎呀，一時說得太投入。」

察覺老婦起身，佐一郎低著頭，不敢望向屛風對面。

「我去如廁。」

腳步聲響起，通往走廊的紙門一陣開闔。

佐一郎坐著不動。他不敢躺下，僵在原地，連眼睛都不敢張開。

老婦始終沒返回，門外徒留呼號的風聲。

天明前，旅館內一陣騷動。

整晚沒睡的佐一郎，起身後忽然頭暈目眩。他抓著扶手走下樓梯，見旅館女侍放聲大哭，男人們則是臉色大變，忙進忙出。

他很快得知發生什麼事。旅館後院的柴房旁，一名女客把衣帶掛在樹枝上，自縊身亡。

還沒聽完詳情，佐一郎已猜出幾分。

是阿松。阿松死了。

他像挨了一拳，心頭一震，猛然注意到有些不對勁。

這是老婦的眞名嗎？她該不會是八重吧？還是，其實她是阿由？

昨晚，阿松以旁觀者的立場述說故事。那是謊言，她是在講自身的故事。對於難以啓齒的事，人們常會這麼做。否則，女孩一概不准接觸的『怨靈附身』儀式，她怎能描述得如此詳細？

施行「怨靈附身」祕術當晚，接受懲罰的阿由聽到呼號的風聲。所以，昨晚的風聲，勾起她心底那件往事。

陪伴八重的女侍阿松，大概眞有其人。或許是富治郎死後，八重離開村子時，村長借用那女人的名字和身世，給予她全新的身分。村長擁有這樣的能力。

之後，「阿松」來到江戶，嫁給新材木町的增井屋老闆。這樁婚事，約莫是替女兒著想的村長的安排。增井屋是建材商，應該與他們保有某種關係。

這麼一來，沒人知道「阿松」的眞實身分。她能平靜地重新開始另一段人生，掌握自身的幸福……

不料，她意外投宿在這處離故鄉不遠的旅館，孤獨地與暗夜相對，聽著和接受「怨靈附身」懲罰那晚相同的呼號風聲，想起自己的眞實身分，於是選擇自盡。

「客官，很抱歉，我猜往生者可能是與您住同一間房的老夫人。」

受臉色慘白的老闆娘請託，佐一郎前往認屍。

確實是那自稱阿松的老婦。

「老闆娘，我也有一事拜託。」

希望您讓我看死者的背部，佐一郎道。

「昨晚她告訴我，經過溫泉療養，背後的舊傷仍難以痊癒，十分難受。」

老闆娘一副遇到救星的表情。「恐怕是深受其苦，才會突然厭世。」

老婦的背後，有一道橫向瘀斑。雖是多年的瘀斑，依然清晰可見，像是以木棒或板子之類的物體打出的傷痕。

「好怪的瘀斑，爲何會有這種斑痕呢？」

老闆娘忍不住別過臉，佐一郎雙手合十。朝日逐漸升起，泥濘的後院裡，一臉蒼白的老婦躺在門板上，面容無比安詳。

同住一間房的老婦離奇死亡，佐一郎免不了挨罵。

「所以我才不想和別人同住！」

志津眼角上挑，邊哭邊責怪他。嘉吉也和志津同一陣線，以損人的口吻幫腔：「說起來，都怪姑爺太儒弱。」

這次捅的漏子，想必會害佐一郎留下一個大汙點。往後，志津和嘉吉肯定動不動就會提起此事。可以想見，視志津爲掌上明珠的丈人和丈母娘，也會替志津說話。

佐一郎只能忍氣吞聲。如志津所言，他不能回老家，既無處容身，也沒別的謀生之道。

他明白做好覺悟，打消任何念頭，默默過日子，志津很快會釋懷。因爲她根本不懂自己說出的話多麼沉重。她就是這樣的女人。

這次的旅途中，佐一郎意外發現，志津非常善妒。

——瞧你對那老太婆神魂顛倒的模樣。

志津並非佐一郎不聽話，故意挑佐一郎毛病，而是看佐一郎與阿松有說有笑，心裡不是滋味。依阿松的年紀，根本足以當佐一郎的祖母（事實上，他曾不經意將母親柔順的身影，與阿松重疊），志津還吃醋，吐出難聽的話語。

之前，佐一郎對被安排好的人生，從未心生懷疑。除了志津，他不認識其他女人，也沒愛慕過別人。正因覺得志津可愛，他才沒移情別戀。

不過，他不確定今後會如何。志津的可愛表象剝落，原形畢露。一個養在深閨，不懂人情世故的女孩，從她嬌縱任性的行徑中，顯現醜惡的本性。

日後，要是有志津以外的女人令佐一郎動心……

逢場作戲也好，眞情也罷，內心的變化誰都難以阻擋，佐一郎無法保證絕不會外遇。倒不如說，佐一郎很想尋覓能教他動心的女人。

萬一穿幫，志津會怎麼辦？

在嫉妒和憤怒下，恐怕會狠狠教訓那女人一頓，甚至失手殺了對方。如果是志津，很有可能。但不是因爲愛他。在這層意義上，或許不算嫉妒。只是心愛的玩具被搶走，她心有不甘，忿恨難消吧。

答案是哪一個已不重要。

佐一郎不禁幻想著，那種稀奇的事眞能發生就好了。

能否趕在那之前調查清楚？來自新材木町的建材商增井屋，過世時的身分是阿松，昔日的身分是八重，也是阿由的那個女人。位在戶塚旅館附近的某個村莊，究竟是哪個村莊，村長又是哪戶人家？該地自古盛行木器工藝，這也是不錯的線索。

那裡是不是仍流傳著「怨靈附身」的祕術？不知藥丸的調配法有沒有流傳下來？保留志津的身體當容器，把內在換成更可愛、更溫柔的女人靈魂，我辦得到嗎？不可能吧。不過，即使「怨靈附身」是騙人的把戲，只能算一種咒術，也無所謂。以「阿松」的情況，就算是自我催眠，是夢幻一場，至少她整整維持五十年之久。

既然如此，值得一試。

純粹是妄想，佐一郎明白這是不可能實現的夢。

然而，他依舊忍不住想像，緊抓著一絲希望，藉以安慰自身如亡者般悲哀、孤獨的靈魂。

6

chapter

野槌之墓

一

有時候，小孩問的問題，父母會不知該如何回答。

那天加奈便是如此。柳井源五郎右衛門即將滿七歲的獨生女，睜著一雙圓眼，仰望著父親問：

「爹，您討厭會變身的貓嗎？」

源五郎右衛門握著沾有漿糊的小刷子，緩緩轉頭俯視女兒。待在糊紙傘的源五郎右衛門身旁，專注玩紙人偶的加奈，雙手置於膝上，一臉正經。

「會變身的貓？」源五郎右衛門確認道。

「是的。」

「不是普通的貓？」

是的。加奈點著頭，一副天眞無邪的認眞表情。

源五郎右衛門將刷子放回接盤。傘糊好一半，是糊有土佐紙的紺蛇之眼（註一）。這並不是廉價雨傘，需要專業的技術，所以工錢優渥。只要今天再糊完五把傘，交給若松屋，到草市（註二）

買東西就不用愁，他不斷鼓舞自己。

此時，女兒卻問冒出一個問題：

——什麼是妖貓？

妖怪或鬼怪的故事，一向是孩童的最愛，加奈也在私塾聽過類似的故事吧。畢竟她才七歲，可能會信以爲眞。

不過，像「喜歡還是討厭會變身的貓？」之類的問題，未免太突兀了。省略許多前提，例如「爹喜歡貓嗎」、「貓眞的會變身嗎」、「妖貓很可怕嗎」。

於是，源五郎右衛門使出一般父母不知所措時用的方法。

「那加奈呢？」他反問道。

孩子微微一笑，「我喜歡小玉。」

如果小玉是貓名，源五郎右衛門便心裡有底。那是一隻花貓，棲身在他們父女居住的八兵衛長屋。牠不是誰養的貓，但常到代理房東八兵衛家的屋簷上晒太陽。沒人特意替牠取名，可是長屋的孩童和太太都喊牠「小玉」。

源五郎右衛門頗爲訝異。依剛才的對話推斷，加奈的意思是「小玉是會變身的貓」嗎？這一帶的花貓大多叫小玉或三毛（註三），加奈口中的小玉，不見得就是那隻小玉。

加奈圓睜雙眼，目不轉睛地注視源五郎右衛門。

源五郎右衛門望向下著七月陣雨的大路。大雨嘩啦嘩啦淋濕裡長屋的柿板（註四）屋頂，發出催人入眠的滴雨聲。

所幸，七夕當天是個晴朗的好日子，清理水井的工作順利完成，孩子們掛在竹子上的祈願紙籤也沒淋濕。從那之後，這是第二次下雨。最近氣候多變，在盂蘭盆節燃迎火（註五）的十三日，不曉得會不會放晴。

「對了，今天沒看到小玉。會不會是跑去哪裡躲雨？」

「小玉在牠家。」加奈應道。

「在八兵衛先生家吧？」

「代理房東家不是小玉的家。小玉有自己的家，爹。」

這樣看來，加奈說的小玉，果然是那隻小玉。那隻小玉算是年事已高的花貓。

「加奈，我問妳。」

源五郎右衛門面向年幼的女兒。

「黑白斑紋、尾巴長長，妳一喊『小玉、小玉』，就會在房東八兵衛家的屋簷上回一聲『喵』的那隻花貓，妳很喜歡吧？」

註一：紙傘傘面的同心圓圖案樣式，與蛇眼相似。
註二：七月十二日晚上到隔天，販售盂蘭盆節供佛用的花草和裝飾物的市集。
註三：日文的三毛，意指白、黑、褐三種毛色，所以也稱花貓為三毛貓。
註四：以松樹、杉樹等木材接合成的薄板，做為鋪設屋頂的底材。
註五：盂蘭盆節的傍晚，會在門前升火，迎接死者的靈魂回來。

「是的。」
「妳意思是，那隻小玉是會變身的貓？」
「是的。」
加奈完全不爲所動，提問的父親倒是心頭一震。
「妳怎麼知道？」
「小玉說的。」
加奈豎起小小的兩根手指，伸到父親面前。
「其實是小玉讓我看牠分成雙叉的尾巴。爹，平時牠都藏著。」
父親雙眼眨個不停，年幼的女兒也有樣學樣。
「是嘛。」源五郎右衛門頷首。那就準是貓又（註）沒錯。
他頗爲驚訝，尋思著是誰告訴女兒這種故事，仍沉穩回道：
「可是，我沒見過小玉變身，也沒和小玉說過話，所以沒辦法相信。如果小玉那開雙叉的尾巴……」他一本正經地壓低聲量，湊近加奈耳邊：「也能讓爹瞧瞧，就另當別論。」
加奈也一本正經地挨向他。
「牠一定會讓爹看。不過，您看了會不會生氣？」
她露出擔心的神情。
「要是爹認爲像妖貓這種詭異又古怪的東西，絕不能放任不管，冒出殺小玉的念頭，牠會害怕，不敢和爹見面，才讓我先問清楚。」

源五郎右衛門再度應聲「這樣啊」。重複相同的話實在無趣，他抹了鼻頭幾下，聞到一股漿糊的氣味。

「爹，會變身的貓，您喜歡還是討厭？」

源五郎右衛門按著鼻頭，不自覺地抬眼望著女兒。

「加奈喜歡的妖貓，我也會喜歡吧。」

加奈的眼眸與白皙的雙頰，彷彿從體內點燃燈光，頓時一亮。

「太好了！小玉有事要請爹幫忙。」

要請住在深川三間町八兵衛長屋的「萬事通」柳井源五郎右衛門幫忙。

柳井家是隸屬青山鐵砲百人組的御家人。祖父和父親都沒有官職，而繼承家業的源五郎右衛門的大哥，同樣沒官職。柳井家並非代代出賢人的名門世家，源五郎右衛門身上流著這樣的血脈，很清楚自身多麼平庸。

光靠奉祿無法過活，御家人幾乎都會經營副業。青山的鐵砲組從事糊傘，以公共長屋爲中心，由組頭指揮分工，已經營多年。提到青山的糊傘，在江戶市內名氣響亮，連孩童也知道。

源五郎右衛門自小便看著祖父和父親糊傘長大，也學會這項技能。不論是蛇眼或陽傘的雙層糊

註：日本傳說中的貓妖，可分兩種，一種是存在於山中的野獸，一種是由人類飼養的老貓變化而成，尾巴分成雙叉。

然許多。

紙，都難不倒他，手藝相當純良。打他離家獨立，搬進長屋後，終於能光明正大以此爲豪，心中豁

「你不能就這麼看開。」

「表面話也好，你該說總有一天會開設道場或私塾。」

八兵衛和若松屋的店主久兵衛都好意相勸。起初源五郎右衛門乖乖聽從，但欺騙每天碰面的長屋鄰居，他實在沒那麼厚臉皮。只要能與摯愛的妻子一起生活，他便心滿意足，所以很快就不再講違心之言。

停止撒謊後才發現，長屋根本沒人相信他先前的話。裡長屋的居民，有裡長屋居民獨特的看人眼光。

源五郎右衛門與妻子志乃，是約莫八年前住進八兵衛長屋。當時他二十歲，志乃十七歲，恰逢上野山和飛鳥山櫻花盛開，江戸市內櫻瓣紛飛的時節。

那年年初，在柳井家服侍多年，如同柳井兄弟祖母的老女侍驟逝。由於他們的母親已過世，一家全是男丁，頓時沒人張羅三餐。組頭看出他們的窘境，向紙傘仲介商說明情況後，若松屋便暫時從店裡調撥一名年輕女侍，過來幫忙料理家務。

這名女侍就是志乃。

她父母早歿，當初進若松屋，是從帶孩子的童工做起。若松屋對夥計管教嚴格，志乃也經過一番鍛鍊，十分勤快。而且，她個性溫順，不多話，手腳俐落，凡事細心周到。

這樣的志乃，卻遭源五郎右衛門的大哥染指。

自鐵砲組的賞花宴返回的大哥，喝得酩酊大醉。並未住宿柳井家，每天從若松屋通勤的志乃，那天很認眞地待到晚上，是大哥晚歸的緣故。

發生這起殘酷的事情後，源五郎右衛門懊悔萬分，當晚要是讓志乃先回若松屋就好了。發現踏進家門的大哥喝得爛醉，要是他馬上主動前往幫忙就好了。聽見大哥指使志乃倒水、準備茶泡飯時，他沉浸於舒適的春夜，不愼疏忽大意，說起來全怪自己。

繼承家業的，是身爲嫡長子的大哥。等大哥成爲柳井家的一家之主，吃閒飯的源五郎右衛門地位將會更尷尬。雖然曾爲往後的出路苦惱，但另一方面，他也莫名鬆口氣。大哥不會像父親一樣，常替他關心哪戶人家想招贅。這麼一來，他就能無牽無掛地離家獨立。

他們兄弟原本就合不來。

大哥已談妥婚事，大嫂應該會帶能幹的女侍陪嫁。志乃只是暫時來幫忙，不可能永遠待在這個家，早晚會回若松屋吧。如此一來，反而能輕鬆地和她見面。

源五郎右衛門對志乃有好感，也察覺到志乃的回應。儘管他尙未獨立……不，正因他是個吃閒飯的，等日後自食其力，就能娶傘店的女侍爲妻。那麼，要怎樣自食其力呢？

堅強的志乃，顧慮柳井家微不足道的名聲，面對大哥的侵犯極力抵抗，仍忍著不願大聲呼叫，直到無法抗拒，只得任憑擺布。當時源五郎右衛門描繪著未來的藍圖，迷迷糊糊打起盹。

聽到一陣慌亂的腳步聲，發現志乃奔出走廊逃往廚房時，他才驚覺情況有異。志乃蹲在土間的角落，臉色慘白。看著她凌亂的衣衫，源五郎右衛門像挨了一記耳光，立即曉悟是怎麼回事。他馬上轉身衝進屋內，只見大哥躺在房裡，鼾聲大作。那下流的模樣，宛如一頭剛吃完獵物，撐著肚皮躺在地上的野獸。

源五郎右衛門茫然呆立，直覺噁心作嘔，頭暈目眩。

此時，有人抱住他的腿。志乃整理好衣衫，幾乎是爬著回到這裡。

請原諒我……志乃道歉。爲什麼妳要道歉？該道歉的是這頭野獸。源五郎右衛門怒火中燒，志乃緊緊抱住他的腿，一再請求他原諒。她臉龐紅腫，顯然挨了揍。

志乃苦勸源五郎右衛門，千萬不能揮刀斬殺他大哥，否則柳井家將毀於一旦。

源五郎右衛門揪起大哥的衣襟，痛毆一頓後，揹著志乃奔向若松屋。踏出家門時，他注意到父親房間亮著燈，頓時明白父親知情，卻佯裝不知。

天亮後大哥酒醒，並未忘記昨晚犯下的醜事，甚至繼續糾纏志乃，說志乃是若松屋的贈品，簡直教人傻眼。

「志乃不是物品！」

「說得對，她是女人。我的女人。」

一向冷淡、個性陰沉的大哥，竟意外執著，源五郎右衛門心頭一驚。

爲了保護志乃，我得離家獨立。他意志堅決，父親沒多加攔阻，反倒露出卸下重擔的神情。傘店是青山鐵砲組副業的大金主，絲毫怠慢不得。尤其是老字號的若松屋，老闆久兵衛頗有人望。父親也很清楚，這次捅的漏子太大，不是大哥冷哼一聲就能善了。

源五郎右衛門造訪若松屋，磕頭請店主同意他與志乃的婚事。只要給他一個月……不，半個月，便能找出謀生之道，前來迎娶志乃。希望別將志乃送到其他地方，讓她留下靜候消息。

若松屋的久兵衛像瓜兒般圓潤泛青的面孔，稍嫌欠缺生意人應有的親切感，算是相當罕見。此刻，他卻像青瓜熟透迸裂似地，咧嘴笑道：

「不先確認志乃的意願，我無法答覆。」

「那麼，麻煩您確認一下。」

「萬一她拒絕怎麼辦？」

源五郎右衛門渾身一震。

「我每天都來，直到她同意爲止。」

久兵衛皺起眉，鬱悶地嘆道：

「這種情況下，與其由當事人決定，不如由我這樣的人在背後硬推一把。」

接著，久兵衛說：我明白了，我會讓志乃與您成親。

「這是身爲主人的我做的決定，志乃不能拒絕。不過，她如果還是排斥，大概會逃走吧。」

對了——久兵衛抬眼望著源五郎右衛門。

「短短一個月內，我不認爲您能找到謀生之道。既然您與志乃的婚事敲定，我身爲志乃的主人，也有一份責任。」

請繼續糊傘吧，像之前一樣。

「我會當您的保證人，請盡快找尋住處，最好遠離青山。我在大川那邊，有個熟識的代理房東……」

最後，若松屋安排好一切，源五郎右衛門與志乃落腳八兵衛長屋。

源五郎右衛門心想，不妨趁機捨棄武士的身分，但八兵衛阻止他。這個像柿子乾一樣滿臉皺紋的老翁，啞聲勸道：

「令兄未必對志乃夫人死心斷念。您要是捨棄腰間的佩刀，日後他追來時，不就沒辦法趕走他了嗎？」

這番話極具說服力，或許是代理房東沙啞的嗓音使然。

大哥終究沒追來，源五郎右衛門錯失捨棄武士身分的機會。柳井家風平浪靜，源五郎右衛門與志乃成家不久，大哥也娶妻入門，繼承家業。後續如何，源五郎右衛門一無所悉。

他與志乃過著和樂的生活，有生以來第一次感受到生命的意義。志乃並未逃離，兩人感情融洽，彼此沒有絲毫不滿。

源五郎右衛門沒得意忘形，以為這是他倆相愛的結果。若松屋的久兵衛說得沒錯——我會全部安排妥當，請您好好善後。

兩年後，加奈出生。慶祝孩子七夜（註）時，久兵衛與八兵衛也齊聚一堂，飽滿的青瓜與乾癟的柿子湊在一塊，向源五郎右衛門說「柳井先生，您差不多該全力投入工作了」。

「不能老是賺九錢，花八錢，最後只留一錢。」

言下之意，是他從久兵衛那裡接副業賺得的工錢，全拿來支付八兵衛長屋的房租，根本無法給加奈完善的成長環境。

源五郎右衛門心裡也很清楚。雖然志乃接了洗衣和縫補的零工，但今後得花時間照顧加奈，往後還會有孩子出生。他希望孩子愈多愈好，就得找個安定的工作。

他不適合指導劍術，且道場也不是隨便就能做的生意。相較之下，開私塾容易得多，但需要一大筆開業資金，加上他年紀太輕，擔任師傅威儀不足。剛萌生捨棄武士身分的念頭，有人來詢問他是否願意當代書。仔細想想，只要準備一張書桌就能營生，雖然在客源穩定前必須下一番工夫，苦熬一陣子，不過掌握要領、掛上招牌後，也能繼續接副業。從事這一行，比起浪人，還是具有正統武士身分體面。

太好了——好不容易看見未來的一絲曙光時，志乃卻不支病倒，說來實在諷刺。志乃產後復原狀況不佳，身子孱弱，偏偏又染上流行感冒。眼看病情日漸惡化，源五郎右衛門全力照顧她，若松屋和八兵衛也很替他們擔心，最後仍是白忙一場。

加奈不滿兩歲，志乃便魂歸九泉。

直到臨終，志乃臉上都帶著微笑。她握住源五郎右衛門的手，反覆道謝，並告訴他「我過得很幸福，能來到這世上真是太好了」。

——加奈就拜託你。

從此以後，源五郎右衛門獨自扶養加奈，拚命工作。雖然掛上代書的招牌，但不出所料，起初沒半個顧客上門，他只好揹著加奈勤接副業，能力範圍內，任何差事都接。於是，他一度在八兵衛的請求下，假扮成商家的保鑣，儘管沒發生揮刀的場面（或許就是沒發生，才有後來的結果），後

註：嬰孩出生後的第七個晚上，進行命名及各種慶祝儀式。

來卻順利承接不少類似的委託。

以此為契機，他打響了名號。大夥都說，不管是武的，還是文的，有困難找柳井先生幫忙準沒錯，不僅價格公道，辦事俐落，為人又親切。不過，其中一部分似乎是八兵衛暗中牽的線。

就這樣，源五郎右衛門成為不折不扣的「萬事通」，長屋的住戶都喊他「萬事通老師」。代書的招牌仍掛在門口，不過感覺只是萬事通的業務之一。

所以，他自認已累積不少經驗，遇到大部分的情況都不會慌張。

——這次居然是妖貓……

牠到底想拜託我幫什麼忙？

二

先不論是怎樣的委託，似乎並不緊急。

好不容易把事情講開，主角小玉卻從八兵衛長屋消失無蹤。加奈很是擔心，喊著「小玉、小玉」四處搜尋，卻遍找不著。八兵衛也表示，這幾天都沒瞧見小玉。

「畢竟是野貓，隨興地來，又隨興地去。」

加奈露出大人般的愁容，「小玉可能是在家裡和夥伴商量。」

妖貓的夥伴，約莫也是妖怪。不過，聽加奈語氣輕鬆，應該不是恐怖的傢伙吧。

父女倆在草市買齊盂蘭盆節的用品，準備迎接十三日。當天一早，加奈就開心地說，娘今天會回來。源五郎右衛門搭了一座小小的靈棚（註一），加奈擺上私塾的習字簿，並翻開最近在學的頁面，旁邊則放著練習縫針線的舊手巾。

「我想讓娘瞧瞧。」

八兵衛長屋的住戶聚在長屋的大門前，燃燒門火。街道上，四處化緣的僧人們的誦經聲和敲鉦聲忽遠忽近，不絕於耳。

志乃的靈魂將會歸來。短暫的盂蘭盆節期間，家人會再度團聚。與其說是想像，不如說有預感，源五郎右衛門的心裡起了陣陣漣漪。

——加奈眞是個好孩子。

儘管針線還不拿手，但她已學會不少字。

——此外，她似乎與妖怪感情不錯。

麻桿（註二）的濃煙熏得源五郎右衛門瞇起眼，他暗自苦笑。

——總之，她要我承諾，不能遇到妖怪就出手收伏。

哎呀，眞是傷腦筋。志乃彷彿也露出微笑。

當晚剛入夜，源五郎右衛門哄加奈上床睡覺後，忙著編草鞋。

註一：盂蘭盆節時，用來安置祖先靈魂的棚架。

註二：門火燃燒的材料是麻桿，亦即麻的莖。

「不好意思，有人在嗎？」

不知是誰敲著腰高障子（註一），聽起來像女人的話聲。

來不及回應，拉門已靜靜打開，一名女子悄悄走進土間。

源五郎右衛門停下手，屏息凝視著女子。那扇拉門不好開，進門不可能沒發出任何聲響。

女子身形修長，臉蛋白淨，梳著島田崩（註二），上插一把紅玉髮簪。一襲質樸的窄袖灰和服，腰帶是大大的方格圖案，每隔一格，就是不同的花朵刺繡。

夜晚點燈工作時，源五郎右衛門總不忘嚴格比對燈油用量與作業進度。由於他剪短燈芯，淡黃光圈範圍極小，幾乎照不到土間，卻能清楚看見女子的身影，著實詭異。

對方不是人類。

「深夜打擾，請見諒。」

女子輕柔行一禮，依舊站在門口不動。她烏黑的眼珠緊盯源五郎右衛門。

「請關上門，夜風會吹進屋內。」源五郎右衛門低語。

女子不顯一絲怠慢，轉過身，禮貌周到地雙手闔上門。這次發出喀啦喀啦的聲響。

趁短暫的空檔，源五郎右衛門覷向加奈的睡臉。爲了遮蔽座燈的亮光，他立起枕屏風（註三）。年幼的女兒微握雙手，抵在嘴邊，蜷著身子睡在枕屏風後面。

女子回過身，再度恭敬行禮。她抬起臉，眼角泛著笑意。

「我還是第一次以這副樣貌拜見柳井先生。」

我們算是熟識了——語畢，女子咧嘴一笑，兩邊嘴角幾乎快擴至耳際。

源五郎右衛門深吁口氣。女子的纖纖玉指抵著唇，忍不住咯咯笑。

「雖然拜託加奈告知，您還是嚇一跳吧？」

眞是對不起，女子笑著道歉。

沒拔除眉毛，牙齒也很白淨，看樣子這隻貓又似乎沒丈夫（註四）。只瞧得出有些歲數，但猜不準年紀。話說回來，人的歲數套用在妖貓身上，不曉得合不合適。

「我確實聽小女提過。」源五郎右衛門將座燈拉向身旁，「但我不曉得妳是否已接獲通知，因爲最近都沒看到妳的蹤影。」

直接稱呼「妳」恰當嗎？還是稱呼「您」比較好？源五郎右衛門在意起無關緊要的細節。

「我都聽說了，畢竟有對貓耳。」

女子沒有一絲難爲情。

「那邊坐吧。」

源五郎右衛門朝門口台階處努努下巴，女子走過去坐下。雖然怎麼看都像女子，舉止卻像流動的油般順暢，非常人能及。

註一：底下設有高約六十公分木板的拉門。

註二：日本的女性髮型。江戶後期，梳理這種髮型的多是四十多歲的下階層女性。

註三：立在枕邊擋風的矮屏風。

註四：江戶時代的女人婚後會拔除眉毛，塗黑牙齒，以示守貞。

就近一瞧，女人的臉更顯白皙。細長的雙眼，配上圓滾滾的黑瞳。沒抹髮油，沒散發香味，也聞不到動物的臭味。

進入座燈的照明範圍，女子益發透著怪異。亮光所及的上半身，及理應位在暗處的腳下，看得一樣清楚。

「以妳的道行，應該不怕光吧？」

源五郎右衛門略帶恫嚇地問。

倏地，女子的瞳眸變得像絲一般細，旋即恢復原狀。那是貓眼。

源五郎右衛門後頸寒毛直豎，女子卻淡淡一笑。

「像我待在世上這麼久，對大部分的事都不會感到害怕。如同您不論接受再棘手的委託，也不為所動。」

這就叫「薑是老的辣」，她優雅地點點頭。

「我可沒那麼老練。」

源五郎右衛門說完，再也無法忍受，微微挪動身子。

「傷腦筋，妳眞的是……」

「是的。我就是那隻上了年紀的花貓，和加奈感情融洽的小玉。」

「小玉是吧……」

「我以這副模樣現身時，您要是能喊我『阿玉』，我會很高興。」

「那麼，阿玉。」

源五郎右衛門將編到一半的草鞋擱到一旁，面向女子。

「妳找我究竟有什麼事？」

阿玉彷彿想避開問題，轉動纖長的頸項，望向酣睡的加奈。

「我聽加奈提過。」

那座枕屏風——阿玉說。長屋住戶裡有個木匠，替他們做了木框和腳架，源五郎右衛門貼上許多廢紙，與加奈合力完成。

「我不會擅自闖入別人家，沒機會就近看個仔細。」

做得眞好，她溫柔地稱讚。

「加奈在睡覺吧？」

微微的呼息聲傳進源五郎右衛門耳中。

「那我就小聲說話，以免吵醒她。要是讓加奈看到我這副模樣，我也會不好意思。」

「妳不都讓她看過分叉的尾巴了嗎？」

面對源五郎右衛門的反駁，阿玉的瞳眸一縮，旋即恢復原狀。

「嗳，眞難爲情。」

剛才那是感到難爲情嗎？

「那麼，我就開門見山地說了。」

阿玉目光炯炯地注視著源五郎右衛門。

「我要請老師幫忙的，不是別的事，就是請您收拾一隻作惡的妖怪。」

這次換源五郎右衛門瞇起雙眼。

「這就奇了。提到妖怪，不就是妳的夥伴嗎？」

「如果會危害人類，便不再是夥伴。」

阿玉答得斬釘截鐵，語氣嚴肅。

「其他夥伴也同意。大家討論的結果，認爲除了請老師出馬收拾，別無他法。」

鑽進門縫的冷風吹得燈火搖搖晃晃，源五郎右衛門發現對方沒有影子。

這一點極爲關鍵。此刻他面對的，非但不是人，甚至可能已不屬於陽間。

說來丟臉，源五郎右衛門率先反問的竟是……

「爲什麼找上我？」

阿玉維持人類眼珠的模樣，以人類的表情流露驚訝。「您是萬事通啊。」

「我沒收伏過妖怪。」

「凡事總有第一次。」阿玉的口吻像是在說服源五郎右衛門，接著她秀眉上挑。「老師，別露出那樣的神情，又不是拜託您斬殺盤繞成小山的大蛇。」

我看起來那麼膽怯嗎？

「只是小妖怪，才這麼一丁點大。」阿玉雙手比出約一尺的寬度，「原本是支木槌。」

「木槌？」

「是的。老師，您知道老舊的道具會變成妖怪嗎？」

那叫付喪神吧。根據古老的傳說，遭丟棄的道具和用具會變成妖怪。

「那類的東西會聚在一起遊行嗎？」

「您是指百鬼夜行嗎？」阿玉莞爾一笑，搖搖頭。「妖怪才不會那樣明目張膽，總是低調地離群索居。變成妖怪後，還能混在人群中生活的，大概只有我們貓又。不過，這也得花一番工夫。」

她難爲情地低下頭。

「像今晚，要是以滿臉皺紋的老太婆模樣上門拜訪，就太掃興了，不知道我的決定對不對？」這實在太超脫現實。源五郎右衛門不禁懷疑自己在做夢，偷偷捏下巴一把，清楚傳來痛覺。燈芯發出聲響。

「我活了約百年之久，」阿玉繼續道，「還算有點識人之能。決定委託老師，就是相信您會助我一臂之力。」

請務必幫忙──阿玉端正跪坐，伏身行禮。

「我們無法收伏它。」

「妖怪不是會互相鬥法嗎？」

「老師，您看太多憑空杜撰的故事。難怪加奈一點都不怕我。」

源五郎右衛門一時無法反駁。他接租書店的副業，有時會謄寫繪雙紙（註一）或黃表紙（註二）的抄本，確實很熟悉這類故事，但從沒和加奈說過……大概吧。

註一：以圖畫為主的讀本。

註二：成人取向的圖文書，特色是詼諧和諷刺。

「或許不該用『收伏』這個字眼。」

嗯，肯定沒錯——阿玉熱切地低語。

「希望老師能送它上西天，我們妖怪辦不到。」

「那妳何不請求和尚幫忙？」

「光誦經念佛不管用，它已吸食人血。」

源五郎右衛門的神情轉爲嚴肅。「妳說它危害人類，便是這個意思嗎？」

「是的，這兩個月來，它襲擊過四個人，其中一人喪命，就發生在附近。」

那是十天前發生的事。

「它愈來愈凶猛，甚至會取人性命，不是我們所能對付。連要關住它都很困難。」

「關住它……是指關在哪裡？」

「我們住的地方。老師若願意幫忙，我可以帶您去。」

源五郎右衛門心頭一驚。

「收伏……不，要讓它上西天，到底該怎麼做？」

「斬殺它，再以火焚燒。請帶著火種，我們無法用火。」

源五郎右衛門緊盯著阿玉，阿玉直直回望他。

「它是木槌，對吧？」

「是的。」

「木槌之類的物品化成妖，不就成了名爲野槌（註）的妖怪？」

身軀大概這麼短——源五郎右衛門雙手比出形狀。
「是像小蛇般的妖怪，我在妖怪繪本上看過。」
「老師果然很清楚。」
阿玉放心地吁口氣，點頭嘉許。
「不過，曾是我們夥伴的它，仍保有木槌的形體。倘若繼續襲擊人類，奪取無辜生命，很快會完全變身吧。目前，由於維持木槌的外觀，只會往人頭頂砸落，老師應該能輕鬆斬殺。」
源五郎右衛門不安地問：「等完全變身，就不好對付嗎？」
「它會變成一條蛇，長出毒牙。」阿玉語畢，雙手撐在榻榻米上，傾身向前。「要動手只能趁現在啊，老師。」
仔細一瞧，阿玉的瞳眸已變成貓眼，隱隱閃著金光。
「現在還能算準它砸下之際，及時避開，並加以斬殺。」
「野槌會滾到腳邊，害人跌倒嗎？」
「是先讓人跌倒，再躍起敲破人的腦袋。老師，您問得眞仔細。」
躲開就行了——阿玉說得直接。
「老師，您不是也當保鏢嗎？」

註：日本傳說中的妖怪，像蛇一樣細長，但頭的部分只有一張大嘴，沒有眼睛和鼻子，類似蚯蚓，也像沒握柄的槌子。

「雖然我常受僱當保鑣，但從沒發生打殺的情況。」

「我不是拜託您揮刀砍人，對方是一把木槌。」

不知何時，阿玉湊到面前，源五郎右衛門身子往後一縮。阿玉察覺不妥，扶著髮髻挺直腰背。

「我不能拒絕嗎？」

在屏風後熟睡的加奈忽然翻身，面向他們。或許是小腳碰到靈棚，以木片插在茄子上做成的小馬，掉落在她枕邊。

「妳會拿加奈當人質吧？」

源五郎右衛門望向加奈的睡臉。等了半晌，阿玉都沒回話。

轉頭一看，她一副泫然欲泣的表情。

「我怎會幹那種事？」

她緊咬嘴唇，忿忿不平地說著，淚流滿面。

「加奈是我的好朋友，我怎麼可能拿她當人質。」

源五郎右衛門頓時沉默，阿玉以手背拭淚。

「我會好好答謝您。雖然我們沒錢，但一定會支付豐厚的工資，包您滿意。我保證。」

貓又的保證能相信嗎？不過，鍋島的妖貓（註一）不就對主人十分盡忠？

「我明白了。雖然不清楚我是否有此能耐，總之，姑且一試吧。」

阿玉雙眼發亮，大嘴幾乎咧至耳際。正因是貓又，心情變化全顯露在外，源五郎右衛門想著無關緊要的事。

「感謝！我替您帶路吧。」

沒想到眞的馬上行動。

「這麼晚，留加奈單獨在家不太好吧……」

「您不必擔心。」

阿玉的嘴角一揚，叫聲「喵」。

驀地，源五郎右衛門感到頭頂有動靜，彷彿在呼應阿玉的叫喚。順著阿玉的視線望去，他不禁倒抽口氣。

煙囪裡，有個骨碌碌轉動眼珠的獨眼小僧（註二）俯視著他。

「它會負責看家。」

阿玉朝獨眼小僧喊聲「拜託你嘍」，靈活地起身。

「對了，老師，夫人回到加奈身邊了。」

源五郎右衛門一怔，阿玉燦爛一笑。

「妳看得見？」

「是的。」

註一：這是與佐賀藩二代藩主鍋島光茂有關的軼聞。遭光茂斬殺的家臣龍造寺又八郎之妻，在自盡前命愛貓飲其血，囑咐牠向鍋島家復仇，從此城內怪事不斷。

註二：日本的妖怪之一，頂著光頭，身形如孩童，額頭中央長有一隻眼睛。

阿玉站起，朝靈棚行一禮。

「夫人，借用一下老師。不會去太久。」

源五郎右衛門跟著起身。穿鞋前，他將掉落的茄子馬放回靈棚，雙手不住顫抖。

——傷腦筋。

他小心翼翼地將雙刀插在腰際，熄滅座燈。月光透進格子窗。

三

接近滿月的明月，照亮腳下的路面。浮雲飄動，或許是風雨將至的徵兆。

「出了長屋的木門，老師跟著我就行。接下來會走妖怪小路。」

像獸徑那樣嗎？會通往哪裡？源五郎右衛門幾乎無暇感到驚訝。

踩過水溝蓋，他覷著燈火未熄的八兵衛長屋庭院，穿越昨晚眾人一起焚燒門火的巷弄木門後，前方一片漆黑。黑暗中，唯有阿玉的雪白後頸隱隱浮現，耳畔傳來她的腳步聲。

這裡並非三間町，沒看到路旁熟悉的蔬果店、魚販和雜貨店。儘管防雨門緊閉，但在月光下應該會瞧見的屋簷及招牌，卻消失無蹤。

眼前是無盡的幽暗。明月如舞台道具般懸在夜空，儘管明亮，卻照不到黑暗。

渾身飄飄然，恍若漫步雲端。

不知何時，他已走上橋。以河幅判斷，是大川沒錯。四周空無一人，也不見橋邊的守衛小屋。

話說回來，他的腳根本沒踩在橋上。既像游泳，又像滑行，浮在半高不低的空中渡河。

阿玉的腳步輕快，不時跨過某個障礙物，或跳上某處，又輕靈躍下。源五郎右衛門尾隨在後，彷彿也跟著竄高伏低，但他毫無感覺。

不久，前方出現點點繁星，高度很怪異。源五郎右衛門不禁納悶，夜空是處在這樣的高度嗎？暗暗思忖時，星光逐漸消失。他瞇起眼，停步細看，發現繁星從外圍起，消失得一顆不剩。

「那是青山的星燈籠。」阿玉轉頭解釋。「今晚已到熄燈時刻。通過那裡，很快就會抵達。」

源五郎右衛門愣在原地，甚至忘記反問。離開深川的八兵衛長屋後，確實渡過大川。但之後明明走沒多少路，怎麼眨眼便到青山？

說到青山的星燈籠，是由於六月三十日到七月三十日，青山百人町的住家會在屋簷掛燈籠或提燈，遠看宛若滿天星辰。值此時節，可謂一幅如詩的江戶風景畫。當然，源五郎右衛門豈會不識，所以才感到狐疑，青山不可能這麼近。

「妖怪小路很方便吧？」

阿玉微一蹤身，躍向高處後，笑道。

「不過，老師得注意腳下。」

她話音剛落，源五郎右衛門便絆到某物，一陣踉蹌。他踢到的硬物，發出屋瓦遭撞擊般的聲響。

——這裡該不會是屋頂吧？

貓最擅長在高處行走。

四周益發黑暗，唯獨明月高懸，緊跟在貓又和源五郎右衛門身後。

源五郎右衛門的衣袖碰觸到某個東西，大吃一驚，往後躍開。原來是竹林，草木與夜露的氣味撲鼻。

「我們回到人類的道路了。」

阿玉出聲的同時，他感覺腳踩實地，逐漸往上走，應該是坡道。右手邊是一座竹林，左手邊是蜿蜒的土牆，處處可見修復痕跡。

也許是已登上坡頂，阿玉在高處停步。源五郎右衛門確認腳下所踩的每一步，緩緩跟隨。來到坡頂，土牆微微左偏，右手邊的竹林占滿前方，路幅僅容一人通行。

茂密的竹林與樹叢深處，一盞銀燈若隱若現。

「那就是我們住的地方。」

指著前方的阿玉，白皙的臉蛋和貓眼都映照著遠處搖曳的燈光。

一看就知道那是廢墟。

不像有人居住。這座失去主人的宅邸，不知歷經多少歲月。宅邸四周既無木板圍牆，也無土牆，昔日似乎是樹籬的地方，如今已成竹林。

阿玉從竹林縫隙鑽進宅邸。不曉得是倒塌還是腐朽，既沒門柱，也沒木門。

屋況好不了多少，嚴重左傾，且屋頂多處凹陷。那是厚實的稻草屋頂，以前可能是一戶農家，就算是武家宅邸，想必也是抱屋敷（註）。

玄關入口旁，立著幾塊拆下的門板，還停靠一輛只剩單輪的拖車。拖車上堆滿木片、草包與破布。

宅邸側面是長長的緣廊，防雨門全部緊閉。或許是建築本身傾斜的緣故，每扇防雨門都略微歪斜，從狹小的縫隙可窺見漆黑的屋內。比起門外的前庭，房裡更顯幽暗。不過，某處也亮著藍白色燈火。

屋簷下，銀光閃爍之物隨風飄動，細看才發現是映著燈火的蜘蛛網。

「各位，我帶老師回來了。」

阿玉站在玄關前，雙手輕靠嘴邊，揚聲叫喚。

倏地，近處傳來一道聲響。某個東西自拖車的台座掉落，滾過阿玉與源五郎右衛門中間，消失在右手邊的竹林中，轉眼不見蹤影，好像是個木桶。木桶能滾得那麼快嗎？

「大姊，妳回來啦。」

換成從緣廊傳來話聲，源五郎右衛門連忙轉身。

不知何時，緣廊最前面的防雨門開啓，年輕女子和老翁探出上半身，窺探著他們。銀髮的老翁遠看如骨骸般枯瘦，女子的脖頸長得出奇。

「老師已接下委託，別擔心。」

阿玉以貓兒柔媚的嗓音解釋，長頸女子泛起微笑。這兩人是從哪裡冒出的——源五郎右衛門納悶著，他倆卻突然消失。

註：大名收購農地建造的宅邸。

眨眼不夠，源五郎右衛門忍不住揉揉雙眼。防雨門內的牆邊，交疊立著斷了弦的古琴和失去光澤的琵琶。

那是樂器化成的妖怪嗎？

「是我的夥伴。」阿玉悄悄湊近低語。「他們都很溫和，您不必那麼緊張。」

阿玉姊──頭頂傳來威嚴十足的呼喚。源五郎右衛門先用力閉上眼，才抬頭仰望稻草屋頂。

「哦，老大，我回來了。」

稻草屋頂有顆巨大的金色眼珠往下俯視。慶幸的是，這次不是獨眼小僧，但它的大小和米袋差不多。

「那也是妳的夥伴？」

他竭力壓抑略微提高的音調，詢問道。

「對，請放心。」

阿玉突然移步向前，往地上一蹬，躍上屋簷。以貓的俐落步伐輕盈登頂，在那顆大眼珠旁蹲下。

「大姊，我真沒面子。」

巨大的眼珠顫抖著擠出話聲。

「我讓那傢伙逃了，它打破門板。」

「嗯，那也沒辦法啊，老大。」

它的力量愈來愈強了──阿玉低語。與阿玉站在一起，大眼珠更顯巨大。這兩人……不，應該說是兩隻。總之，這一群怪物聚在一塊悄聲討論。不過，大眼珠就算小聲講話，還是響如洪鐘。每當大眼珠顫聲開口，空氣便彷彿在震動。

錯愕地仰望屋頂時，源五郎右衛門的雙眸已習慣黑暗，隱約瞧得出大眼珠的輪廓。光頭、粗大的脖子、肌肉虯結的雙肩。

忽然，大眼珠俯視源五郎右衛門。

「老師，」大眼珠顫抖著低語，「要是一直那樣盯著我，我會愈變愈大。」

阿玉的目光也移向下方，朗聲道：「老師，請慢慢低頭看腳邊。」

源五郎右衛門聽從指示，阿玉接著輕巧躍下。

「可以了嗎？」

「嗯。」

抬起頭，稻草屋頂的大眼珠已消失不見。

「我們把那傢伙關在儲藏室，老大負責看守。」

「好像讓它逃了？」

「因爲老大只有影子，沒辦法抓人。」

不過，沒關係——不知爲何，阿玉的語氣略顯哀傷。

「我知道它躲在哪裡，走吧。」

阿玉頷頭，兩人繞到宅邸後方。荒蕪的後院鄰近竹林，夜風吹得竹葉沙沙作響。

前面有座古井和柴房，阿玉瘦削的下巴朝柴房努了努。

「那曾是它最中意的棲身之所。」

木槌住在柴房裡嗎？

「我說阿玉啊。」

「什麼事，老師。」

「宅邸裡亮著的藍白色燈火是……」

「您不喜歡嗎？」

「不，在陌生的土地，很慶幸有燈光。不過，你們不是不能用火？」

沉默片刻，阿玉解釋：「那叫飄火。」

「飄火……」源五郎右衛門重複一遍，「就是鬼火吧？」

「要是我一開始就這麼說，老師還會這麼冷靜嗎？」

「謝謝妳的用心。」

「哪裡。」

阿玉嫣然一笑。源五郎右衛門準備擠出僵硬的笑容時，兩人已來到古井旁。

那不是自來水井，而是地下水井。雖然毀損傾頹，但搭有防雨遮蓋，上方橫木裝設汲水滑輪，還掛著繩索，繩索前端懸著水桶。兩人走近時，井中陡然伸出一隻蒼白的細長手臂，握住水桶一端，迅速縮回。隔一會兒，傳來嘩啦水聲，飛沫濺至井邊。

源五郎右衛門嚇得心跳差點停止。

「拜託，吵死了。」

阿玉扶著井緣，朝那細長手臂消失的方向喊道。

「用不著那麼慌張，我帶三間町的萬事通老師來啦！」

從井底暗處響起尖銳的話聲：「不好意思、不好意思。」

這也是阿玉的夥伴。

「我最討厭人類的臭味了。」

尖銳的話聲在井中迴盪，聽來格外響亮。

「可是，你好歹要問候老師一聲。」

源五郎右衛門馬上舉起雙手。

「不，沒關係。不必多禮，就這樣吧。」

阿玉回望著他，一臉掃興。「老師，您眞教人意外。」

「我膽子小，不必一一介紹妳的夥伴給我認識。」

阿玉吁口氣，那應該不是刻意，而是無心之舉。她瞳眸化爲貓眼，旋即恢復原狀。大概等同於人類驚訝地轉動眼珠吧。

「阿玉。」井底傳出叫喚。「那傢伙往坡道逃，跑到七葉樹那裡去了。」

「你看到啦？」

「是啊，它一路用滾的。」

「一樣是木槌的外形嗎？」

「對，否則沒辦法打破儲藏室的門。」

「那我們趕緊去瞧瞧。」

源五郎右衛門手伸向腰間的佩刀，極力擺出沉穩的的態度，清咳一聲。

「就在這附近嗎？」

阿玉頷首，噗哧一笑。「老師，不必那麼緊張。」

古井前方，有一條竹林小徑。像是居住在此的魑魅魍魎經常行走，自然踩踏出的小徑。

「穿過竹林，便會出現捷徑。那裡人類也可通行。」

如果沒有月光，那會是一條完全漆黑的捷徑，阿玉邊撥開竹子邊解釋。

「若非眞有急事，一般人不會走。」

「『急事』是指什麼情況？」

「這一帶有座宅邸，裡頭有人居住，時常開門迎客。」

他們可不是開門供香客禮佛，而是開設賭場。武家宅邸的侍從房間往往淪爲賭徒聚賭的巢穴。

「原來如此，那遭木槌襲擊的四人也是……」

「嗯，是去賭場的人。不過，第三個遇襲的是女子，該怎麼稱呼……好像是叫『提盒的』。」

所謂「提盒的」，是指提著裝著茶點和酒菜的餐盒前往澡堂，向休息的客人兜售，順便賣春的女人。阿玉詢問源五郎右衛門，受害的女子是前往賭場，也能這麼稱呼嗎？如同源五郎右衛門出奇膽小，這隻貓又出奇正經。

「抱歉，我不清楚。不過，這樣我就明白那女子的身分了。」

當時她的叫聲很淒厲——阿玉說。

「那女子的腿骨折，腰也遭重擊，恐怕再也站不起來。」
「是妳救了她吧？」
「我們根本無能爲力。後來鬼火向最近的巡捕房通報，因爲帶路我們最拿手。」
接受通報的人想必嚇得魂飛天外。如果驚嚇的模樣還能保有武士的基本尊嚴，就稱得上萬幸了。
竹林小徑的坡度甚陡，有些地方得手腳並用才能攀登。氣息會變得急促，不爲別的，肯定是這層緣故。源五郎右衛門如此說服自己，緊緊尾隨阿玉。
「妳住在那座宅邸裡的夥伴共有幾人？」
不曉得用「幾人」的數法恰不恰當。
「不多，大概二十隻吧。」
與百鬼夜行根本沒得比，貓又笑道。似乎能用一隻、兩隻來數。
「全是妖怪嗎？」
「對，但不見得都是器具變成。」
「不是每隻都能跟妳一樣隨意離開宅邸吧？」
「有的會外出，大部分是乖乖待在屋裡。」
照顧起來很麻煩——阿玉的口吻像極向房客說教的八兵衛。
「那古井裡的……」
「它叫『狂字』。」

生性逗趣——阿玉袒護道。「剛剛也是在和您開玩笑。」

「它無法離開那口井嗎？」

「不清楚。」阿玉再度忍俊不禁，噗哧一笑。「它偶爾會惡作劇，但絕不會對老師沒禮貌。」

在分不清前後的竹林裡，源五郎右衛門一直覺得剛才那隻細長的蒼白手臂緊貼在身後。阿玉似乎看穿他的心思。

「我們住在那座宅邸，真的很幸福。」

阿玉的語氣真誠，像是某個熟悉又懷念的話聲。那話聲突然在源五郎右衛門耳中響起，他心頭一震。

——我過得很幸福。

眼前浮現志乃的笑臉。

「妖怪終究是異類，幸運找到這麼好的藏身處，大夥都十分開心。」

源五郎右衛門悄悄將志乃的身影藏進心底。

「可是，那木槌不就離開了嗎？」

阿玉沒回答，往上走一段路後，突然蹲下。

「請稍候片刻。」

她忽然伸長身子，從竹林往外探頭，動作像極了貓。

「沒人。老師，可以出來了。」

源五郎右衛門拂去卡在袖子上的枝葉，步出竹林。

那是條月光小路。一條由右往左緩降的長長坡道。

抬起頭，可望見坡頂有道高大的樹影。

「那株七葉樹，是那傢伙目前最中意的藏身地點。」

背對明月，聳立在夜空下的老樹。

源五郎右衛門的視線移向坡道下方，黑夜底端浮現點點亮光，似乎是人煙稀少處。那應該是武家宅邸的守衛小屋，或巡捕房的燈籠吧。

「它是從七葉樹掉下，滾落這條坡道，絆倒路過的人吧？」

「是的。」

阿玉沉聲回答。

「妳和夥伴都有名字，唯獨那木槌，你們都稱呼它『那玩意』或『那傢伙』。」

阿玉低著頭，不發一語。

「此外，我還有一點不明白。」源五郎右衛門接著道。「第一次接觸這種事，我受到不小的驚嚇。不過，如妳所言，住在那宅邸裡的妖怪似乎都不是凶殘之輩。爲什麼只有木槌變得凶暴，四處危害人類？」

當中應該有原因。

夜風吹得竹林沙沙作響。除此之外，四周靜得彷彿能聽見月光閃耀的聲響。

阿玉低著頭解釋：「爲了避人耳目，我們姑且替屋子使了障眼法，但不像老師說的『術』那麼誇張。」

不過，附近依然有人通行，偶爾會誤闖竹林小路。

「那傢伙會變得古怪，就是受到闖入者的影響。」

「對方靠近宅邸，引發騷動嗎？」

「不，只是丟東西。」

丟孩童的屍體——阿玉補上一句。

源五郎右衛門注視著阿玉的側臉。阿玉無法承受似地悄悄移步，背對源五郎右衛門。

「不是拋棄孩子，而是丟掉孩童的屍體。看起來是長期監禁致死，渾身瘀青，瘦得猶如皮包骨。」

源五郎右衛門朝阿玉纖瘦的背影問：「對方長什麼模樣？」

「不清楚。他丟了就跑，且蒙著面孔。」

是孩子的父母？主人？還是孩子不聽話，不知如何處理的人口販子？

不管是誰，都毫無人性。

「對方可能心想，丟進竹林裡就能歸於塵土。」

那不是荒野，而是竹林啊——阿玉低語。

「由於太過悲慘，我們合力埋葬那孩童。」

「怎麼葬？」

「放進井裡。『狂字』說，這樣能直接通往那個世界。」

——我會洗得乾乾淨淨。

「至今『狂字』仍在井底守護著。」

源五郎連連點頭。

「孩童的靈魂想必很感謝。」

阿玉並未回頭。

「那傢伙看到孩童的屍體。」

解除了禁錮——阿玉說。

「它想起自身的來歷。」

接著，阿玉下定決心般，面向源五郎右衛門。「老師，並非單純歷經漫長的歲月，就會變成妖怪，得要有某個原因。」

不論是好是壞。

「那傢伙還是正常的木槌時，被用來殺死孩童。」

阿玉彷彿充滿恨意，雙眼濕潤，定定望著驚詫的源五郎右衛門。

「在人類的手上，被迫吸食孩童的鮮血，於是變成妖怪。但從普通的道具變成妖怪，一度解救了它。不再是這世間之物，解救了它。」

然後，它靜靜地過日子。

「和我們一起，花費好長好長的時間，將身為工具的過往拋諸腦後。忘記一切，埋藏在心底。就在那時，它看到悲慘的孩童屍體。」

瞬間，過去種種重現腦海。

「所以才會襲擊人嗎？」

因爲太憤怒、太哀傷嗎？

「是的，它想起自己曾是殺害孩童的凶手。那是一段血腥的經歷，它頓時失去正常。」

阿玉像要把憋在胸中的話一吐而盡。

「嗯，沒錯。說來可憐，它的心靈完全破碎。」

不再是原本的它——她語帶顫抖，拖著長長的尾音，好似貓在低吼。

「心靈啊……」

阿玉的貓眼發出寒光，「妖怪有心靈，哪裡不對嗎？」

風又吹得竹林沙沙作響。

「不，一點也不會。你們擁有心靈，還有靈魂。」

源五郎右衛門回答。阿玉頓顯慌亂，連忙撇開臉。

源五郎右衛仰望高聳的七葉樹影。

「如果我走過樹下，心靈破碎的木槌妖怪會襲擊我吧？」

阿玉重重點頭。

「妳拜託我斬殺它，送它上西天？」

請您幫這個忙，阿玉哭求。

「爲什麼唯獨那木槌，妳不願意告訴我名字？它應該有名字。」

「不，沒有。」阿玉堅決地搖頭。「它已沒有名字。因爲它不再是我們的夥伴。」

它現在只是野槌。

「那個野槌，沒想起昔日殺害……不，應該說被迫殺害的孩童名字吧？」

阿玉沒作聲，頻頻眨眼。忽而變成貓眼，忽而恢復原狀，教人眼花繚亂。

「我不知道。」

這樣啊，源五郎右衛門應道。

「我認爲，憤怒得喪失理性的野槌，此刻可能以枉死孩童的名字自居。」

猜錯了嗎？他注視著阿玉。

阿玉露出貓眼反問：「果眞如此，哪裡不對嗎？」

兩人沉默半晌。

「阿玉，這是很棘手的工作。」

眼下得說服阿玉。不是以受僱的萬事通，而是以人類的身分，向妖貓講道理。

「妳拜託我斬殺的，並非一般的野槌。它同時也是遭殺害的孩童靈魂，沒錯吧？」

那不是鬼魂，不是怨靈，不是妖怪，也不是怪物。一條遭殺害的生命，棲宿在凶器上，以悲哀爲糧食，歷經漫長的歲月合而爲一。儘管不再屬於這世間，仍無法脫離。它一度找到容身之處，邂逅夥伴，忘卻時間，過了一段安逸的日子，後來卻因不幸的事件而甦醒。

阿玉恢復成人的雙眼，求助般注視源五郎右衛門。

「妳也明白這一點吧？」

「不，我不明白。老師，您誤會了。」

「我沒誤會。要斬殺孩童，我辦不到。」
「現在才說辦不到，這怎麼行？」
「或許有其他方法。」
「沒其他方法，聽我一句……」
它是野槌——阿玉抓著他的袖子。
「是會害人的妖怪，無法變回原樣。除了收伏它，別無選擇。求求您。」
源五郎右衛門揮開阿玉的手。
「至少讓我考慮一下。」
阿玉的臉皺成一團。那確實是人的表情，淒楚又柔美。
「再拖下去，它真的會變身。到時就來不及了，老師。」
「不會要妳等太久。我的意思是，現在不行。請見諒。」
四周的竹林悄然無聲，前方的七葉樹卻像在發抖般，樹枝震顫不止，葉片相互磨擦，傳出一陣騷動。
恍若聽著兩人的對話，忍不住嘲笑。
阿玉望著遠方，喃喃道：
「看來明天會下雨。」
我能預測三天後的天氣，畢竟是花貓變成的貓又。

「一下雨，那傢伙會躲起來，所以應該能等到明天。」

「瞭解。」

「之前鬧過人命，引發不小的風波，暫時沒人敢走這裡。不過，等風波平息就難說了。盂蘭盆節後，不少夥計會返鄉探親。」

「我會趁盂蘭盆節期間想想辦法。」

源五郎右衛門允諾，阿玉卻斜睨著他，高高抬起下巴。

「順著這條路往下，便能通往街道。」

「要回到這裡，該怎麼走？」

「到時，」月光下，阿玉的貓眼尖細如針。「請在門口擺出茄子馬，我會去接您。」

源五郎右衛門獨自沿著小路往下走。像是濃霧消散，又像魔術破解般，周遭逐漸變得清晰。森林和旱田之間坐落著武家宅邸，這座市街處處是坡道，離深川還有一大段路。

途中，源五郎右衛門考慮著去巡捕房一趟，詢問最近有沒有發生異狀，旋即改變念頭。他忽然意識到，自己現在不知是何種表情，看起來又是何種模樣。要是引起懷疑，恐怕會惹禍上身。

走在夜晚的道路上，民宅一幢幢出現，卻沒遇見半個行人。不久，他經過賣二八蕎麥麵（註）的攤子。老闆縮著背站在騰騰熱氣後方，源五郎右衛門不自主地快步走近。

註：以烏龍粉為二、蕎麥粉為八的比率做成的蕎麥麵。

「歡迎光臨。」

睏倦的老闆抬起頭，望向源五郎右衛門。源五郎右衛門說句「請給我一碗麵」，老闆應聲「好」，站起身。

源五郎右衛門坐下後，老闆頻頻打量他。

「我的臉沾到什麼嗎？」

不不不……老闆態度十分恭敬。

「老闆。」

「在。」

「不好意思，這是哪裡啊？」

「千駄谷。」

老闆既不驚訝，也沒流露一絲笑意。

源五郎右衛門緩緩點頭，背後竄過一陣寒意。原來那是妖怪小路？

對上老闆的目光，源五郎右衛門才發現，其實對方也在向他打探。於是，他比著來時路，詢問：

「我剛剛走的那條坡道，最近似乎發生過怪事，你有沒有聽到消息？」

蕎麥麵店老闆如釋重負。他動動肩膀，全身力量彷彿從縮著的背卸去。

「客官，莫非您是來收妖的？」

「不，我只是來試試手氣。」

源五郎右衛門作勢甩動骰盅，老闆似乎頗失望。

「這樣啊……」

「怎麼，有妖怪嗎？」

「您一無所知，還跑去那邊？難道什麼也沒遇見？」

老闆緊抓著麵攤外緣。

「會遇見什麼？」

老闆尖突的喉結上下滑動，低語：「聽說，經過坡道頂端那株高大的七葉樹，會有木槌落下。」

「木槌？」源五郎右衛門笑道。「那玩意算不上是妖怪吧，有啥好怕的。」

「一開始，大夥都和你一樣，一笑置之。」

老闆躲在麵攤後面，惴惴不安地伸長脖子，往坡道上方張望。

「不過，有人受傷呢。上個月，一名女侍受重傷，至今仍無法站起。此事真的不能小覷，約莫十天前，出羽守大人宅邸那邊……啊，糟糕。」

「用不著在意。不管是誰，都跟我沒關係。」

老闆戰戰兢兢地頷首，「好像是派人去收伏妖怪，卻一命嗚呼。」

「遭木槌襲擊嗎？」

「被敲破腦袋。」

老闆全身直打哆嗦。

「對方出發前，還到我這裡喝酒壯膽。他是我的常客，年紀輕輕，真是可憐。」

從那之後，沒人敢走那條坡道。

「大夥寧願繞遠路，也不想經過那株七葉樹。爲了試手氣，讓怪物砸破腦袋，可就得不償失。其實，我原本是在坡頂做生意，因爲害怕，才搬到下面。雖然不太有客人上門，但保命要緊。」

神明保佑、神明保佑——膽怯的老闆端出的蕎麥麵都吸水膨脹了。不過，端出再好吃的蕎麥麵，源五郎右衛門恐怕也食不知味。

四

阿玉稱爲「狂字」的古井住戶，其實是名叫「狂骨」的骨骸妖怪，個性似乎眞的挺開朗逗趣。

隔天，源五郎右衛門翻開妖怪繪本，只得到這些新知識。

關於野槌，除了之前就知道的事，沒有進一步的瞭解。從書中可看到一些詼諧有趣的妖怪故事，但找不著除妖的方法。更別說會提及如何讓心靈破碎、失去理性的妖怪恢復正常。

——或許有其他方法。不過，我也答應得太隨便了。

阿玉想必早已看透。不管藉口爲何，昨晚他確實是夾著尾巴逃走。

十四日當天果眞下雨。小雨下下停停，天空深處明亮，看來積雨雲不會久待。既然如此，事不宜遲。等天空放晴，野槌就會出現在七葉樹上。搞不好會有沒聽過傳聞的人行經，或是逞匹夫之勇、滿不在乎的人前來。

加奈望著窗外的天空，祈禱雨快點停。八兵衛買了水槍送給長屋的每一個孩子，說是幫忙清洗水井的獎賞。男孩是青蛙水槍，女孩是金魚水槍。

「現在已是盂蘭盆節，不能隨便拿水槍玩，小心肚子著涼。」

八兵衛溫柔叮囑加奈，拍拍自己的肚子。至於那些不管夏天或秋天，颳風或下雨，一樣東奔西跑、四處玩耍的男孩，他則警告「敢向人噴水，就關進廁所」。但小鬼們根本當耳邊風，馬上朝八兵衛噴水，拔腿就逃。八兵衛氣得大聲咆哮，追在後頭。

孩子們就是這麼充滿朝氣，開朗活潑。雖然吵鬧，但可愛又有趣。

偏偏有狠心殺害他們的大人。

慘遭殺害的孩童。

參與這項罪行的工具。

有時工具會變成妖怪。

變成妖怪後，心靈破碎。

「啊，是小玉。」

加奈搭著格子窗，墊起腳尖。源五郎右衛門趕緊走到她身旁。

「在哪裡？」

「屋頂上。」

加奈小手指的前方，一條貓尾晃過，消失在木板屋頂另一端。

「那是虎斑貓的尾巴，不是小玉吧。」

這樣啊……加奈滿臉失望。

「我一直沒看見小玉。」

源五郎右衛門望著年幼的女兒，輕輕撫著她的頭髮。

「不用擔心，她來找過爹了。」

「眞的？她拜託爹什麼事？」

加奈興奮地追問後，連忙摀住耳朵。

「不行，我不能聽。」

「小玉告訴過妳，她委託的事要保密嗎？」

「嗯。她說這件事很重要，也很難辦，只能請爹幫忙，所以得對加奈保密。」

「妳遵守了約定。」

「因爲小玉是我的好朋友。」

源五郎右衛門移開女兒纖細的手，莞爾一笑。

「那麼，爹不會洩密的。」

「爹也和小玉有約定。」

加奈露出開心又得意的笑臉。

「小玉稱讚爹是本領高強的萬事通，不管任何事，交給你就能放一百二十個心。沒錯吧？」

唔，源五郎右衛門頷首，再度輕撫女兒的頭。

——貓又，妳眞卑鄙。

雖然沒拿加奈當人質，卻以加奈的信任做籌碼。

——爲了保住本領高強的萬事通臉面，我只能接下這份差事。

要是天無邪的孩童靈魂，遭憤怒和恨意撕裂，甚至會奪走人命……

蕎麥麵店老闆毫無血色的恐懼表情，浮現在他腦海。

倘若那可悲的靈魂，如此令人畏懼……

——那就非阻止不可。

穿過幽暗的小徑，趕往賭場的男人，及向這些男人賣春的女子，家中或許都有嗷嗷待哺的小孩。殺害他們，許多孩童恐怕將流落街頭。

傍晚，小雨已完全停歇，星星在天空閃爍。同爲盂蘭盆節的景致之一，四處化緣的僧人誦經聲終於遠去。

——志乃，我有辦法斬殺孩童嗎？

「老師。」

源五郎右衛門漫不經心地倚著木門的柱子，凝望掛在貧窮長屋屋簷下的白燈籠。忽然聽見一聲叫喚，回過神，只見八兵衛從庭院看著他。

「怎麼？那表情像是站著睡著了。」

語畢，八兵衛用力往額頭一拍，彷彿在暗叫「糟糕」。

「我眞多嘴，你是想起夫人吧。」

源五郎右衛門莞爾一笑，微微點頭。

「八兵衛先生也想起思念的人嗎？」

「不，很不巧，我家的河東獅還健在。若說會想起誰，大概只有我娘。」

臉皺得猶如柿子乾的代理房東，啞聲應完話，露出顧忌被人聽見的表情。

「在盂蘭盆和彼岸會（註）時，娘不是回來找我，而是找我老婆。老婆狠狠訓我一頓，抱怨娘出現在她夢裡，實在受不了。沒有執著的意念，是不會發生這種情況的，那個臭鬼婆。」

接著，八兵衛沙啞一笑。

「幸好，她不是變成惡鬼找我們報復。老婆嘴上講娘的壞話，也不是真的恨她，算是一項例行儀式。」

八兵衛替燈籠點完火便離去。源五郎右衛門仍待在原地，望著盂蘭盆節的燈火。而後，他返回家中，拿起靈棚上的茄子馬放在門口，關上拉門。

月亮比昨晚更圓，照耀著那株七葉樹。

「我幾乎要放棄了。」

阿玉站在源五郎右衛門身後。

「老師，您怎麼會改變心意？」

「我不是改變心意，是下定決心。」

因爲看到蕎麥麵店老闆恐懼的模樣——語畢，他感覺阿玉靠向他背後。

「抱歉，我一開始就該這樣安排。憑我的片面之詞，老師無法信服。」畢竟是妖貓和怪物說的話。

「我並非信不過妳，才尋找佐證。那蕎麥麵攤，我只是偶然路過，妳別瞎猜。」

「可是……」

「接下來我一個人就行，妳在這裡等。」

源五郎右衛門邁開腳步。

「老師，記得閃開。」阿玉追上前低語，「務必巧妙躲開。」

那心靈破碎的妖怪，不知有多高的智慧。從它食髓知味，埋伏在先前幾次撂倒人的地點看來，不見得比拿水槍朝路人噴水取樂的頑童強。

野槌沒離開，或許是破碎的心靈想占據此地，當成居所。

難道是對與妖怪夥伴同住，悠閒過生活的荒廢屋子，還有一絲眷戀？

竹林沙沙作響，群樹搖晃。

既然這樣，就讓你葬身此地吧。源五郎右衛門穩穩走上坡道，刀微微離鞘。

月光皎潔。一道明顯不同的聲音，摻雜在竹林的沙沙聲中，好似野獸的低吼。

七葉樹的樹枝覆蓋夜空，枝葉遮蔽月光。

咻，傳來某個東西鬆脫的聲響。恍若生物發出的叫聲。

說時遲那時快，野槌突然急墜而下。不像穿透樹葉間隙，倒像直接從月亮上墜落。源五郎右衛

註：日本的節日之一，分為春秋兩次，以春分和秋分為中間日，前後各三天，合起來共七日。人們會到墓前舉辦法事。

門拔出刀，側身避過，奔向一旁。待單腳站穩，他迅速轉身，瞄準撞向堅硬地面，想再高高彈起的野槌一揮。只見野槌被斬成兩半，彷彿定在空中。源五郎右衛門橫砍第二刀，野槌高喊一聲，如石頭般落地。

一塊、二塊、三塊，源五郎右衛門單膝跪地，仔細檢視，發現第一刀將木槌的握柄和槌頭分離，第二刀將槌頭砍成兩半。

阿玉飛奔過來。雖是女人的形體，但跑步姿勢與貓無異。

「老師，您躲得眞俐落！」

野槌並非難纏的對手。之所以有人傷亡，全是冷不防遭偷襲，毫無防備的緣故。在提盒的女子遇害後，前來收伏妖怪，卻丟掉性命的「出羽守大人」手下，則是太過輕敵，加上喝醉酒，才會意外身亡。

野槌不是可怕的妖怪，頂多想嚇嚇人類，反倒更顯悲哀。

原本不該是這樣的下場，而是和夥伴快樂聚在荒廢屋子生活。

「在哪邊焚燒較好？」

「這裡。」阿玉馬上答道。「它喜歡這裡。」

「不能送它回宅邸嗎？」

「不行。」

源五郎右衛門取出打火石，阿玉撿來枯草和落葉。

外觀形同老舊木槌的野槌，被燒成灰燼。微微傳來焚燒頭髮的氣味。

阿玉在地上挖了個洞，悉心將它埋妥。

她雙手合十，恭敬一拜，才抬起頭。先是貓眼，接著恢復成人眼，跪坐行禮。

「老師，謝謝您。」

這樣正太郎也能前往西方極樂世界，阿玉說。「這是木槌想起的男孩名字。」

不過，實在可悲……她低喃。

「那個讓野槌想起正太郎的孩童，我們無從知曉他的名字。」

畢竟，屍骸不會自報姓名。

「但你們安葬了他，他應該覺得很慶幸。」

源五郎右衛門再度獨自走下坡道。今晚沒看見二八蕎麥麵攤，老闆終究還是歇業了，或許是昨晚遇上源五郎右衛門的緣故。

算了，不久又會重新營業吧。

十五日，一掃先前的陰霾，轉爲萬里晴空，炎熱得彷彿重回夏天。八兵衛長屋的孩子們拿著新買的水槍嬉戲。源五郎右衛門混在其中，和孩子們打起水仗。八兵衛與鄰居太太瞧見，都忍不住笑了。

「老師，不節制一點，小心著涼。現下是秋天哪。」

「八兵衛先生，誰教您那麼大方，買水槍送孩子們。」

「因爲夏天過後，賣剩的水槍比較便宜。」

「什麼嘛，房東是小氣鬼！」

男孩聚過來，朝八兵衛噴水。八兵衛大發雷霆，掄起頂門棒四處追趕，這次改玩起捉迷藏。

「萬事通老師，幫我們抓住房東！」

「我不做白工。」

「啐，老師也是小氣鬼。」

貪玩一整天，工作堆積如山。吃完晚飯，加奈玩累了，沉沉睡去。源五郎右衛門猶豫著該熬夜趕工，還是休息時，燈油又減幾分。

算了，悠哉睡一覺吧。那些俗世的瑣事，等起床再忙——他拿定主意，伸手熄燈……

座燈後方浮現一雙細腿。彷彿鬼火照耀，露出孩童的裸足，骨瘦嶙峋、膚色蒼白，幾近透明。

源五郎右衛門渾身一僵。

他凝視著燈火盡滅的黑暗，月光悄悄潛入。

什麼也看不見。

——正太郎。

那是失去木槌，無處附身的孩童靈魂。難道他獲得解放後，不知該何去何從？

——所以跟著我回家嗎？

源五郎右衛門屏住呼吸，定睛細看，但什麼都沒出現。

他無法成眠。躺在床上撐起頭，環顧四周，思索著要不要把燈點亮，最後作罷。

我這萬事通還有一件事沒辦妥。不久，旭日東升，源五郎右衛門湊近加奈的睡臉，暗暗思忖。

「墳墓嗎？」
「嗯。一個小生命的墳墓，妳覺得哪裡比較適合？」
女兒側頭思考，雙眼忽然一亮，拉住父親的手。
「之前，太郎在那塊空地蓋了小麻雀的墳墓。」
那是長屋附近一座木材放置場的角落，開滿菊花。
源五郎右衛門撿拾木片，挖起土。淺淺的坑就行，要埋的東西非常小。
「爹，要放進墳墓的是什麼？」
源五郎右衛門雙手掩面，閉目片刻。他將昨晚深深烙印在眼中的枯瘦裸足，移至掌中，接著，輕輕讓它躺在坑洞裡。
「這是什麼？」
加奈一臉困惑，他微笑道：
「爹的回憶。雖然沒有形體，但這樣就行了。」
他覆滿土，做成小土堆。修整好木片的形狀，插在土堆上。
「四周開滿菊花，挺熱鬧的。」
「春天還會開油菜花。」
兩人雙手合十。此時，加奈的朋友太郎走近。
「你們在這兒幹嘛？媽媽他們要燒送火（註）了。」

「我們走吧，加奈。」

在盂蘭盆節返家的亡靈，將乘著焚燒麻桿的輕煙離去。

——志乃。

源五郎右衛門默默祈禱。

——抱歉，請帶那孩子一起走。他叫正太郎。

耳畔傳來一聲回應「好」。

源五郎右衛門不禁彈起，張望四周。他彷彿受到吸引，視線移向飄動的輕煙。長屋通道的木門前方，志乃就站在雨水消防桶的三角形頂蓋後面，微笑望著他。

兩人在這裡生活的第一個晚上，志乃穿著藍染浴衣。青紫色的石竹花圖案，充分襯托出她白皙的膚色。

此刻的志乃，身上便是那件浴衣。

——明白，我會帶他走。

志乃笑靨如花，朝他頷首。

——加奈長大許多，謝謝你的照顧。

「老師，怎麼啦？」

源五郎右衛門猛然回神。

志乃的幻影消失。

不，那是志乃的靈魂，清楚映在他眼底。他看到一般人理應看不見的靈魂。

——對了，是阿玉。

這就是她支付的酬勞嗎？

沒瞧見花貓的蹤影，只有頭頂隱隱傳來一聲貓叫。

「加奈，過來。」他蹲下身，將女兒摟進懷裡。「快跟娘揮手。喏，她在那邊。」

加奈來回望著他的臉龐，及他指引的雨水消防桶後方，不明就理地揮手。源五郎右衛也一起揮手。

門火的輕煙流逝，盂蘭盆節結束。陰間的亡魂離去，留下陽間的人們。

雖然在此告別，但他們不會消失。正因死者離開人世，才得以化爲永恆。

註：盂蘭盆節的傍晚，在門前升火，送死者歸來的靈魂離去。

解說　陳栢青

那些恐怖哪裡去了

※本文涉及重要情節，未讀正文者請慎入

宮部美幸的怪談中，鬼魂之浮現自有一套經濟學版本，概則人類有需求，人類無法獲得，人類務求獲得，則在以獲取爲前提的情況下藉由扭曲的手段達成，在這其中，鬼便被催生了。因追求利益而產生賭博鬼、因殺害別人遂有「非人之眼」……宮部美幸的高明處在於，人因此變成鬼，但也有時候，人可以藉鬼之名操作這一切，那就是〈附身〉和〈討債鬼〉的故事。讓人害怕的，不是因爲故事中有鬼，而是故事中沒有鬼，但做出那些行徑，竟然是人，也只有是人。則在人心中發現鬼影，又以鬼寫人世，那就是宮部美幸的《附身》了。

《附身》出版於二〇一一年，對熟悉宮部美幸的讀者而言，閱讀《附身》像開一場小說同學會，〈阿文的影子〉中登場的政五郎、大額頭，曾在《糊塗蟲》、《終日》中現蹤，〈討債鬼〉裡的深考塾則座落《三島屋奇異百物語》系列作中，利一郎空白的故事在這裡續了前情。而就算是初識這些角色的讀者，只要隨著宮部美幸筆尖，當時間往後退，暮色降臨，人情濃了，夜更深，鬼怪這麼容易就見了，我們又回到怪談的世界裡，重新體驗那些恐怖中夾雜冰涼與溫暖的夜晚。

一種恐怖的範本

宮部美幸曾提及「我是被江戶怪談餵養長大的」、「記得小時候，爸爸總是在睡前講鬼故事給我們聽」，所謂的「怪談」、「鬼故事」，總給我們恐怖的印象，但說到底，什麼是「恐怖」呢？

小說家阿刀田高在一篇短文中便提到：「恐怖本來就是瞬間性的、生理性的、非邏輯性的，所謂的非邏輯性，便是不合理，前後不符之意，和自己的生活經驗相對照而覺得不吻合的現象，竟出現在眼前，所以才感到害怕。」小說家點出書寫「恐怖」的先天限制，恐怖是非邏輯的，集中於某一點像蜂尾針、似瞬間戳刺令人麻顫觳觫。但小說為了帶出故事，首先要交代事件起因，要鋪陳情境，要交代角色與物件……只是，愈嚴密的邏輯和精細勾陳勢必拖慢小說節奏，文字做為一種表述方式在此便走向恐怖的反面，則相較其他能直接挑動感官的媒介如電影、電視等，小說要引起恐怖，更需要技巧。

說到底，這也許就是說恐怖故事的關鍵。也就是，故事為什麼恐怖，關鍵不僅在於故事本身，而是於「說」。

說恐怖故事的技術決定恐怖與否。

〈附身〉一文中，天上雲朵快速流動，暗夜裡，隔著屏風，偶然同宿一房的老婦道出好友的經歷，那是關於冤魂奪體的故事。第二天，老婦自殺了，聆聽者這才驚疑，她到底是昨晚故事中的誰？這篇小說是最適合拿來解析故事如何說得恐怖的範本。故事中架起一道屏風，但以說故事的效果而言，反而藉此撤除一道看不見的牆，亦即，透過「一個人在聽另一個人說故事」的形式，原來意識到自己是讀者所以覺得「安全」的距離不知不覺被取消，讀者不過是「書本」這道屏風旁的另一位名聆聽者，其專注的焦點，集中在故事中的故事——也就是〈附身〉裡藉老婦之口說出的奪體寄魂故事——而鬆懈了小說中尚存在同是聆聽者的佐一郎。於是，當小說後續發展猝不及防殺出，讀者內建防禦機制和故事原型資料庫來不及啓動，衝擊便已衝面而來——誰能料想得到，「恐怖」是發生在老婦說完故事後？誰又能預知，佐一郎心中從此埋下黑暗種子？讓小說裡的空間增大（故事裡還有人在說故事，好像隔了一層），卻反而縮短恐怖迫近的距離。原來，只要藉由操作敘事技巧，在這個故事與橋段過度頻繁使用而貶値的泡沫年代，恐怖便能重新變回恐怖，在讀者心頭造成震顫。

但如果故事不恐怖了呢？

我想跳回另一條線，檢視恐怖是如何被製造的。一九九八年推出的《七夜怪談》，在戲院裡令眾人彼此抓緊袖口放聲尖叫，拉起一波恐怖片高峰。電影裡最恐怖的部分並非揭露貞子的死亡眞相，或在井中尋骨以安葬貞子，而是在認爲詛咒化消的隔日，貞子從電視中爬出的瞬間。「詛咒不是解除了嘛？」「爲什麼？」電影中的死者不解地問，答案正是「沒有答案」、「不爲什麼」。此一回答迴響在之後眾多日式恐怖片中，包括《咒怨》、《鬼來電》、《詛咒》等等，其中恐怖片奉爲圭臬的，不僅在於「以日常媒介讓恐怖貼近」，還包括「沒有答案」、「不爲什麼」便殺死所有角色的惡鬼。但那並不只是一種偶然，二〇〇一年宮部美幸推出大部頭作品《模仿犯》，無論是宮部筆下的連續殺人犯，還是恐怖片中從電視、從手機、從閣樓、從壁櫥中匍匐爬出之異靈，不同媒介展示的，是同一種恐怖心靈的最終顯影——快樂犯，無差別、無理由的殺人——那是對人類視若珍寶，並以爲透過世代逐漸累積的整體文明、教養、「情感教育」、人類感性等的完全毀棄。

從敘事的方式來看，與其說貞子喚起恐怖心靈，不如說《七夜怪談》跳脫出恐怖片的窠臼。在說故事的傳統中，因果律向來主宰一切。每個故事幾乎都能歸納成「因爲……所以……」，鬼故事往往是沒有偵探的推理故事，靈異做爲一切的起因，其實「死亡」已是最後的結果，但爲何會有所謂超自然現象，也就是鬼魂出現？於是，故事中人必須逆推回事件成因，從而解決一切。至於《七夜怪談》重新喚起的恐怖，則是因果律不起效用，理解眞相也毫無用處。發現貞子死亡的眞相並無效用，挖出貞子遺骨重新安葬並無效用，最後貞子依然從電視中爬出。

那的確是引起恐怖最終極，也最有效的方式。一切皆無效，一切皆敗毀。借用宮部美幸小說中的對白來說便是：「眞正的惡就是這樣，沒有任何理由。」

從這點來看，我們就能明白，宮部美幸《附身》之於眾多怪談有多不一樣。

是的，宮部美幸的文筆絮叨。對照阿刀田高對恐怖的描述，宮部美幸的眾多鬼故事不總是如〈附身〉般得以讓讀者坐在屏風隔壁。她的故事裡總是一事帶出另一事，先交代背景，次交代心理，例如〈討債鬼〉中讓「大之字屋」掌櫃久八引出「討債鬼」故事，小說中段卻又兜兜轉換去敘述利一郎老家「那須請林蕃」的歷史，之間插入和尚行然坊背後的故事，所有人的背景明晰了，卻成爲一種稀釋。故事交代愈完整，輪廓愈清朗，恐怖便愈淡化。小說走向了「恐怖」的反面，或者可以這麼說，「恐怖」不是宮部美幸小說的終極目的。事實上，相較於花費大篇幅筆墨直擊「鬼做了什麼」好引發恐怖，宮部美幸的眾多鬼故事更側重追溯「鬼爲何存在？」──〈賭博眼〉中，小女孩美代不停追問讓眾人騷動的到底是什麼；〈阿文的影子〉中，政五郎尋找鬼影的來處，直到大額頭出現解答。這些答案以故事的方式傳述，所以，每一個鬼成形的背後，都還包藏另一個故事。而這個不在場的故事，大過「隔著一道屏風的現在」，也大過技術趨向所引起的恐怖。更深入探索，追問「鬼爲何會存在」，其實也是問：「『怪談』或『鬼故事』爲何存在？」

透過「背後有故事」，鬼便不是單純的現象，不是一具屠殺機器或按下便引發恐怖的按鈕。鬼有了故事，便有身世、有個性，其極致便是〈野槌之墓〉裡，所謂「有時道具也會變成妖怪」、「變成妖怪後，心靈破碎」。鬼也有人類的心，也會痛，也會崩潰，甚至，鬼影比人影薄，鬼比人類更易感。這一個互換，讓鬼成爲人心的體現，想寫人世，先寫鬼界。原來這個人世，本就比我們知道的複雜，純粹書寫「人」無法體現此一世界的時候，堂堂納入鬼來，反而體現出世界的原貌。

所以，我們才能夠談宮部美幸的溫柔，談她的救與贖。是啊，如果一切皆無效，一切皆敗毀呢？借用卜洛克的書名《所有人都死了》，〈阿文的影子〉和〈野槌之墓〉中皆有「再也無法挽回」、「壞掉了」的受害者，他們變成鬼，又要被恐懼和厭惡第二次，等於是雙重的受難，而身爲人類的主角，他們無能解套，乃至必須斬殺這些鬼靈。但眞的沒辦法了嗎？在這些故事的尾聲，小說家總能一下子把故事拉回來，無論〈阿文的影子〉中讓老先生對鬼魂輕輕地說：「總有一天，講古爺爺也會過去」、「在那之前，要乖乖等著我」，或者〈野槌之墓〉中令男人重新看見亡逝的妻子，帶走死者也安慰生者。一切是那樣悲憫，那樣的無可奈何，卻又那樣理所當然。所有的恐怖都在這樣的溫情中抵消。這大概只有宮部美幸才能寫出來，她能創造恐怖，也能取消它，因爲，一切不是徒然，不是無效喔，誠如小說結語：「雖然在此告別，但他們不會消失。正因死者離開人世，才得以化爲永恆。」那也就是故事，或者說，「說故事」必須存在的原因。

本文作者簡介

陳栢青

台灣大學台灣文學研究所畢業。現任職於菲律賓華文學校聯合會。曾獲全球華文青年文學獎、時報文學獎、台灣文學獎等。以閱讀爲終生職，期待台灣推理的黃金世代降臨。

宮部美幸

作品集／42

Miyabe Miyuki

附身

國家圖書館出版品預行編目資料

附身／宮部美幸著；高詹燦譯. -- 初版. -- 臺北市：獨步文化：家庭傳媒城邦分公司發行, 2013〔民102〕
面； 公分. --（宮部美幸作品集：42）
譯自：ばんば憑き
ISBN 978-986-6043-64-2（平裝）

861.57 102018314

原著書名／ばんば憑き・原出版者／角川書店・作者／宮部美幸・翻譯／高詹燦・責任編輯／陳盈竹・編輯總監／劉麗真・總經理／陳逸瑛・榮譽社長／詹宏志・發行人／涂玉雲・出版／獨步文化 城邦文化事業股份有限公司 台北市中山區104民生東路二段141號5樓 電話／(02) 2500-7696 傳真／(02) 2500-1966; 2500-1967・發行／英屬蓋曼群島商家庭傳媒股份有限公司城邦分公司 台北市中山區民生東路二段141號11樓・讀者服務專線／(02)2500-7718; 2500-7719・服務時間／週一至週五：09：30-12：00、13：30-17：00・24小時傳真服務／(02)2500-1990; 2500-1991・讀者服務信箱 e-mail／service@readingclub.com.tw・劃撥帳號／19863813 書虫股份有限公司・香港發行所／城邦（香港）出版集團有限公司 香港灣仔駱克道193號東超商業中心1樓／(852) 25086231 傳真／(852) 25789337 E-mail／hkcite@biznetvigator.com 馬新發行所／城邦（馬新）出版集團 Cite (M) Sdn. Bhd. 41, Jalan Radin Anum, Bandar Baru Sri Petaling,57000 Kuala Lumpur, Malaysia. 電話／(603) 90578822 傳真／(603) 90576622・美術設計／戴翊庭・印刷／中原造像股份有限公司・排版／浩瀚電腦排版股份有限公司・2013年（民102）10月初版・定價／360元
Printed in Taiwan ISBN 978-986-6043-64-2

城邦讀書花園
www.cite.com.tw

獨步文化 APEX PRESS

廣 告 回 函
北區郵政管理登記證
台北廣字第000791號
郵資已付，免貼郵票

104台北市民生東路二段 141 號 2 樓

英屬蓋曼群島商家庭傳媒股份有限公司

城邦分公司

請沿虛線對摺，謝謝！

獨步文化 APEX PRESS

書號: 1UA042	書名: 附身	編碼:

請於此處用膠水黏貼

獨步文化 APEX PRESS

讀者回函卡

謝謝您購買我們出版的書籍！

請費心填寫此回函卡，我們將不定期寄上城邦集團最新的出版訊息。

姓名：________________ 性別：□男 □女

生日：西元________年________月________日

地址：________________________________

聯絡電話：________________ 傳真：________________

E-mail：________________________________

學歷：□1.小學 □2.國中 □3.高中 □4.大專 □5.研究所以上

職業：□1.學生 □2.軍公教 □3.服務 □4.金融 □5.製造 □6.資訊

□7.傳播 □8.自由業 □9.農漁牧 □10.家管 □11.退休

□12.其他________________

您從何種方式得知本書消息？

□1.書店 □2.網路 □3.報紙 □4.雜誌 □5.廣播 □6.電視

□7.親友推薦 □8.其他________________

您通常以何種方式購書？

□1.書店 □2.網路 □3.傳真訂購 □4.郵局劃撥 □5.其他

您喜歡閱讀哪些類別的書籍？

□1.財經商業 □2.自然科學 □3.歷史 □4.法律 □5.文學

□6.休閒旅遊 □7.小說 □8.人物傳記 □9.生活、勵志 □10.其他

對我們的建議：________________________________

____

____

為提供訂購、行銷、客戶管理或其他合於營業登記項目或章程所定業務需要之目的，家庭傳媒集團（即英屬蓋曼群島商家庭傳媒股份有限公司城邦分公司、城邦文化事業股份有限公司、書虫股份有限公司、墨刻出版股份有限公司、城邦原創股份有限公司），於本集團之營運期間及地區內，將以mail、傳真、電話、簡訊、郵寄或其他公告方式利用您提供之資料（資料類別：C001、C002、C003、C011等）。利用對象除本集團外，亦可能包括相關服務的協力機構。如您有依個資法第三條或其他需服務之處，得洽詢本公司服務信箱cite_apexpress@cite.com.tw請求協助。相關資料不提供亦不影響您的權益。

□我已詳讀權利義務之相關條款，並同意遵守。

請於此處用膠水黏貼

APEX PRESS

耗時十餘年構思創作，寫下4700張稿紙，
宮部美幸睽違五年長篇巨作

所羅門的偽證（全三部）

聖誕節的早晨，十四歲的國中生從學校屋頂一躍而下，
少年之死喚醒了沉睡在校園中的惡意！
當烏雲籠罩校園，當真相被隻手隱蔽，
四面楚歌的青春殿堂，讓他們不願再相信大人……

第Ⅰ部
事件

（此為日文書封）

聖誕節的早晨，一名十四歲的國中生從學校屋頂躍下。他的死亡喚醒了沉睡在校園中的惡意。匿名的告發信成為這場死亡秀的主角。新的殺人計畫、大眾媒體的瘋狂報導，接二連三出現的犧牲者。眾人驚覺這所學校已經成了一場以死亡為籌碼的賭局。屍體之中到底隱藏著什麼秘密？知道真相的又是何人？

第Ⅱ部
決意

（此為日文書封）

不能期待大人了！——對只曉得保護自己的老師失望透頂，一名女學生決定站出來。為了除去籠罩在校園上頭的烏雲、揭露被隱瞞的真相，我們自己在學校開設法庭吧！不屈服於教師壓力的幾名有志之士攜手對抗巨大的惡意。

第Ⅲ部
法庭

（此為日文書封）

8月15日終於開庭了，這是一場歷時五天的審判。死者的家人、警方乃至匿名告發者，一一坐上證人席。死亡的真相不斷翻轉，死者的真正模樣也被揭露。最後登場的證人身分令人訝異，由此人口中說出的真相更令人震撼！這場審判是被預先設計的嗎？去年聖誕節的早晨究竟發生了什麼事？驚天動地的完結篇！！

本書預計2014年2月出版！敬請期待

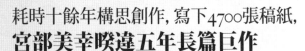

獨步文化
APEX PRESS

廣　告　回　函
北區郵政管理登記證
台北廣字第000791號
郵資已付，免貼郵票

104台北市民生東路二段 141 號 5 樓

英屬蓋曼群島商家庭傳媒股份有限公司

城邦分公司

獨步文化　　收

請沿此虛線剪下，將活動卡對摺、黏貼後寄回即可

黏貼處

獨步文化 APEX PRESS

== 獨步 2013 集點送 !==
推理御貓 bubu 的獻身
粉絲限定！專屬於推理迷的 bubu 獻禮

10點 bubu 貓環保筷

15點 bubu 貓馬克杯

20點 bubu 貓書衣

你是個超級日本推理迷嗎？每年總是大手筆購買一脫拉庫的獨步好書嗎？那你就是 bubu 貓要獻身的對象啦！獨步自 2012 年始，新書書末皆附有 bubu 貓點數，集點可兌換 bubu 貓的周邊贈品！

【活動辦法】：即日起至 2013 年 12 月 31 日期間，獨步出版新書書末附有「推理御貓 bubu 的獻身」活動卡一張，每卡附贈一枚 bubu 貓點數（見右下角），將點數剪下貼於下方黏貼處，即可依點數兌換 bubu 貓周邊禮品～

◎ 2012 年度所發送的 bubu 貓點數也可參加 2013 年的集點活動哦！
贈品照片及更詳細活動規則請上獨步部落格：http://apexpress.blog66.fc2.com/

【兌獎期間】：即日起至 2014 年 1 月 31 日（郵戳為憑）

【點數黏貼處】

請沿此虛線剪下，將活動卡對摺、黏貼後寄回即可

【聯絡資訊】（煩請以正楷填寫以下資料，以免因字跡辨識困難導致贈品寄送過程延誤）

姓名：＿＿＿＿＿＿＿＿ 年齡：＿＿＿＿ 性別：□ 男 □ 女

電話：＿＿＿＿＿＿＿＿ E-mail：＿＿＿＿＿＿＿＿

獎品寄送地址：＿＿＿＿＿＿＿＿＿＿＿＿＿＿＿＿

【個人資料蒐集告知事項】為提供訂購、行銷、客戶管理或其他合於營業登記項目或章程所定業務需要之目的，家庭傳媒集團（即英屬蓋曼群島商家庭傳媒股份有限公司城邦分公司、城邦文化事業股份有限公司、書虫股份有限公司、墨刻出版股份有限公司、城邦原創股份有限公司），於本集團之營運期間及地區內，將以 mail、傳真、電話、簡訊、郵寄或其他公告方式利用您提供之資料（資料類別：C001、C002、C003、C011 等）。利用對象除本集團外，亦可能包括相關服務的協力機構。如您有依個資法第三條或其他需服務之處，得洽詢本公司服務信箱 cite_apexpress@cite.com.tw 請求協助。

□ **我已詳讀權利義務之相關條款，並同意遵守。**

黏貼處

【注意事項】1. 本活動限臺澎金馬地區讀者參與。 2. 參加者請務必留下有效郵寄地址，若贈品無法投遞，又無法聯絡到本人，恕視同棄權。 3. 本活動卡及 bubu 貓點數影印無效。 4. 獨步文化保留變更活動辦法的權利。

歡迎加入獨步臉書粉絲團 獲得最快最新的出版資訊！bubu 在臉書等你呦～
獨步粉絲團：https://www.facebook.com/APEXPRESS

◀歡迎剪下我